Lincoln en el Bardo

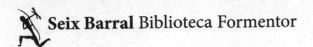
Seix Barral Biblioteca Formentor

George Saunders
Lincoln en el Bardo

Traducción del inglés por
Javier Calvo

Obra editada en colaboración con Editorial Planeta – España

Título original: *Lincoln in the Bardo*

© 2017, George Saunders
Publicado de acuerdo con Random House, una división de Penguin
Random House LLC.
© 2018, Traducción: Javier Calvo

© 2018, Editorial Planeta S.A. – Barcelona, España

Derechos reservados

© 2018, Editorial Planeta Mexicana, S.A. de C.V.
Bajo el sello editorial SEIX BARRAL M.R.
Avenida Presidente Masarik núm. 111, Piso 2
Colonia Polanco V Sección
Delegación Miguel Hidalgo
C.P. 11560, Ciudad de México
www.planetadelibros.com.mx

Diseño original de la colección: Josep Bagà Associats
Diseño de portada: Planeta Arte & Diseño
Fotografía del autor: © David Crosby

Primera edición impresa en España: abril de 2018
ISBN: 978-84-322-3359-3

Primera edición en formato epub en México: mayo de 2018
ISBN: 978-607-07-4892-9

Primera edición impresa en México: mayo de 2018
ISBN: 978-607-07-4865-3

Impreso en los talleres de Litográfica Ingramex, S.A. de C.V.
Centeno núm. 162-1, colonia Granjas Esmeralda, Ciudad de México
Impreso en México –*Printed in Mexico*

Para Caitlin y Alena

UNO

I

El día que nos casamos yo tenía cuarenta y seis años y ella dieciocho. Vale, ya sé lo que están pensando ustedes: hombre mayor (no precisamente flaco, un poco calvo, cojo de una pierna y con dientes de madera) ejerce su prerrogativa marital para horror de la pobre jovencita... Pero eso es falso.

Eso es exactamente lo que me negué a hacer, fíjense. En nuestra noche de bodas subí las escaleras dando zapatazos, con la cara ruborizada por el vino y los bailes, y me la encontré ataviada con una prenda vaporosa que una tía suya le había obligado a ponerse, con un cuello de seda que le ondeaba un poco al compás de sus temblores. Y no fui capaz de hacerlo.

Me dirigí a ella en voz baja y le abrí mi corazón: ella era hermosa; yo, viejo, feo y gastado; la nuestra era una unión extraña, no tenía sus raíces en el amor sino en la conveniencia: su padre era pobre y su madre estaba enferma. Por eso ella estaba aquí. Yo era perfectamente consciente de ello. Y ni se me ocurriría tocarla, le dije, mientras viera su miedo y... la palabra que usé fue *aversión*.

Ella me aseguró que no sentía *aversión*, aunque yo

pude ver que la mentira le distorsionaba la cara (pálida, ruborizada).

Le propuse que fuéramos... amigos. Y que de puertas afuera nos comportáramos, a todos los efectos, como si hubiéramos consumado nuestro matrimonio. Tenía que sentirse relajada y feliz en mi casa y esforzarse por convertirla en suya. Y yo no esperaría más de ella.

Y así fue como vivimos. Nos hicimos amigos. Muy amigos. Y nada más. Aun así, ya era mucho. Nos reíamos juntos y tomábamos decisiones sobre la casa; me ayudaba a ser más considerado con el servicio y a hablarles con menos brusquedad. Tenía buen gusto y se las apañó para remodelar con éxito las habitaciones a una fracción del precio previsto. Ver su alegría cuando yo llegaba a casa o encontrármela apoyada en mí mientras discutíamos alguna cuestión doméstica eran cosas que mejoraban mi vida de formas que no puedo explicar adecuadamente. Yo había sido feliz en el pasado, bastante feliz, pero ahora me sorprendía a menudo a mí mismo entonando una plegaria espontánea que decía simplemente: «ella está aquí, ella sigue aquí». Era como si un torrente caudaloso se hubiera desviado para fluir a través de mi casa, que ahora estaba bañada de un aroma a agua dulce y de la conciencia de que siempre se movía cerca de mí algo exuberante, natural y arrebatador.

Una noche a la hora de cenar, sin venir a cuento de nada, y delante de un grupo de amigos míos, se puso a elogiarme. Dijo que era un buen hombre: considerado, inteligente y amable.

Cuando nuestras miradas se encontraron me di cuenta de que lo había dicho de corazón.

Al día siguiente me dejó una nota sobre el escritorio. Aunque la timidez le impedía expresar aquel sentimiento de viva voz o con sus actos, decía la nota, mi amabilidad hacia ella había producido un efecto muy deseable: estaba feliz y de veras se sentía cómoda en *nuestra* casa, y deseaba, cito literalmente, «ampliar las fronteras de nuestra felicidad conjunta de esa forma íntima que todavía me resulta desconocida». Y me pedía que le hiciera de guía en este empeño, igual que la había guiado «por tantos otros aspectos de la vida adulta».

Leí la nota, bajé a cenar y me la encontré ciertamente radiante. Intercambiamos miradas de complicidad delante del servicio, encantados con aquello que habíamos conseguido construir entre nosotros a partir de unos materiales tan poco prometedores.

Aquella noche, en su cama, me aseguré de no ser nada distinto de lo que había sido hasta entonces: amable, respetuoso y deferente. No hicimos gran cosa —nos besamos, nos abrazamos—, pero imaginen si quieren la riqueza de aquella repentina indulgencia. Los dos sentimos que subía la marea de la lujuria (sí, por supuesto), pero estaba afianzada por el lento y sólido afecto que habíamos construido: un vínculo de confianza, duradero y genuino. Yo no carecía de experiencia —de joven había vivido con desenfreno; había pasado bastante tiempo (me avergüenza decirlo) en los burdeles de Marble Alley, en el Band-box y en el espantoso Wolf's Den; había estado casado una vez y había tenido un matrimonio saludable—, pero la intensidad de estos sentimientos de ahora me resultaba completamente nueva.

Acordamos de forma tácita que, la noche siguiente, seguiríamos explorando aquel «nuevo continente», y por la mañana acudí a las oficinas de mi imprenta combatiendo la fuerza gravitatoria que me impelía a quedarme en casa.

Y aquel día —ay— fue el día de la viga.

¡Sí, sí, menuda suerte!

Me cayó encima una viga del techo y me golpeó justo *aquí*, estando yo sentado a mi mesa. De modo que nuestro plan debería postergarse hasta que me recuperara. Por consejo de mi médico me quedé en mi...

Se consideró que un cajón de enfermo sería... que sería...

hans vollman

Eficaz.

roger bevins iii

Eficaz, sí. Gracias, amigo.

hans vollman

Un placer, como siempre.

roger bevins iii

Allí yacía yo, en mi cajón de enfermo, sintiéndome ridículo, en la sala de estar, la misma sala de estar que hacía tan poco (con regocijo y culpa, cogidos de la mano) habíamos cruzado mi mujer y yo de camino a su dormitorio. Luego regresó el médico y sus ayudantes llevaron mi cajón de enfermo hasta su carruaje para enfermos, y entonces comprendí que... Que habría que postergar nuestro plan indefinidamente. ¡Qué frustración! ¿Cuándo iba a conocer yo todos los placeres del lecho nupcial? ¿Cuándo iba a contemplar la desnudez de ella? ¿Cuándo se iba a girar ella hacia mí con plena certidumbre, con la boca hambrienta y las mejillas ruborizadas? ¿Cuándo iba a caer por fin su melena, descocadamente suelta, en torno a nosotros?

En fin, al parecer íbamos a tener que esperar a que terminara de recuperarme.

Qué contratiempo tan fastidioso.

hans vollman

Y, sin embargo, nada es insuperable.

roger bevins iii

Ciertamente.

Aunque confieso que en aquellos momentos yo no pensaba así. En aquellos momentos, a bordo de aquel carruaje para enfermos, todavía libre de ataduras, me di cuenta de que podía abandonar brevemente mi cajón de enfermo, salir disparado y causar pequeñas tormentas de polvo; hasta resquebrajé un jarrón, uno que había en el porche. Pero mi mujer y aquel médico, enfrascados en conversar sobre mi lesión, no lo advirtieron. No pude soportarlo. Y tuve una especie de rabieta, lo admito; hice que los perros salieran corriendo y gimoteando a base de atravesarlos y hacerles soñar con un oso. ¡Por entonces podía hacer esas cosas! ¡Qué tiempos aquellos! ¡Ahora hacer que un perro sueñe con un oso me resulta tan imposible como invitar a nuestro joven y silencioso amigo aquí presente a cenar!

(Se lo ve joven, ¿no le parece, señor Bevins? Por sus contornos, por su postura, ¿no?)

En cualquier caso, aquel día regresé a mi cajón de enfermo, llorando de esa forma en que nosotros... ¿Has empezado a experimentarlo ya, jovencito? Cuando llegamos por primera vez a este recinto hospitalario, mi joven amigo, y nos apetece llorar, lo que sucede es que nos tensamos una pizca, experimentamos una sensación ligeramente tóxica en las articulaciones y nos explotan cositas por dentro. A veces hasta puede que nos hagamos un poco de caca durante las primeras horas. Y eso fue justamente lo que hice yo aquel día en el carro: me hice un poco de caca en aquellas primeras horas, en mi cajón de enfermo, por pura rabia, ¿y cuál fue el resultado? Pues que llevo todo este tiempo con esa caca aquí conmigo, y, de hecho —y espero que esto no le resulte grosero, mi joven amigo, ni tampoco desagradable, y confío en que no perjudique nuestra amistad incipiente—, ¡esa caca sigue estando ahí, en estos momentos, en mi cajón de enfermo, aunque mucho más seca!

Dios bendito, ¿eres un niño?

Lo es, ¿verdad?

hans vollman

Creo que sí. Ahora que lo menciona usted.

Aquí viene.

Casi plenamente formado ya.

roger bevins iii

Te pido disculpas. Dios bendito. Que te encierren en un cajón de enfermo cuando todavía eres un niño... y tener que escuchar a un adulto contar que hay una caca seca en su cajón de enfermo... no es exactamente la forma, hum, ideal, de hacer tu entrada en una nueva, ejem...

Un muchachito. Nada más que un niño. Oh, cielos.

Mil perdones.

hans vollman

II

—¿Sabes? —me dijo la señora Lincoln—. Se espera del presidente que organice una serie de cenas de Estado todos los inviernos, y se trata de unas cenas muy caras. Pero si ofrezco tres grandes recepciones, se podrán quitar las cenas de Estado del programa. Y si consigo convencer al señor Lincoln para que adopte el mismo punto de vista, no tendré problemas para poner la idea en práctica.

Creo que estás en lo cierto —dijo el presidente—. Argumentas bien tu idea. Creo que vamos a tener que decantarnos por las recepciones.

La cuestión quedó resuelta y se hicieron los preparativos para la primera recepción.

Treinta años de esclavitud y cuatro
en la Casa Blanca (Entre bastidores),
de Elizabeth Keckley

Los abolicionistas criticaron el fiestón en la Casa Blanca y muchos declinaron la invitación. Se dijo que Ben Wade había criticado el acontecimiento con duras palabras: «¿Acaso saben el presidente y la señora Lincoln que hay una guerra civil en curso? En caso de que no, el señor y la señora Wade sí lo saben, y por esa razón se niegan a participar en fastos y bailes».

Despertar en Washington, 1860-1865,
de Margaret Leech

Los niños, Tad y Willie, recibían regalos todo el tiempo. Willie estaba tan encantado con un pequeño poni que le habían regalado que insistía en cabalgarlo a diario. El tiempo era inestable, y la exposición al frío resultó en un grave resfriado que degeneró en fiebre.

Keckley, óp. cit.

La noche del 5, mientras su madre se vestía para la fiesta, Willie estaba ardiendo de fiebre. Cada aliento le costaba horrores. Ella vio que tenía los pulmones congestionados y se quedó aterrada.

Veinte días, de Dorothy Meserve
Kunhardt y Philip B. Kunhardt Jr.

III

La fiesta [de los Lincoln] fue atacada con ferocidad,
pero toda la gente importante asistió a ella.

Leech, óp. cit.

Había tanta gente que no se podía ver con claridad a
media distancia; uno avanzaba aturdido entre un autén-
tico bazar de aromas, colonias, perfumes, abanicos, pe-
luquines, sombreros, muecas y bocas abiertas que emitían exclamaciones repentinas, aunque costaba saber si
eran de placer o de espanto.

*Todo esto vi. Memorias
de un tiempo terrible,*
de la señora Margaret Garrett

Cada pocos metros había jarrones de flores exóticas
procedentes de los invernaderos presidenciales.

Kunhardt y Kunhardt, óp. cit.

El cuerpo diplomático formaba un grupo rutilante: lord
Lyons, M. Mercier, M. Stoeckl, M. von Limburg, el señor
Tassara, el conde Piper, el *chevalier* Bertinatti y compañía.

Leech, óp. cit.

El Salón Oriental estaba iluminado por lámparas de araña de muchos pisos y cubierto con unas alfombras de color verde espuma de mar.

Hacia la grandeza,
de David von Drehle

Sonaba un batiburrillo de idiomas en el Salón Azul, donde el general McDowell, conversando en un perfecto francés, despertaba la admiración de los europeos.

Leech, óp. cit.

Parecía que estuvieran representados hasta la última nación, raza, rango, edad, altura, anchura, tono de voz, peinado, postura y fragancia: un arcoíris imbuido de vida que clamaba con una multitud de acentos.

Garrett, óp. cit.

Había miembros del gabinete ministerial, senadores, congresistas, ciudadanos distinguidos y mujeres hermosas procedentes de casi todos los estados. Se veían pocos oficiales del ejército por debajo del rango de comandante de división. Habían venido los príncipes de Francia y el príncipe Felix Salm-Salm, aristócrata y oficial de caballería prusiano que servía a las órdenes del general Blenker...

Leech, óp. cit.

... el apuesto alemán, Salum-Salum; los hermanos Whitney (gemelos e indistinguibles salvo porque uno de ellos llevaba galones de capitán y el otro de teniente); el embajador Thorn-Tooley; el señor y la señora Fessenden; la novelista E. D. E. N. Southworth; George Francis

Train y su hermosa mujer (que «tenía la mitad de sus años y le doblaba en altura», de acuerdo con un comentario malicioso popular por entonces).

Garrett, óp. cit.

Casi perdido dentro de un enorme arreglo floral se encontraba un grupito de ancianos encorvados y enfrascados en una acalorada discusión, con las cabezas inclinadas hacia el centro. Eran Abernathy, Seville y Kord, ninguno de los cuales viviría un año más. Las hermanas Casten, aterradoramente altas y pálidas, se erguían ladeadas cerca de allí, como anteras de alabastro en busca de luz, intentando escuchar disimuladamente la conversación.

La ciudadela de la Unión: Memorias e impresiones, de Jo Brunt

Ante todos ellos, a las once en punto, la señora Lincoln encabezó el desfile por el Salón Oriental cogida del brazo del presidente.

Leech, óp. cit.

Mientras desfilábamos, un hombre al que yo no conocía hizo una demostración de un baile nuevo, el «Merry-Jim». Obedeciendo a las peticiones de los congregados, repitió la demostración entre aplausos.

Garrett, óp. cit.

Hubo una gran hilaridad cuando se descubrió que un sirviente había cerrado la puerta del comedor de Estado y luego había perdido la llave. «¡Yo digo que avancemos!», exclamó alguien. «El avance al frente solamente lo obstaculiza la imbecilidad de los comandantes», apuntó otro, repitiendo sarcásticamente un discurso reciente pronunciado en el Congreso.

Leech, óp. cit.

Se me ocurrió entonces que aquélla era la misma comunidad humana indisciplinada que, inflamada por su embotado ingenio colectivo, estaba ahora empujando a la nación en armas hacia Dios sabía qué épico cataclismo militar: un organismo gigante que corría de un lado para otro con toda la rectitud y previsión de un cachorrillo sin adiestrar.

Carta privada de Albert Sloane, reproducida con permiso de la familia Sloane

La guerra tenía menos de un año. Todavía no veíamos su alcance.

Una juventud emocionante: Una adolescencia durante la guerra civil, de E. G. Frame

Cuando por fin apareció la llave y los risueños invitados entraron en manada en el comedor, la señora Lincoln tuvo motivos para enorgullecerse de la magnificencia del banquete.

Leech, óp. cit.

La sala tenía doce metros de largo y nueve de ancho, y estaba tan atiborrada de colores vivos que ya parecía llena antes de que entrara nadie.

Los Lincoln: Retrato de un matrimonio, de Daniel Mark Epstein

Los vinos y licores caros fluían con generosidad, y la inmensa ponchera japonesa contenía cuarenta litros de ponche de champán.

Leech, óp. cit.

La señora Lincoln había contratado al respetado cocinero C. Heerdt, de Nueva York. Se rumoreaba que la cena había costado más de diez mil dólares. Tampoco se había pasado por alto ni un solo detalle; de las lámparas de araña colgaban guirnaldas de flores, las mesas de servir estaban decoradas con pétalos de rosas esparcidos sobre superficies rectangulares de espejo.

Brunt, óp. cit.

Un despliegue obsceno y excesivo en tiempos de guerra.

Sloane, óp. cit.

Elsa se había quedado sin habla y solamente pudo apretarme la mano. Daba la impresión de que así debían de haber sido los banquetes de la Antigüedad. ¡Qué generosidad! ¡Qué amables, nuestros queridos anfitriones!

Nuestra capital en tiempos de guerra, de Petersen Wickett

En el comedor había una mesa alargada y cubierta de un gigantesco cristal de espejo que sostenía enormes esculturas de azúcar. Las más reconocibles eran Fort Sumter, un acorazado, un templo a la libertad, una pagoda china, una cabaña suiza...

Kunhardt y Kunhardt, óp. cit.

... réplicas en dulce de un templo rodeado por la diosa de la Libertad, pagodas chinas, cuernos de la abundancia, fuentes de las que manaba algodón de azúcar y rodeadas de estrellas...

El Washington del señor Lincoln,
de Stanley Kimmel

Había colmenas, con sus abejas a tamaño real, rellenas de pastel de natillas. A la guerra se aludía sutilmente por medio de un casco rematado con penachos ondulados de algodón de azúcar. La fragata americana *Union*, con sus cuarenta cañones y todas las velas desplegadas, era sostenida por un grupo de querubines envueltos en la bandera americana...

Leech, óp. cit.

También la efigie en azúcar de Fort Pickers se elevaba en una de las mesillas laterales, rodeada por algo más comestible que los nidos de ametralladora: un guiso de pollo deliciosamente preparado...

Kimmel, óp. cit.

Los pliegues del vestido de azúcar de la diosa Libertad descendían como cortinas sobre una pagoda china, dentro de la cual, en un estanque de algodón de azúcar, nadaban pececillos de chocolate en miniatura. Cerca, un grupo de orondos ángeles hechos de bizcocho apartaba con las manos a unas abejas suspendidas de finísimos hilos de glaseado.

Wickett, óp. cit.

Delicada y perfecta al principio, durante el curso de la velada aquella metrópoli de dulces fue sufriendo estragos diversos: los invitados a la fiesta le arrancaron vecindarios enteros a manos llenas y se los guardaron en los bolsillos para compartirlos con sus seres queridos en sus casas. Avanzada la velada, y de tanto zarandear la multitud la mesa de cristal, se vio cómo varios de los edificios de dulce se venían abajo.

Garrett, óp. cit.

La cena consistió en faisán tierno, gordas perdices, filetes de venado y jamones de Virginia; los comensales se hartaron de pato de lomo blanco y pavo recién sacrificado, así como de miles de ostras abiertas y heladas una hora atrás, crudas, rebozadas con mantequilla y harina de galleta o estofadas en leche.

Epstein, óp. cit.

Estos y otros deliciosos bocados se desplegaban con tanta abundancia que el asalto conjunto del millar largo de invitados no consiguió vaciar las mesas.

Kimmel, óp. cit.

Pese a todo, la velada no le reportó placer alguno ni a la anfitriona de sonrisa mecánica ni a su marido, que no pararon ambos de subir las escaleras para ver cómo estaba Willie, y no estaba bien en absoluto.

Kunhardt y Kunhardt, óp. cit.

IV

Las ricas notas de la Orquesta de los Marines llegaban desde la planta baja al lecho del enfermo en forma de murmullos suaves y apagados, como sollozos débiles y frenéticos de unos espíritus lejanos.

Keckley, óp. cit.

Willie yacía en el dormitorio Príncipe de Gales, con sus tapices de color violeta oscuro y sus borlas doradas.

Epstein, óp. cit.

Tenía las mejillas de su redonda y hermosa cara inflamadas por la fiebre. Los pies se le movían frenéticamente por debajo de la colcha granate.

La Historia al alcance de la mano,
editado por Renard Kent,
testimonio de la señora Kate O'Brien

El terror y la consternación de la pareja presidencial puede imaginárselos cualquiera que haya amado a una criatura y haya sentido ese presagio funesto común a todos los progenitores, la idea de que el Destino tal vez no tenga la vida de esa criatura en tan alta estima y sea capaz de deshacerse de ella a voluntad.

Selección de cartas de
Edwine Willow de la guerra civil,
edición de Constance Mays

Con los corazones agarrotados de miedo, los Lincoln bajaron una vez más las escaleras para oír cómo los cantores de la velada, la familia Hutchinson, ofrecían una versión aterradoramente realista de la canción *Ship on Fire*, que incluía la simulación de una violenta tormenta eléctrica en alta mar y los gritos aterrados de los pasajeros atrapados y de una madre que abrazaba a su bebé contra su pálido seno, «un estruendo de pasos en retirada y clamor de voces: "¡Fuego! ¡Fuego!"».
La faz de los marineros palideció
al ver aquello: el resplandor de la luz de las llamas
en sus ojos, las negras cortinas del humo elevándose
más y más: ¡oh, Dios, qué terrible perecer en el fuego!

Kunhardt y Kunhardt, óp. cit.

La algarabía y el ruido eran tales que había que gritar para hacerse entender. Seguían llegando carruajes. La gente abría las ventanas y se congregaba frente a ellas en busca de una ráfaga de aire frío de la noche. Una atmósfera de pánico feliz llenaba la sala. Empecé a sentirme mareada y creo que no era la única. Por todos lados había ancianas damas desplomadas en sillones. También se veían borrachos examinando las pinturas con demasiada intensidad.

Garrett, óp. cit.

Sonaban chillidos frenéticos.

Sloane, óp. cit.

Había un tipo más contento que unas pascuas, con pantalones de color naranja y la levita azul abierta, plantado ante la mesa de servir y atiborrándose de comida como si fuera un magnífico Ambrussi que hubiera encontrado por fin el hogar de sus sueños.

Wickett, óp. cit.

¡Aquellos arreglos florales históricos! Auténticas torres de colores vivos y exuberantes... arrojadas al vertedero al día siguiente para que se secaran y se marchitaran bajo el tenue sol de febrero. ¿Y todos aquellos cadáveres de animales —las «viandas»— tibios, cubiertos de hierbas y servidos en caras bandejas, humeantes y suculentos? Pues se los llevarían en carros a Dios sabe dónde, convertidos una vez más en despojos, en simple y llana casquería, tras su breve ascenso al estatus de placenteros manjares. Y los miles de vestidos, puestos con tanta reverencia aquella tarde, cepillados meticulosamente en el umbral para quitarles las motas de polvo y con los bajos recogidos para el trayecto en carruaje: ¿dónde están ahora? ¿Acaso se exhiben en una vitrina de museo? ¿Quizá algunos todavía perduran guardados en desvanes? La mayoría ya son polvo. Igual que las mujeres que los llevaron con tanto orgullo en aquel momento efímero de esplendor.

La vida durante la guerra civil:
fiesta, carnicería y extirpación
(manuscrito inédito),
de Melvin Carter

V

Muchos invitados recordaban especialmente la hermosa luna que brillaba aquella velada.

Un tiempo de guerra y de pérdida,
de Ann Brightney

En varias crónicas de la velada se menciona el resplandor de la luna.

El largo camino hacia la gloria,
de Edward Holt

Un rasgo en común de esas narraciones es la luna dorada que presidía pintorescamente la escena.

Veladas en la Casa Blanca:
Una antología, de Bernadette Evon

Era una noche sin luna y el cielo estaba encapotado.

Wickett, óp. cit.

Una gruesa y verde media luna presidía aquella escena de desenfreno, como un juez estólido y habituado a toda la locura humana.

Mi vida, de Dolores P. Leventrop

La luna llena aquella noche era de color anaranjado, como si reflejara la luz de algún fuego terrenal.

Sloane, óp. cit.

Mientras caminaba por la sala iba encontrándome con aquella media luna plateada en todas las ventanas, como si fuera un viejo mendigo suplicando que lo invitaran a entrar.

Carter, óp. cit.

Para cuando se sirvió la cena, la luna ya lucía alta, pequeña y azul en el cielo, todavía brillante aunque un poco apagada.

Un tiempo parado (memorias
inéditas), de I. B. Brigg III

La noche seguía oscura y sin luna; se acercaba tormenta.

Esos años felices,
de Albert Trundle

Los invitados empezaron a marcharse, con la luna llena y amarilla suspendida por encima de los luceros de' la mañana.

Los poderes de Washington,
de D. V. Featherly

Las nubes eran gruesas, plomizas, bajas y de un color rosáceo apagado. No había luna. Mi marido y yo hicimos una pausa para contemplar la habitación en la que sufría el jovencito Lincoln. Yo recité una plegaria en silencio por la salud del muchacho. Encontramos nuestro carruaje y pusimos rumbo a casa, donde nuestros hijos, gracias al Dios piadoso, descansaban tranquilos.

Una madre recuerda,
de Abigail Service

VI

Los últimos invitados se quedaron casi hasta el amanecer. En el sótano, el servicio llevaba toda la noche limpiando y bebiéndose las sobras del vino mientras trabajaban. Acalorados, cansados y borrachos, varios sirvientes se enzarzaron en una discusión que llevó a una pelea a puñetazo limpio en las cocinas.

Von Drehle, óp. cit.

Oí decir varias veces y siempre en voz baja que no estaba bien entregarse a semejantes fastos cuando la Muerte misma se había presentado a la puerta de la casa, y que en momentos así tal vez la vida pública más apropiada fuera la más modesta.

Cartas de Barbara Smith-Hill
en tiempo de guerra,
edición de Thomas Schofield
y Edward Moran

La noche pasó despacio; llegó la mañana, y Willie estaba peor.

Keckley, óp. cit.

VII

Ayer sobre las tres llegó una procesión considerable; debía de haber unos veinte carruajes, no cabían en ninguna parte. Aparcaron en los jardines de las casas y también de cualquier modo dentro del recinto del cementerio, junto a la verja. ¿Y quién se bajó de la carroza fúnebre? Pues el señor L. en persona, a quien reconocí gracias a sus retratos; iba encorvado, sin embargo, traía el semblante sombrío y casi tenían que obligarlo a avanzar, como si no quisiera entrar en aquel lugar tan deprimente. Yo todavía no me había enterado de la triste noticia y me quedé perpleja un momento, pero muy pronto la situación se aclaró y recé por el muchacho y su familia. Se había hablado mucho en los periódicos de su enfermedad y al final la cosa había terminado trágicamente. Los carruajes siguieron llegando durante la hora siguiente hasta que fue imposible transitar por la calle.

La multitud desapareció en el interior de la capilla y desde mi ventana abierta oí lo que sucedía allí dentro: música, un sermón y llantos. Luego la concurrencia se dispersó y los carruajes partieron, aunque varios de ellos se atascaron y hubo que sacarlos de allí como se pudo; la calle y los jardines quedaron en bastante mal estado.

Hoy, otro día húmedo y frío, ha llegado sobre las dos un carruaje pequeño y solitario; se ha detenido en la cancela del cementerio y ha vuelto a salir el presidente, esta vez acompañado de tres caballeros, uno joven y dos VIEJOS. El señor Weston y su joven asistente los han recibido en la verja y han ido todos a la capilla. Poco después ha venido un hombre a ayudar al asistente y se ha visto cómo colocaban un pequeño ataúd en una carretilla y cómo la triste comitiva se alejaba, con la carretilla en cabeza y el presidente y sus compañeros caminando pesadamente detrás; su destino parecía ser la esquina noroeste del cementerio. La colina era escarpada y la lluvia incesante, y todo junto constituía una combinación de sombría melancolía e incomodidad cómica: los ayudantes se esforzaban por que el diminuto ataúd no se cayera de la carretilla, y al mismo tiempo todos los presentes, incluido el señor L., caminaban con delicadeza y diligencia para no resbalarse en la hierba empapada por la lluvia.

En cualquier caso, parece que al pobre hijo de Lincoln lo van a dejar ahí, al otro lado de la calle, a diferencia de lo que decía la prensa, que aventuraba que lo iban a devolver inmediatamente a Illinois. La familia ha recibido en préstamo un sitio en la cripta propiedad del juez Carroll, e imagínate cómo debe de doler eso, Andrew: dejar a tu querido hijo dentro de esa fría piedra como si fuera un pájaro quebrado y marcharte sin más.

Esta noche todo está muy tranquilo, y hasta el arroyo parece que murmura más quedamente de lo habitual, querido hermano. La luna acaba de salir y ha iluminado las piedras del cementerio; por un instante ha dado la impresión de que sus terrenos habían sido invadidos por ángeles de varias formas y tamaños: ángeles gordos, ángeles del tamaño de perros, ángeles a caballo, etc.

Ya me he acostumbrado a vivir aquí con estos muertos y me resultan una compañía agradable, allí bajo su tierra y en sus frías casas de piedra.

> *Washington en tiempos de la guerra: Cartas de Isabelle Perkins durante la guerra civil*, compilado y editado por Nash Perkins III, carta del 25 de febrero de 1862

VIII

Así pues, el presidente dejó a su hijo en una tumba prestada y se marchó a trabajar por el país.

Lincoln: Una historia para chicos,
de Maxwell Flagg

No podría haber ubicación más plácida ni más hermosa que la de aquella tumba, que además resultaba imposible de encontrar para los visitantes ociosos del cementerio, dado que era la última tumba a la izquierda del confín mismo del recinto, situada en la cima de la ladera casi perpendicular de una colina que descendía hasta el arroyo Rock Creek. Los rápidos del arroyo emitían un susurro agradable y los árboles del bosque se elevaban desnudos y fuertes sobre el fondo del cielo.

Kunhardt y Kunhardt, óp. cit.

IX

Durante mi temprana juventud descubrí que tenía
cierta predilección que a mí me resultaba bastante natural e incluso maravillosa, pero que a los demás —a mis
padres, hermanos, amigos, maestros, pastores y abue-
los— no les parecía ni natural ni maravillosa en absoluto, sino al contrario: perversa y vergonzosa, y por esta
razón yo sufría: ¿acaso debía negar mi predilección, ca-
sarme y condenarme a mí mismo a una carestía segura,
por así llamarla, de satisfacciones en la vida? Yo deseaba
la felicidad (tal como creo que la desean todos), de forma
que entablé una inocente —bueno, *más o menos* inocente— amistad con un compañero mío de escuela. Pero
enseguida vimos que no había esperanza para nosotros,
de forma que (para saltarme unos cuantos detalles, principios en falso, borrones y cuentas nuevas, resoluciones
en firme y traiciones de esas mismas resoluciones en un,
ejem, rincón de las cocheras, etcétera) una tarde, un par
de días después de una conversación particularmente
sincera en la que Gilbert me declaró su intención de empezar a «llevar una vida recta», me llevé a mi habitación
un cuchillo de carnicero y, después de escribirles una

nota a mis padres (cuya idea central era *perdón*) y otra a él (*he amado y por tanto me marcho satisfecho*), me rajé las muñecas de forma bastante brutal sobre una jofaina de porcelana.

Lleno de náuseas por la abundancia de sangre y por su repentina y roja percusión sobre el blanco de la jofaina, me senté mareado en el suelo y en aquel momento... bueno, da un poco de vergüenza, pero lo voy a decir sin más: *cambié de opinión.* Solamente entonces (cuando ya prácticamente había salido por la puerta, por decirlo así) me di cuenta de lo inefablemente *hermoso* que era todo, de que todo había sido diseñado meticulosamente para darnos placer, y vi que estaba a punto de echar a perder un regalo maravilloso, el regalo de que a uno le permitieran deambular diariamente por este gigantesco paraíso de los sentidos, por este majestuoso zoco amorosamente abastecido de hasta la última cosa sublime: los enjambres de insectos que danzan en los haces oblicuos del sol de agosto, un trío de caballos negros plantados con las cabezas juntas y las patas hundidas hasta los corvejones en un campo nevado, una vaharada de caldo de ternera traída por la brisa desde una ventana de luz anaranjada en el frío otoñal de...

roger bevins iii

Señor. Amigo.

hans vollman

¿Lo estoy...? ¿Lo estoy haciendo otra vez?

roger bevins iii

Sí, señor.
Respire. Todo va bien.

Creo que está alarmando usted un poco al recién llegado.

hans vollman

Mil disculpas, jovencito. Solamente estaba intentando, a mi manera, darte la bienvenida.

roger bevins iii

«Lleno de náuseas por la abundancia de sangre», «se sentó mareado en el suelo» y «cambió de opinión».

hans vollman

Sí.

Lleno de náuseas por la abundancia de sangre y por su repentina y roja percusión sobre el blanco de la jofaina me senté mareado en el suelo. Y en aquel momento *cambié de opinión*.

Consciente de que mi única esperanza era que me encontrara alguno de los sirvientes, fui dando tumbos hasta las escaleras y me dejé caer por ellas. A continuación me las apañé para gatear hasta la cocina.

Que es donde sigo.

Allí sigo, esperando a que me encuentren (me quedé tumbado en el suelo, con la cabeza contra la cocina, una silla volcada al lado y una tira de monda de naranja pegada a la mejilla), a que alguien me reviva para poder levantarme, limpiar el desastre espantoso que dejé (mi madre *no* va a ponerse contenta) y salir a ese mundo hermoso convertido en un hombre nuevo y más valiente, ¡y empezar a *vivir*! ¿Seguiré acaso mi predilección? ¡La seguiré! ¡Con entusiasmo! Habiendo estado tan cerca de perderlo todo, por fin me siento libre de todo miedo, vacilación y timidez, y una vez revivido, tengo intención de deambular con devoción por el mundo, bebiendo, oliendo, degustando y amando a quien quiera; tocando, probando y quedándome muy quieto entre las cosas hermosas de este mundo, tales como: un perro dormido que patalea en sueños a la sombra triangular de un árbol; una pirámide de azúcar sobre la superficie de acacia negra de una mesa, reorganizada grano a grano por una corriente de aire invisible; una nube que pasa como si fuera un barco por encima de una colina verde y redonda, en cuya cima danzan enérgicamente las camisas de colores de una cuerda de tender, mientras abajo, en el pueblo, despierta un día de color azul purpúreo (la musa de la primavera encarnada), donde hasta el último metro de hierba húmeda y salpicada de flores ha enloquecido completamente por...

roger bevins iii

Amigo.
Bevins.

hans vollman

«Bevins» tenía varios pares de ojos   Todos ellos mirando frenéticamente de parte a parte   Varias narices   Todas husmeando   Sus manos (tenía múltiples pares de manos, o bien sus manos iban tan deprisa que parecía que hubiera muchas) iban de un lado a otro, cogiendo cosas y acercándoselas a la cara con una interrogación en la
Daba un poco de miedo
Mientras contaba su historia le habían crecido tantos ojos de más y tantas narices y manos que su cuerpo prácticamente se había esfumado   Unos ojos que parecían

uvas en la parra   Manos palpando los ojos   Narices oliendo las manos

Cortes en todas y cada una de las muñecas.

willie lincoln

El recién llegado estaba sentado en el tejado de su casa de enfermo, mirando con asombro al señor Bevins.

hans vollman

Y echándole también a escondidas algún que otro vistazo asombrado a usted, señor. A su considerable...

roger bevins iii

Por favor, no hace falta hablar de...

hans vollman

El otro hombre (al que le había caído una viga encima)   Muy desnudo   Con el miembro hinchado hasta tener el tamaño de una   Yo no le podía quitar la vista de

Le rebotaba cada vez que él

Un cuerpo que parecía un buñuelo   Una nariz aplastada como de oveja

Muy desnudo, ya lo creo

Una abolladura tremenda en la cabeza   Cómo podía ir por ahí y hablar con aquella horrible...

willie lincoln

En aquel momento se nos unió el reverendo Everly Thomas.

hans vollman

Que llegó, como siempre, a la carrera y renqueando, con las cejas muy arqueadas, mirando nerviosamente por encima del hombro, con todo el pelo de punta y una mueca de terror que le convertía la boca en una O perfecta. Y, sin embargo, habló, como siempre, con calma absoluta y buen juicio.

roger bevins iii

¿Un recién llegado?, dijo el reverendo.
Creo que tenemos el honor de dirigirnos a un tal señor Carroll, dijo el señor Bevins.
El chico se limitó a mirarnos con cara de no entender.

hans vollman

El recién llegado era un chico de unos diez u once años. Un muchachito bastante apuesto, que pestañeaba y miraba con cautela a su alrededor.

el reverendo everly thomas

Parecía un pez que, embarrancado en la orilla, se queda inmóvil y alerta, intensamente consciente de su vulnerabilidad.

hans vollman

Me recordó a un sobrino mío que una vez se había caído a través de la capa de hielo que cubría el río y había llegado a casa helado hasta el tuétano. No se había atrevido a entrar por miedo a que lo castigaran; me lo encontré apoyado contra la puerta para intentar calentarse un poco, aturdido, culpable y completamente entumecido por el frío.

roger bevins iii

42

Seguramente debes de sentir que algo tira de ti, ¿no?,
le dijo el señor Vollman. ¿Que algo te llama... para irte...
a algún lugar... más cómodo?
Siento que tengo que esperar, dijo el chico.
¡Pero si habla!, dijo el señor Bevins.

el reverendo everly thomas

¿Esperar a qué?, dijo el señor Oveja-Buñuelo.
A mi madre, le dije yo. A mi padre. Vendrán enseguida. A recogerme   El señor Oveja-Buñuelo negó
tristemente con la cabeza   Su miembro también se
meció   Tristemente
Puede que vengan, dijo el hombre de los muchos
ojos. Pero dudo que a recogerte.
Luego los tres se rieron   Entre muchas palmadas de
las muchas manos del hombre de los muchos ojos   Y
mucho bamboleo del miembro hinchado del señor Oveja-
Buñuelo   Hasta el reverendo se rio   Aunque la risa
no hizo que pareciera menos asustado
En cualquier caso, no se quedarán mucho rato, dijo
el señor Oveja-Buñuelo.
Y todo ese rato estarán deseando estar en otra parte,
dijo el hombre de los muchos ojos.
Estarán pensando en el almuerzo, dijo el reverendo.
Pronto va a llegar la primavera   Apenas he jugado
con los juguetes de Navidad   Tengo un soldado de
cristal al que le gira la cabeza   Con las charreteras inter-
cambiables   Pronto saldrán las flores   Lawrence el
jardinero nos dará a cada uno una taza de semillas
Tengo que esperar   les dije

willie lincoln

X

Le eché un vistazo al señor Bevins.

hans vollman

Estos jovencitos no deberían demorarse aquí.

roger bevins iii

Matthison, *¿De nueve años de edad...?* Se demoró menos de media hora. Luego se dispersó con un pequeño puf que sonó a pedo. Dwyer, *¿seis años y cinco meses...?* Ya no estaba en su cajón de enfermo cuando llegó. Al parecer lo había desalojado en pleno trayecto. Sullivan, *Infante*, se demoró doce o trece minutos en forma de bola de luz frustrada que berreaba y se movía de un lado a otro. Russo, *¿Llevada al cielo en su sexto año y niña de los ojos de su madre...?* No se demoró más que cuatro minutos. Iba mirando detrás de todas las piedras. «Estoy investigando a ver si encuentro mi cuaderno de la escuela.»

hans vollman

Pobrecilla.

el reverendo everly thomas

Los gemelos Evans, *Abandonaron este valle de lágrimas a los quince años y ocho meses,* se demoraron nueve minutos y luego se marcharon en el mismo instante exacto (gemelos hasta el fin). Percival Strout, *Diecisiete años de edad,* se demoró cuarenta minutos. Sally Burgess, *doce años y querida por todos,* se demoró diecisiete minutos.

hans vollman

Belinda French, *Bebé.* ¿Os acordáis de ella?

roger bevins iii

Tenía el tamaño de un bollo de pan y estaba ahí tumbada, emitiendo una luz blanca apagada y aquel plañido agudo.

el reverendo everly thomas

Durante cincuenta y siete minutos ininterrumpidos.

hans vollman

Mucho rato después de que se fuera su madre, Amanda French, *Fallecida en el acto de dar la vida a una hermosa pero desafortunada criatura.*

roger bevins iii

Yacían juntas en el mismo cajón de enfermo.

hans vollman

Una estampa de lo más conmovedora.

el reverendo everly thomas

Pero por fin se marchó.

roger bevins iii

45

Que es lo que han de hacer todos estos pequeños.

el reverendo everly thomas

Y es como se marcha la mayoría, de forma natural.

roger bevins iii

Más les vale.

el reverendo everly thomas

Imagine nuestra sorpresa, pues, cuando al pasar por aquí al cabo de una hora o dos nos encontramos al chaval todavía en el tejado, mirando expectante a su alrededor, como si estuviera esperando que llegara un carruaje a llevárselo de aquí.

hans vollman

Y perdóneme por mencionarlo, pero esa peste a cebollas silvestres que exudan los jóvenes cuando se demoran... ya era bastante intensa.

roger bevins iii

Había que hacer algo.

el reverendo everly thomas

XI

Camina junto con nosotros, muchacho, me dijo el señor Oveja-Buñuelo. Queremos que conozcas a una persona.

¿Puedes caminar?, me preguntó el hombre de los muchos ojos.

Descubrí que sí podía

Podía caminar   Podía flotar   Hasta podía caminaflotar

Un pequeño caminaflotar me pareció lo mejor   Había algo acostado inapropiadamente por debajo de nosotros, metido en un cajón dentro de aquella casita

Indecorosa   mente

¿Puedo contarles una cosa?

Tenía cara de gusano

¡Un gusano!, dije   Un gusano del tamaño de un niño   Con mi traje puesto

Horrores.

willie lincoln

El chaval hizo el gesto de ir a cogerme la mano pero

luego pareció pensárselo mejor, tal vez no quería que le viera comportándose como un niño.

hans vollman

Y partimos hacia el este.

roger bevins iii

XII

Hola, amables señores. Si lo desean, puedo decirles cómo se llaman algunas flores silvestres de nuestros bosques...

sra. elizabeth crawford

La señora Crawford se puso a seguirnos, asumiendo su actitud habitual de servilismo extremo: reverencias, sonrisas, inclinaciones, actitud apocada.

roger bevins iii

Ahí, por ejemplo, tienen el clavel de poeta silvestre, la orquídea zapatito rosa silvestre y rosas silvestres de todas clases. Ésa es la flor de sangre, ésa es la madreselva, por no mencionar el lirio azul, el lirio amarillo y muchas más especies de cuyos nombres no me acuerdo ahora mismo.

sra. elizabeth crawford

Tampoco nos dejó en paz ni un momento Longstreet, ese desgraciado que reside cerca del banco torcido.

roger bevins iii

Tomen nota, caballeros, de mi sutil conocimiento de los aspectos más relevantes de la indumentaria: los cierres de gancho y ojal, el escote Ellis, la intrincada falda de paseo estilo Rainy Daisy, te lo aseguro, Scudder, esto es como pelar una cebolla: desatar lazos, desabrochar, persuadir, hasta que por fin uno llega, y no precisamente deprisa, al centro mismo del drama, a la joya —como la podríamos denominar— en su verde valle...

sam *el fino* longstreet

Y no paró de manosearla y toquetearla mientras caminábamos, y la bendita de la señora Crawford no fue consciente para nada de sus repulsivas atenciones.

el reverendo everly thomas

Intimidado, el chico nos seguía de cerca, mirando a un lado y al otro.

hans vollman

Pues ahora les cantaré una parte —o bueno, toda, si ustedes quieren— de una canción que solía cantar mi amado marido. Él la llamaba la canción nupcial de Adán y Eva. Me acuerdo de que la cantó en la boda de mi hermana. Tenía mucha costumbre de inventarse canciones y cantarlas y...

Uy, no, no pienso acercarme más.

Que tengan un buen día, señores.

sra. elizabeth crawford

Habíamos llegado al borde de un yermo despoblado de varios centenares de metros que terminaba en la temida verja de hierro.

hans vollman

El pernicioso límite más allá del cual no podíamos aventurarnos.

roger bevins iii

Cómo odiábamos aquel sitio.

hans vollman

La señorita Traynor yacía como de costumbre, atrapada contra la verja y al mismo tiempo parte de ella, manifestándose en aquellos momentos como una especie de horrendo horno ennegrecido.

roger bevins iii

No pude evitar acordarme del primer día que había pasado ella aquí, durante el cual se había manifestado de forma ininterrumpida como una niña que giraba sobre sí misma, ataviada con un vestido de verano cuyos colores no paraban de cambiar.

el reverendo everly thomas

La llamé y le pedí que hablara con el muchacho sobre los peligros que entrañaba este lugar para los jóvenes.

hans vollman

La chica no dijo nada. La puerta del horno que ella era ahora se limitó a abrirse y luego a cerrarse, ofreciéndonos un breve vislumbre del terrible calor anaranjado que tenía dentro.

roger bevins iii

La señorita Traynor se transmutó rápidamente en el puente caído, en el buitre, en el perro enorme, en la vieja espeluznante que engullía pastel negro, en la mata de maíz destruido por las inundaciones y en el paraguas desvencijado por un viento que no podíamos ver.

el reverendo everly thomas

Nuestras súplicas más esforzadas no sirvieron de nada. La chica no quería hablar.

hans vollman

Dimos media vuelta para marcharnos.

roger bevins iii

Pero el muchacho tenía algo que la había conmovido. El paraguas se convirtió en el maíz, el maíz en la vieja, la vieja en la niña.

hans vollman

Ella le hizo un gesto para que se le acercara.

roger bevins iii

El muchacho se le acercó con cautela y ella se puso a hablarle en una voz tan baja que no pudimos oírla.

hans vollman

XIII

El joven señor Bristol me deseaba, los jóvenes señor Fellowes y señor Delway me deseaban. Al atardecer se sentaban en la hierba a mi alrededor y en sus miradas ardía el deseo más ferbiente y amable. Yo me sentaba con mi vestido morao en la silla de mimbre en medio de aquel círculo de miradas ferbientes y amables de admiración y allí me quedaba hasta que anochecía y alguno de los chicos se tumbaba en el suelo y decía: oh, las estrellas. Y yo añadía: oh, qué bonitas se ven esta noche, y (lo admito) me imaginaba a mí misma tumbada a su lao, y los otros chicos, viéndome mirar al que estaba tumbado, también se imaginaban que yacían allí a mi lado.

Era todo muy

Luego madre mandaba a Annie que viniera a buscarme.

Me fui demasiado pronto. De aquella fiesta, de aquel

La luminosa promesa de más y más noches así, que culminarían en una decisión, una vez tomada, la decisión sería la correcta, y se convertiría en Amor, y el Amor se convertiría en un bebé, y eso es todo lo que pido

Qué ganas tenía yo de abrazar un dulce bebé.

Sé perfetamente que ya no soy tan guapa como hantaño. Y con el tiempo, lo admito, he llegado a conocer ciertas palabras que antes no conocía

Follar polla mierda ojete violar porculo

Y a conocer, por dentro, ciertos sitios in decorosos donde esas cosas

Cuartos oscuros sitios de folleteo junto a callejones traseros

Me han llegao a encantar

Anelo esos sitios. Y siento una rabia.

Nunca hice nada. De nada.

Me fui demasiao pronto

Para hacer

Catorce nada más.

Años de edad.

Por favor vuelva otra vez señor ha sido todo un placer conocer lo

Pero a la mierda los bejestorios de sus amigos (no los vuelva a traer) siempre vienen a comérseme con los ojos y a burlarse demí y a pedirme que deforme no, no se dice así, que difame, que difame lo que estoy aciendo. Que no es más que lo que están aciendo ellos. ¿No es verdad? Y lo que estoy aciendo, si persisto con probidad, estoy segura de que traerá ese ansiado regreso a

Hierba verde miradas amables.

elise traynor

XIV

Al marcharnos de aquel sitio el chico se quedó callado.

¿Y eso me va a pasar a mí?, preguntó.

Casi seguro que sí, dijo el señor Vollman.

Está... está empezando a pasar ya, añadió con delicadeza el reverendo.

roger bevins iii

Habíamos llegado al sitio en el que el camino de tierra empieza a bajar.

el reverendo everly thomas

Cerca de Freeley. Cerca de Stevens. Cerca de los cuatro niños pequeños de la familia Nesbitt y de su ángel de cabeza gacha.

roger bevins iii

Cerca de Masterton. Cerca de Ambusti. Cerca del obelisco y de los tres bancos y del busto elevado del arrogante Merridale.

hans vollman

Pues entonces creo que tengo que hacer lo que dicen ustedes, dijo el muchacho.

Buen muchacho, dijo el señor Vollman.

roger bevins iii

XV

Abrazamos al chico en la puerta de su casa de piedra blanca.

hans vollman

Él nos dedicó una sonrisa tímida, no exenta de cierta agitación ante lo que estaba por venir.

el reverendo everly thomas

Ve, dijo el señor Bevins con dulzura. Es para bien.

hans vollman

Adelante, dijo el señor Vollman. Aquí ya no te queda nada.

roger bevins iii

Adiós, pues, dijo el chico.
No hay nada que temer, dijo el señor Bevins. Es algo perfectamente natural.

hans vollman

Y entonces pasó.

roger bevins iii

Un suceso extraordinario.

hans vollman

Sin precedentes, la verdad.

el reverendo everly thomas

La mirada del chico pasó de largo de nosotros.

hans vollman

Y pareció captar algo que estaba más allá.

roger bevins iii

Su cara se iluminó de alegría.

hans vollman

Padre, dijo.

el reverendo everly thomas

XVI

Un individuo extremadamente alto y desaliñado venía hacia nosotros atravesando las sombras.

hans vollman

Aquello era muy irregular. Ya no eran horas de visita y la cancela de entrada debía de estar cerrada con llave.

el reverendo everly thomas

Al chico lo habían traído aquel mismo día. Lo cual quería decir que seguramente el hombre había estado aquí...

roger bevins iii

Hacía muy poco.

hans vollman

Aquella misma tarde.

roger bevins iii

Muy irregular.

el reverendo everly thomas

El caballero parecía perdido. Se detuvo varias veces, miró a su alrededor, desanduvo sus pasos y dio media vuelta.

hans vollman

Iba sollozando por lo bajo.

roger bevins iii

No estaba sollozando. Mi amigo lo recuerda mal. Estaba jadeando, pero no sollozaba.

hans vollman

Iba sollozando por lo bajo, y su frustración creciente por haberse perdido se añadía a su tristeza.

roger bevins iii

Caminaba con rigidez, moviendo exageradamente los codos y las rodillas.

el reverendo everly thomas

El chaval salió precipitadamente por la puerta y echó a correr hacia el hombre con cara de alegría.

roger bevins iii

Que se convirtió en consternación cuando el hombre no lo cogió en brazos, que debía de ser la costumbre que tenían.

el reverendo everly thomas

Lo que pasó fue que el chico atravesó al hombre, mientras éste seguía caminando entre sollozos hacia la casa de piedra blanca.

roger bevins iii

No estaba sollozando. Mantenía perfectamente la compostura y se movía con gran dignidad y firmeza de...

hans vollman

Estaba ya a unos diez metros de distancia y caminaba directo hacia nosotros.

roger bevins iii

El reverendo sugirió que le dejáramos paso.

hans vollman

El reverendo se mostraba muy estricto con la cuestión de que era indecoroso permitir que a uno le pasaran a través.

roger bevins iii

El hombre llegó a la casa de piedra blanca, abrió la puerta con una llave y al cabo de un momento el chico entró detrás de él.

hans vollman

El señor Bevins, el señor Vollman y yo, preocupados por el bienestar del muchacho, nos metimos también por la puerta.

el reverendo everly thomas

Entonces el hombre hizo algo... no sé muy bien cómo...

hans vollman

Era un tipo corpulento. Se lo veía bastante fuerte. Lo bastante como para poder sacar el...

el reverendo everly thomas

Cajón de enfermo.

hans vollman

El hombre sacó el cajón de enfermo del chico de su nicho de la pared y lo dejó en el suelo.

roger bevins iii

Y lo abrió.

hans vollman

De rodillas ante el ataúd, el hombre contempló lo que...

el reverendo everly thomas

Contempló la figura yaciente del chico dentro de su cajón de enfermo.

hans vollman

Sí.

el reverendo everly thomas

Y fue entonces cuando se puso a sollozar.

hans vollman

Llevaba todo el tiempo sollozando.

roger bevins iii

Emitió un único sollozo desgarrador.

hans vollman

O un grito ahogado. A mí me pareció más bien eso. Una exclamación ahogada de reconocimiento.

el reverendo everly thomas

De evocación.

hans vollman

De recordar repentinamente lo que había perdido.

el reverendo everly thomas

Y le tocó con cariño la cara y el pelo.

hans vollman

Como debía de haber hecho sin duda muchas veces cuando el chico estaba...

roger bevins iii

Menos enfermo.

hans vollman

Una exclamación ahogada de reconocimiento, como diciendo: aquí está nuevamente, mi hijo, tal como era. Lo he vuelto a encontrar, a este chico al que tanto quise.

el reverendo everly thomas

Al que tanto seguía queriendo.

hans vollman

Sí.

roger bevins iii

La desgracia todavía era muy reciente.

el reverendo everly thomas

XVII

Willie Lincoln se estaba consumiendo.

Epstein, óp. cit.

Los días pasaban tortuosamente y él se iba debilitando y quedándose más y más en una sombra de sí mismo.

Keckley, óp. cit.

El secretario de Lincoln, William Stoddard, recordaba la pregunta que estaba en ese momento en boca de todos: «Pero ¿no hay esperanza? Ninguna. Lo dicen los médicos».

Equipo de rivales: El genio político
de Abraham Lincoln,
de Doris Kearns Goodwin

Sobre las cinco de esta tarde, estaba yo acostado y adormilado en el sofá de mi despacho cuando me ha despertado al entrar. «Bueno, Nicolay», me ha dicho, con la voz estrangulada por la emoción. «Mi chico ha muerto. ¡Ha muerto de verdad!», y, rompiendo a llorar, se ha dado la vuelta y se ha metido rápidamente en su despacho.

Con Lincoln en la Casa Blanca,
de John G. Nicolay,
edición de Michael Burlingame

La muerte se había producido hacía breves instantes. El cuerpo estaba sobre la cama, con la colcha apartada. Llevaba puesto el pijama de color azul claro. Tenía los brazos a los costados. Las mejillas todavía ruborizadas. En el suelo había tres almohadas apiladas. La mesilla de noche estaba torcida, como si alguien la hubiera apartado bruscamente.

*Testigo de la historia: La Casa Blanca
de Lincoln,* edición de Stone Hilyard,
testimonio de Sophie Lenox, doncella

Yo ayudé a lavarlo y a vestirlo, y lo acababa de volver a poner en la cama cuando entró el señor Lincoln. Nunca he visto a un hombre tan doblegado por el dolor. Se detuvo junto a la cama, apartó la sábana de la cara de su hijo, se lo quedó mirando un buen rato con cariño y con solemnidad y murmuró: «Mi pobre niño era demasiado bueno para este mundo. Dios lo ha llamado a su casa. Sé que está mucho mejor en el cielo, pero lo queríamos muchísimo. ¡Es duro, muy duro, que se nos muera!».

Keckley, óp. cit.

Era el favorito de su padre. Tenían una relación íntima; se los veía a menudo cogidos de la mano.

Keckley, óp. cit.,
testimonio de Nathaniel Parker Willis

Era igualito a su padre: la misma personalidad magnética y los mismos talentos y gustos.

Los hijos de Lincoln,
de Ruth Painter Randall

Era el hijo en el que Lincoln había invertido sus más gratas esperanzas; un reflejo a pequeña escala de sí mismo, por así decirlo, con quien podía hablar con franqueza, abiertamente y en confianza.

*Memorias de un infiltrado
en tiempos difíciles*,
de Tyron Philian

Will era la viva imagen del señor Lincoln, en todos los sentidos. Incluso tenía la costumbre de inclinar un poco la cabeza hacia el hombro izquierdo.

Burlingame, óp. cit.,
testimonio de un vecino de Springfield

Uno siente tanto amor hacia las criaturas, una expectativa tan grande de que llegarán a conocer todas las cosas maravillosas de la vida, un cariño tan grande por ese conjunto de atributos que se manifiestan de forma única en cada uno de ellos: los manierismos de la bravuconería, de la vulnerabilidad, los hábitos del habla, los defectos de pronunciación y demás; el olor de su pelo y de su cabeza, el tacto de su manita dentro de la tuya... ¡y de pronto el pequeñín ya no está! ¡Arrebatado! Uno se queda atónito de que haya tenido lugar una violación tan brutal en lo que previamente había parecido un mundo benévolo. De la nada brotó un amor enorme, y ahora, una vez anulado su origen, ese amor, desposeído y enfermo, se convierte en el sufrimiento más abismal que uno pueda imaginar.

Ensayo sobre la pérdida de un hijo,
de la señora Rose Milland

«Ésta es la prueba más dura que he pasado en la vida», le confesó a la niñera y, con el espíritu rebelándose, aquel hombre sobrecargado de preocupación y de penas exclamó: «¿Por qué? ¿Por qué?».

Abraham Lincoln: El niño y el hombre,
de James Morgan

Unos sollozos enormes estrangulaban su dicción. Escondió la cabeza en las manos y su alta figura experimentó convulsiones de emoción. Yo estaba al pie de la cama, con los ojos llenos de lágrimas, mirando a aquel hombre con asombro silencioso y sobrecogido. Su dolor lo perturbaba y lo convertía en un niño débil y pasivo. Yo no me había imaginado que su recia naturaleza pudiera verse tan afectada. Nunca me olvidaré de aquellos momentos tan solemnes: todo aquel genio y aquella grandeza llorando al ídolo perdido de su amor.

Keckley, óp. cit.

XVIII

Willie Lincoln era el chico más encantador que conocí nunca, sensato, de temperamento dulce y modales gentiles.

El padre de Tad Lincoln,
de Julia Taft Bayne

Era la clase de niño que la gente se imagina que serán sus hijos antes de tenerlos.

Randall, óp. cit.

Su compostura —*aplomb*, como lo llaman los franceses— era extraordinaria.

Willis, óp. cit.

Tenía una mente activa, curiosa y concienzuda, su disposición era amigable y afectuosa, sus impulsos eran amables y generosos, y sus palabras y modales eran gentiles y atractivos.

«Oración fúnebre para Willie Lincoln»,
de Phineas D. Gurley, publicado en
The Illinois State Journal

Nunca dejaba de verme en medio del gentío, darme la mano y hacer algún comentario agradable; y esto, viniendo de un chico de diez años, resultaba, cuando menos, adorable para un desconocido.

Willie tenía un vestuario gris y muy holgado, y su estilo era radicalmente distinto al de los niños mimados de pelo ensortijado que criaban las madres a la moda.

La verdad sobre la señora Lincoln,
de Laura Searing (bajo el
seudónimo Howard Glyndon)

Un día estaba yo pasando frente a la Casa Blanca cuando lo vi allí delante, jugando con un amigo en la acera. Llegó entonces el señor Seward, trayendo en su carruaje al príncipe Napoleón y a dos miembros de su séquito; y con solemnidad burlona —era obvio que el chico y el secretario tenían una relación estrecha—, el funcionario se quitó el sombrero y Napoleón hizo lo mismo, y todos le dedicaron un saludo ceremonioso al joven príncipe presidencial. Sin inmutarse ante aquel homenaje, Willie se incorporó también cuan alto era, se quitó la gorra con elegancia y aplomo e hizo una reverencia formal hasta el suelo mismo, como si fuera un pequeño embajador.

Willis, óp. cit.

Había un resplandor de inteligencia y de sentimiento en su cara que le confería un interés especial y que hacía que los desconocidos lo calificaran siempre de encantador muchachito.

Searing, óp. cit.

Resulta fácil entender que una criatura con esos dones se enredara en el curso de once años en torno a los corazones de quienes mejor lo conocían.

Gurley, óp. cit.

Un niño alegre, encantador y franco, enormemente abierto a los encantos del mundo.

Conocían a los chicos Lincoln,
de Carol Dreiser,
testimonio de Simon Weber

Un niñito para comérselo, redondo y pálido, con un largo flequillo que a menudo le caía sobre los ojos, y que, cuando se sentía conmovido o cohibido, llevaba a cabo un rápido abrir y cerrar involuntario de ojos: un parpadeo, dos y tres.

Los chicos del presidente,
de Opal Stragner

Cuando tenía delante alguna pequeña injusticia, la preocupación le ensombrecía la cara y los ojos se le inundaban de lágrimas, como si en aquel desafortunado episodio hubiera intuido la injusticia del mundo en general. Una vez un compañero de juegos le trajo un petirrojo muerto que acababa de matar de una pedrada, cogido con dos palos como si fueran unas pinzas. Willie habló con el chico en tono brusco, le quitó el pájaro de las manos, se lo llevó para enterrarlo y se pasó el resto del día sin apenas hablar.

El ángel perdido de Lincoln,
de Simon Iverness

Su rasgo más llamativo parecía ser su amable y valiente sinceridad, dispuesta a aceptar que todo podía ser tan distinto como debiera, y aun así inamovible en su firme determinación. Me descubrí a mí mismo examinándolo sin poder resistirlo, como uno de esos dulces problemas de la infancia con los que el mundo es bendecido en contados lugares.

Willis, óp. cit.

En privado, después del servicio, el doctor Gurley les dijo a los presentes que, poco antes de morir, Willie le había pedido que sacara de la hucha de su escritorio los seis dólares que eran sus ahorros y se los diera a la sociedad misionera.

Kunhardt y Kunhardt, óp. cit.

Pese a todo el esplendor que rodeaba a aquel muchachito en su nuevo hogar, siguió siendo *él mismo* con valentía y apostura, y nada más que él. Una flor silvestre trasplantada de la pradera al invernadero, que conservó sus hábitos de la pradera, inalterablemente puros y simples, hasta morir.

Willis, óp. cit.

Muchos meses después, revisando ropa vieja para la señora Lincoln, encontré en el bolsillo de un abrigo un pequeño mitón hecho una bola. Me vinieron muchos recuerdos y rompí a llorar. Me acordaré toda mi vida de aquel niño, y de lo dulce que era.

Hilyard, óp. cit.,
testimonio de Sophie Lenox,
doncella

No era perfecto; recuerde que era un niño. Podía ser revoltoso, travieso y ansioso. Era un *niño*. Sin embargo, hay que decirlo: era un niño muy *bueno*.

Hilyard, óp. cit.,

testimonio de D. Strumphort,

mayordomo

XIX

Sobre el mediodía, el presidente, la señora Lincoln y Robert bajaron a hacerle una última visita juntos al querido niño difunto. Fue su voluntad que no hubiera testigo alguno de aquellos últimos y tristes momentos en la casa en compañía de su hijo y hermano muerto. Se quedaron allí casi media hora. Mientras estaban así ocupados, llegó una de las tormentas de lluvia y viento más grandes que habían visitado esta ciudad en muchos años, y la terrible tormenta de fuera pareció bramar al unísono con la tormenta de dolor de dentro.

Testimonio de una joven república:
Diario de un yanqui, 1828-1870,
de Benjamin Brown French, edición
de D. B. Cole y J. J. McDonough

Durante la media hora que la familia pasó encerrada con el niño muerto, las centellas hendieron la oscuridad del cielo, unos truenos tan terribles como fuego de artillería hicieron temblar la vajilla y unos vientos violentos embistieron la casa desde el noroeste.

Epstein, óp. cit.

Por todos los amplios salones se pudieron oír aquella velada tremendas expresiones de dolor, no todas ellas procedentes de la habitación donde la señora Lincoln yacía aturdida; también se oían los gemidos más graves del presidente.

Mis diez años en la Casa Blanca,
de Elliot Sternlet

Ha pasado un siglo y medio y sigue pareciendo un entrometimiento adentrarse en aquella terrible escena: el shock, la incredulidad lastimera, los gritos salvajes de dolor.

Epstein, óp. cit.

Solamente a la hora de ir a dormir, que era cuando el niño solía presentarse para conversar un rato o armar un poco de revuelo, el señor Lincoln pareció realmente consciente de lo irreversible de su pérdida.

*Recuerdos escogidos de una vida
de servicio*, de Stanley Hohner

Alrededor de la medianoche entré para preguntarle si podía traerle algo. Su estampa me dejó horrorizado. Tenía el pelo alborotado y la cara pálida, y las huellas de su reciente llanto eran evidentes. Me asombró su agitación y me pregunté qué podía acabar pasando si aquel hombre no encontraba algo de alivio. Yo había visitado hacía poco una fundición en el estado de Pensilvania donde me habían hecho una demostración de una válvula de escape de vapor; el estado del presidente me recordó la necesidad de dichos mecanismos.

Hilyard, óp. cit., testimonio
de D. Strumphort, mayordomo

XX

Ahora el desaliñado caballero no dejaba en paz el cuerpecillo; le atusaba el pelo, lo acariciaba y le recolocaba las pálidas manos de muñeco.

roger bevins iii

Entretanto el chico estaba de pie a su lado, deshaciéndose en súplicas apremiantes para que su padre mirara en *su* dirección y lo acariciara *a él*.

el reverendo everly thomas

Unas súplicas que el caballero no pareció oír.

roger bevins iii

Luego aquella escena ya inquietante e indecorosa descendió a un nuevo nivel de...

hans vollman

Oímos una exclamación ahogada del reverendo, que, a pesar de las apariencias, no se escandaliza con facilidad.

roger bevins iii

Va a coger al niño en brazos, dijo el reverendo.

hans vollman

Y eso mismo hizo.
El hombre sacó el cuerpecillo del...

roger bevins iii

Cajón de enfermo.

hans vollman

El hombre se inclinó, sacó del cajón aquel cuerpecillo y, con elegancia sorprendente para alguien tan desgarbado, se sentó en el suelo, colocándoselo sobre el regazo.

roger bevins iii

Sepultando la cabeza en el espacio que quedaba entre la barbilla y el cuello de la criatura, el caballero rompió a sollozar, al principio entrecortadamente y luego ya sin reservas, dando rienda suelta a sus emociones.

el reverendo everly thomas

Entretanto el chaval iba con frenesí de un lado para otro, agonizando visiblemente de frustración.

hans vollman

El hombre se pasó casi diez minutos abrazando aquella...

roger bevins iii

Figura enferma.

hans vollman

El chico, frustrado porque le estuviera siendo negada la atención que creía merecer, se acercó a su padre y se pegó a él, mientras el padre seguía abrazando y meciendo suavemente la...

el reverendo everly thomas

Figura enferma.

hans vollman

En un momento dado, conmovido, me aparté de la escena y descubrí que no estábamos solos.

roger bevins iii

Se había congregado una multitud fuera.

el reverendo everly thomas

Todos en silencio.

roger bevins iii

Mientras el hombre seguía meciendo suavemente a su criatura.

el reverendo everly thomas

Y mientras su hijo permanecía en silencio y pegado a él.

hans vollman

Luego el caballero se puso a hablar.

roger bevins iii

El chico rodeó con el brazo el cuello de su padre en gesto familiar, tal como debía de haber hecho a menudo en vida, y se le acercó todavía más, hasta tocarle la cabeza, a fin de oír mejor las palabras que el hombre estaba susurrando con la boca pegada al cuello de...

hans vollman

La frustración del chico se volvió tan insoportable que empezó a...

roger bevins iii

El chico empezó a entrar en sí mismo.

hans vollman

Por así decirlo.

roger bevins iii

El chico empezó a entrar en sí mismo; enseguida estuvo completamente dentro de sí mismo, y entonces el hombre rompió a sollozar de nuevo, como si pudiera sentir cómo acababa de cambiar aquello que tenía en brazos.

el reverendo everly thomas

Eso ya fue demasiado, y ciertamente demasiado íntimo, de forma que salí de allí y eché a andar yo solo.

hans vollman

Yo también.

roger bevins iii

Yo me quedé, transfigurado, rezando numerosas plegarias.

el reverendo everly thomas

XXI

Con la boca pegada al oído del gusano, padre dijo:

Nos hemos amado mucho, Willie de mi alma, pero ahora, por razones que no podemos entender, ese vínculo se ha roto. Pero nuestro vínculo no puede romperse nunca. Mientras yo viva, tú estarás siempre conmigo, hijo.

Y dejó escapar un sollozo

El querido padre llorando   Era una escena muy dura   Y dio igual que yo le diera palmaditas y lo besara y lo intentara consolar, no sirvió de

Nos diste felicidad, dijo. Tienes que saberlo. Has de saber que nos diste felicidad. A todos nosotros. Sin pausa y sin fin, nos diste... lo hiciste muy bien. Hiciste muy bien lo de dar felicidad a quienes te conocieron.

¡Y todo eso se lo dijo al gusano!   Cómo deseaba yo que me lo dijera a mí   Y sentir que me miraba a mí   De forma que pensé: muy bien, diantres, voy a conseguir que me vea   Así que me metí   No me molestó nada   Caramba, si hasta fue agradable   Como si aquél fuera mi sitio

Allí dentro, y dentro de su fuerte abrazo, ahora también estaba en parte dentro de padre

Y pude saber exactamente lo que él era

Sentí lo largas que eran sus piernas   Y viví la sensación de tener barba   El sabor del café en la boca y, aunque él no estuviera pensando exactamente aquellas palabras, supe que *sentirlo en mis brazos me hace bien. Ya lo creo. ¿Acaso esto está mal? ¿Es impío? No, no, él es mío, es nuestro, y, por tanto, en ese sentido yo debo ser un dios; en lo que respecta a él, puedo decidir qué es lo más conveniente. Y estoy convencido de que esto me hace bien. Me hace acordarme de él. Una vez más. De quién era. Ya me había olvidado un poco. Pero aquí está: sus proporciones exactas, el traje que todavía huele a él, su flequillo entre mis dedos, el peso de su cuerpo, que yo recuerdo de cuando se quedaba dormido en la sala de estar y yo lo subía en brazos hasta...*

Me hace bien.

Estoy convencido.

Es secreto. Una pequeña debilidad secreta, que me apuntala; y puesto que me apuntala, me facilita el cumplir con mi deber en otras cuestiones; acelera el final de este periodo de debilidad y no hace daño a nadie; por consiguiente, no está mal, y me iré de aquí con esta decisión tomada: puedo regresar siempre que quiera, sin decírselo a nadie, aceptando toda la ayuda que venir aquí me pueda reportar, hasta que deje de ayudarme.

Y entonces padre tocó mi cabeza con la suya.

Querido hijo, dijo, volveré. Te lo prometo.

willie lincoln

XXII

Después de una media hora, aquel hombre desaliñado salió de la casa de piedra blanca y se adentró tambaleándose en las sombras.

Yo entré y me encontré al chico sentado en un rincón.

Era mi padre, me dijo.

Sí, le dije yo.

Ha dicho que volverá, dijo. Lo ha prometido.

Me sentí inconmensurable e inexplicablemente conmovido.

Es un milagro, dije.

el reverendo everly thomas

XXIII

Aproximadamente a la una de la madrugada de esta noche según el presente informe el presidente Lincoln ha llegado a la cancela de entrada pidiendo que lo dejaran entrar por la misma como corresponde y sin saber qué otra cosa podía yo hacer teniendo en cuenta su cargo que no es otro que el de presidente cargo nada desdeñable para un hombre como él o para cualquiera le he permitido la entrada pese a que como tú sabes Tom el protocolo declara que una vez la verja se cierra con llave no puede volver a abrirse hasta la hora en que está programada la apertura que no es otra que la mañana pero como ha sido el presi en persona quien me lo ha pedido se me ha presentado un dilema bastante endiablado y además yo andaba un poco grogui porque era tarde tal como he mencionado ya y además ayer me permití un rato de diversión en el parque con mis hijos Philip Mary y Jack Jr. y por consiguiente estaba un poco cansado y admito que me he quedado un poco adormilado sentado a tu mesa Tom. No le he preguntado al presi qué estaba haciendo aquí ni nada parecido pero cuando nuestras miradas se han encontrado él me ha dedicado una mirada franca y amistosa aunque algo angustiada como diciéndome en fin amigo esto es un poco raro lo sé pero ante esa mirada tan necesitada no me he podido negar porque acababan de enterrar a su hijo hoy mismo así que ya te podrás imaginar cómo actuaríamos o nos sentiríamos tú o yo en una circunstancia así de triste Tom si tu Mitchell o mi Philip mi Mary o mi Jack Jr. fallecieran en fin no sirve de nada pensar en esas cosas.

No llevaba cochero con él sino que ha llegado solo con un caballito bastante pequeño lo cual me ha sorprendido bastante porque él es todo un presidente y está claro que tiene las piernas largas y su caballo era bastante bajo de tal forma que parecía una especie de insecto de tamaño humano enganchado a aquel pobre jamelgo desgraciado que una vez libre de su carga se ha quedado allí fatigado y abatido y jadeando como si estuviera pensando menuda historia les voy a poder contar a los demás caballos a mi regreso si todavía los encuentro despiertos y en ese momento el presi ha pedido la llave de la cripta de Carroll y tal como corresponde yo se la he dado y me he quedado mirando cómo se alejaba por el jardín deseando haber tenido como mínimo la cortesía de haberle ofrecido una lámpara en préstamo dado que no llevaba ninguna pero aun así se ha adentrado en aquellas tinieblas estigias como un peregrino internándose en un desierto sin caminos Tom ha sido terriblemente triste.

Tom aquí viene lo más raro de todo que es que ha estado fuera un rato larguísimo. De hecho mientras escribo esto todavía no ha vuelto. Está perdido perdido. Perdido ahí fuera o bien se ha caído y se ha roto algo y está por ahí tirado berreando.

Acabo de salir un momento y no he oído ningún grito.

Dónde está ahora mismo no lo sé Tom.

Tal vez ahí fuera en alguna parte del bosque recuperándose de la visita entregándose al llanto solitario.

Registro del vigilante, 1860-1878, cementerio de Oak Hill, anotación de Jack Manders, noche del 25 de febrero de 1862, citada de acuerdo con el señor Edward Sansibel

XXIV

Sería difícil exagerar el efecto vivificador que tuvo aquella visita en nuestra comunidad.

hans vollman

Había gente a la que llevábamos años sin ver y que ahora salió caminando y gateando y se quedó allí tímidamente, retorciéndose las manos con gesto de incredulidad encantada.

el reverendo everly thomas

Había gente a la que no habíamos visto *nunca* y que ahora hizo su debut nervioso.

roger bevins iii

¿Quién sabía que Edenston era un hombrecillo diminuto vestido de verde y con una peluca torcida? ¿Quién sabía que Cravwell era una mujer con pinta de jirafa y gafas y en la mano un libro de poemas que había escrito ella?

hans vollman

De pronto todo eran halagos, deferencia, sonrisas, risas estridentes y saludos afectuosos.

roger bevins iii

Los hombres se arremolinaban bajo aquella luna alta de febrero, elogiándose los trajes y representando gestos familiares: dar patadas a la tierra, tirar una piedra, fintar un puñetazo. Las mujeres iban cogidas de la mano, con las barbillas muy altas, se llamaban entre ellas *encanto* y *querida* y se detenían bajo los árboles para intercambiar extrañas confidencias refrenadas durante muchos años de encierro.

el reverendo everly thomas

La gente estaba muy *feliz*, ésa era la palabra; habían recuperado ese sentimiento.

hans vollman

Era la idea, la idea misma, de que alguien...

roger bevins iii

De aquel otro lugar...

hans vollman

De que alguien de aquel otro lugar se dignara a...

roger bevins iii

Lo que se salía de lo normal era el *tocar*...

el reverendo everly thomas

No era raro que la gente del lugar anterior *viniera* por aquí.

hans vollman

Oh, venían por aquí bastante a menudo.

el reverendo everly thomas

Con sus puros, sus coronas de flores, sus lágrimas, sus crespones, sus voluminosas carrozas y sus caballos negros pataleando frente a la verja.

roger bevins iii

Con sus rumores, su incomodidad y sus comentarios entre dientes que no tenían nada que ver con nosotros.

el reverendo everly thomas

Con su carne cálida, el vapor de su aliento, sus ojos húmedos y la ropa interior irritándoles la piel.

roger bevins iii

Con sus terribles palas apoyadas descuidadamente en nuestros árboles.

el reverendo everly thomas

Pero lo de *tocar*... ¡Dios mío!

hans vollman

No es que no nos tocaran a veces.

roger bevins iii

Uy, ya lo creo que te tocaban. Forcejeaban contigo para meterte en el cajón de enfermo.

hans vollman

Te vestían como querían. Te cosían y te pintaban según hiciera falta.

roger bevins iii

Pero en cuanto te tenían tal como ellos querían, ya no volvían a tocarte más.

hans vollman

Bueno, a Ravenden sí.

el reverendo everly thomas

A Ravenden lo volvieron a tocar.

roger bevins iii

Pero esa forma de tocar...

hans vollman

Esa forma de tocar no la quiere nadie.

el reverendo everly thomas

El techo de su casa de piedra tenía goteras. Su cajón de enfermo había sufrido desperfectos.

roger bevins iii

Así que lo sacaron a la luz del día y abrieron la tapa.

el reverendo everly thomas

Era otoño y al pobre hombre le empezaron a llover las hojas encima. Y además era un tipo orgulloso. Un banquero. Aseguraba que había tenido una mansión en la...

hans vollman

Lo sacaron con malos modos de su cajón y lo tiraron —¡patapof!— dentro de uno nuevo. Le preguntaron en broma si le había dolido y, en caso de que sí, si quería presentar una queja. Luego se fumaron un cigarrillo con parsimonia, mientras el pobre Ravenden (medio dentro y medio fuera, con la cabeza ladeada en un ángulo incómodo) les gritaba débilmente todo el tiempo que por favor lo colocaran de forma menos indecorosa...

el reverendo everly thomas

Esa forma de tocar...

roger bevins iii

No la quiere nadie.

hans vollman

Pero esto... esto era distinto.

roger bevins iii

El abrazo, el tiempo que se alargó, las palabras de cariño susurradas al oído... ¡Dios mío! ¡Dios mío!

el reverendo everly thomas

Que lo toquen a uno con ese cariño, con esa atención, como si todavía estuviera...

roger bevins iii

Sano.

hans vollman

Como si uno todavía fuera digno de afecto y de respeto. Fue muy alentador. Nos dio esperanza.

el reverendo everly thomas

Tal vez no fuéramos tan imposibles de amar como habíamos llegado a creer.

roger bevins iii

XXV

Por favor, no nos malinterpreten. Entre nosotros había madres y padres. Había maridos de toda la vida, hombres importantes, que habían venido aquí, en su primer día, acompañados de unas multitudes tan enormes y afligidas que, al apelotonarse para oír las plegarias, habían dañado de forma irreversible las verjas. Había jóvenes esposas transferidas aquí durante el parto, despojadas de sus gentiles cualidades por el dolor desnudo de las circunstancias, mujeres que habían dejado atrás a unos maridos tan enamorados de ellas y tan atormentados por el horror de sus últimos instantes (por la idea de que esas mujeres hubieran desaparecido por aquel espantoso agujero negro dolorosamente desgarradas de sí mismas) que no habían vuelto a amar a nadie. Había hombres corpulentos y silenciosamente satisfechos que, en su temprana juventud, habían asimilado su propia vulgaridad y habían alterado jovialmente (como quien acepta con perplejidad una triste carga) el rumbo de su vida. Si no podían ser *grandes*, serían *útiles*; serían ricos, amables y por consiguiente capaces de hacer el bien: sonrientes, con las manos en los bolsillos, viendo pasar aquel mundo que habían mejorado de forma sutil (el ajuar vacío que habían llenado, la educación que habían pagado en secreto). Había afables y chistosos sirvientes, a quienes sus amos habían cogido cariño gracias a las palabras de ánimo que se les ocurrían cada vez que ellos salían de casa para ir a sus citas importantes. Había abuelas, tolerantes y francas, depositarias de ciertos secretos oscuros, que, por medio de su misma forma de escuchar sin emitir juicios, ya concedían un perdón tácito y de esa forma dejaban entrar la luz del sol. Lo que quiero decir es que habíamos recibido *consideración*. Nos habían *amado*. No habíamos sido seres solitarios, perdidos ni grotescos, sino sabios, cada cual a su manera. Nuestra partida había causado dolor. Quienes nos habían amado se habían quedado sentados en sus camas, con la cabeza apoyada en las manos, las caras descansando sobre la superficie de sus mesas y haciendo ruidos guturales. Nos habían amado, digo, y cada vez que nos recordaban, aunque fuera muchos años más tarde, la gente sonreía y sentía un momento fugaz de alegría.

el reverendo everly thomas

Y aun así...

roger bevins iii

Y aun así nadie había venido nunca aquí a abrazar a ninguno de nosotros, ni a hablarle con tanta ternura.

hans vollman

Nunca.

roger bevins iii

XXVI

Pronto éramos una marabunta que rodeaba la casa de piedra blanca.

el reverendo everly thomas

Y todos nos agolpábamos para pedirle detalles al chico. ¿Qué sensación producía que lo abrazaran a uno así? ¿Acaso era verdad que el visitante había prometido volver? ¿Le había ofrecido alguna esperanza de poder alterar su circunstancia fundamental? Y en caso de que sí, ¿acaso aquella esperanza podía extenderse también a nosotros?

roger bevins iii

¿Qué queríamos? Pues queríamos que el chico nos *viera*, creo. Queríamos su bendición. Queríamos saber qué pensaba aquel ser en apariencia venturoso de las razones personales que teníamos para quedarnos aquí.

hans vollman

A decir verdad, no había ni uno solo de los muchos que vivíamos aquí —ni siquiera de los más fuertes— que no albergara dudas persistentes sobre la sabiduría de su decisión de quedarse.

roger bevins iii

Las cariñosas atenciones del caballero habían mejorado mucho nuestra opinión del muchacho y ahora todos anhelábamos cualquier forma de asociación con él.

el reverendo everly thomas

Con aquel príncipe recién coronado.

roger bevins iii

Pronto la cola de gente que esperaba para hablar con el chico ya se extendía por el camino hasta llegar a la casa de arenisca color canela de Everfield.

hans vollman

XXVII

Seré breve.

jane ellis

Lo dudo.

sra. abigail blass

Señora Blass, por favor. A todo el mundo le va a llegar su...

el reverendo everly thomas

«Una vez, en plenas Navidades, papá nos llevó a una feria maravillosa que se celebraba en una aldea.» Puaj.

sra. abigail blass

Por favor, no se apelotonen. Guarden cola. A todo el mundo le va a llegar su turno.

hans vollman

Cotorrea y cotorrea y siempre ha de ser la primera. En todo. Díganme, por favor, ¿cómo es que se merece esa...?

sra. abigail blass

Podría usted aprender un par de cosas de ella, señora Blass. Mire cómo mantiene la compostura.

hans vollman

Lo serena que se mantiene.

el reverendo everly thomas

Lo limpia que lleva la ropa.

roger bevins iii

Caballeros...

Si me permiten...

Una vez, en plenas Navidades, papá nos llevó a una feria maravillosa que se celebraba en una aldea. Encima de la puerta de una carnicería colgaba un prodigioso dosel de casquería: ciervos con las entrañas extirpadas y atadas con alambres en torno al cuerpo, como si fueran guirnaldas escarlata; faisanes y patos colgados cabeza abajo, con las alas extendidas por medio de alambres cubiertos de fieltro de colores a juego con las plumas de sus aves respectivas (todo hecho con gran habilidad); flanqueaban la puerta dos cerdos idénticos con sendas gallinas de pelea montadas encima como jinetes en miniatura. Todo ello envuelto en follaje y repleto de velas. Yo iba de blanco. Era una niña hermosa vestida de blanco, con una larga trenza de cabello colgando a la espalda que yo siempre estaba meciendo. No quería marcharme por nada del mundo y cogí una pataleta. A fin de apaciguarme, papá compró un ciervo y me dejó que lo ayudara a atarlo a la parte de atrás del carruaje. Todavía me acuerdo de la escena: la campiña se alejaba por detrás de nosotros en medio de la niebla de media tarde, el ciervo renqueante iba dejando tras de sí un rastro de gotas de sangre por el suelo, las estrellas se iluminaban en el cielo, los arroyos discurrían y gorgoteaban mientras nosotros pasábamos dando bandazos por puentes chirriantes hechos de tablones recién cortados, volviendo a casa mientras se iba haciendo...

jane ellis

Puaj.

sra. abigail blass

Me sentía una especie nueva de criatura. No un niño (eso estaba claro), pero tampoco una (simple) niña. Aquella raza enfundada en faldas que nunca paraba de ir de un lado para otro sirviendo té no tenía nada que ver *conmigo*.

Yo tenía grandes ambiciones, fíjense.

El mundo me parecía un lugar de dimensiones gigantescas. Quería visitar Roma, París y Constantinopla. Me imaginaba cafés en sótanos donde, apretujados entre las paredes húmedas, un amigo (apuesto y generoso) y yo nos sentábamos a discutir... muchas cosas. Cosas profundas, ideas nuevas. En las calles brillaban unas luces verdes y extrañas, las olas del mar rompían suavemente contra unos embarcaderos escorados y grasientos; se avecinaban tiempos revueltos, una revolución, en la que mi amigo y yo debíamos...

Y bueno, como sucede a menudo, mis esperanzas... no se materializaron. El hombre con el que me casé no era apuesto ni generoso. Era un ser tedioso. No me trataba con violencia, pero tampoco con cariño. No fuimos ni a Roma ni a París ni a Constantinopla, sólo nos dedicamos a viajar continuamente a Fairfax para visitar a su anciana madre. Él no parecía *verme*, lo único que le interesaba era *poseerme*; cada vez que me juzgaba «tonta» (algo que sucedía muy a menudo) me miraba meneando aquel bigotito que parecía una cucaracha diminuta. Yo podía decir algo que para mí era verdad y tenía valor, algo relacionado, por ejemplo, con el hecho de que él no consiguiera progresar en su profesión (era un quejica que siempre se presentaba como víctima de alguna conspiración y que vivía convencido de que todos le faltaban al respeto, como resultado de lo cual siempre acababa enzarzándose en alguna pelea absurda y conseguía que lo echaran); y, sin embargo, a él solamente le hacía falta menear aquel bigotito y declarar que mi opinión era «una perspectiva de mujer» y ya no había más que decir. Yo quedaba descartada. Oír cómo se jactaba de haber impresionado a algún funcionario de poca monta con un comentario «ingenioso», cuando yo había estado allí presente y había oído el comentario en cuestión y había visto que el funcionario y su mujer a duras penas podían refrenarse de reírse en la cara de aquel pomposo don nadie, resultaba... duro. Yo había sido aquella hermosa criatura vestida de blanco, entiéndanlo, aquella criatura que había llevado en el corazón Constantinopla, París y Roma y que no había sabido que pertenecía a «una especie inferior», que «sólo» era una mujer. Y luego, por las noches, apenas podía soportar que él me dirigiera aquella mirada (la conocía bien) que significaba: «Prepárese, señora, porque pronto me va a tener encima, todo caderas, lengua y aquel bigotillo que parecía reproducirse hasta cubrir todos los puntos de entrada, por así decirlo, y al acabar volverá a tenerme usted encima buscando cumplidos».

Y entonces llegaron las niñas.

Las niñas, sí. Tres niñas maravillosas.

En aquellas niñas encontré mi Roma, mi París y mi Constantinopla.

A él no le interesan las niñas en absoluto, aunque le gusta usarlas para reforzar su imagen en público. A una la castiga con demasiada dureza por alguna infracción de poca monta, a otra le desprecia la opinión que ella ofrece con timidez, y a todas juntas las sermonea a voz en grito acerca de algo completamente obvio («Resulta, chicas, que la luna está suspendida ahí arriba entre las estrellas»), como si acabara de descubrirlo él. A continuación echa un vistazo a su alrededor para evaluar qué efecto está teniendo su hombría en los transeúntes.

jane ellis

Si no le importa...
Hay mucha gente esperando.

sra. abigail blass

¿Acaso las va a cuidar *él*?

¿En mi ausencia?

Cathryn está a punto de empezar la escuela. ¿Quién se va a asegurar de que lleve la ropa adecuada? Maribeth tiene un pie cojo y eso la cohíbe y a menudo llega a casa llorando. ¿Quién la va a consolar ahora? Alice está nerviosa porque ha mandado un poema a una revista. La verdad es que no es muy bueno. Tengo planeado darle a leer a Shakespeare y a Dante y después trabajar juntas en algunos poemas nuevos.

Ahora las echo especialmente de menos. Durante esta pausa. Por suerte no es más que una intervención quirúrgica sin importancia. Una de esas escasas oportunidades que tiene una de hacer una pausa y recapacitar sobre su...

jane ellis

La señora Ellis era una mujer señorial, regia, siempre rodeada de tres orbes gelatinosos que flotaban en torno a ella, cada uno de los cuales contenía la imagen de una de sus hijas. A veces aquellos orbes crecían hasta volverse enormes y se cernían sobre ella y la aplastaban, exprimiéndole la sangre y el resto de los fluidos mientras ella se retorcía bajo su peso terrible, negándose a chillar, porque eso habría indicado disgusto. En otras ocasiones, los orbes la abandonaban y ella era presa de una angustia terrible y no le quedaba más remedio que echar a correr en su busca; cuando los encontraba se echaba a llorar de alivio, y los orbes aprovechaban para ponerse a aplastarla otra vez. Sin embargo, el peor tormento de todos para la señora Ellis llegaba cuando uno de los orbes se le materializaba ante los ojos a tamaño real y se volvía completamente translúcido, permitiéndole captar hasta el último detalle de la ropa, la expresión facial, el temperamento y demás rasgos de la hija que había dentro, que a continuación, y con gran sentimiento, se ponía a explicar alguna dificultad en la que andaba metida (sobre todo a la luz de la repentina ausencia de la señora Ellis). La señora Ellis siempre hacía gala de una gran perspicacia y un amor abundante mientras le explicaba a la afligida criatura, con voz llena de comprensión, cuál era la mejor estrategia que podía usar para resolver la situación entre manos; pero ay (y aquí estaba el tormento), la niña nunca podía verla ni oírla, sino que se entregaba ante los ojos de la señora Ellis a unos paroxismos crecientes de desesperación que provocaban que la pobre mujer echara a correr de un lado a otro, intentando escaparse del orbe, que la perseguía con algo que sólo podía describirse como una inteligencia sádica, adelantándose a todos sus movimientos y lanzándose continuamente ante sus ojos, que, al menos por lo que yo podía ver, ella era incapaz de cerrar en aquellos momentos.

el reverendo everly thomas

Otros días, todo aquel con quien se encontraba se manifestaba en forma de bigote gigante con piernas.

hans vollman

Sí, esa mujer lo tiene difícil.

roger bevins iii

No tan difícil. Es rica.
Se le nota en la voz.

sra. abigail blass

Joven caballero, ¿le puedo pedir... un favor?

jane ellis

Menuda estirada.

sra. abigail blass

Si le permiten a usted volver al sitio de antes, ¿podría comprobar la ropa de Cathryn y consolar a Maribeth y decirle a Alice que no es pecado no conseguir algo al primer intento? Asegúreles por favor que llevo pensando en ellas desde que llegué aquí y que estoy intentando volver a casa, y que incluso mientras me administraban el éter estaba pensando en ellas, en ellas y solamente...

jane ellis

Quédese el dinero, le dije. Estoy tranquilo.

sr. maxwell boise

¿Otra vez me apartan a empujones?
¿Porque soy pequeña?

sra. abigail blass

Quizá es por lo sucia que va.

roger bevins iii

Vivo cerca del suelo, señor. Igual que usted, creo...

sra. abigail blass

Trae usted las zapatillas completamente negras de mugre.

roger bevins iii

Quédese el dinero, le dije. Estoy tranquilo.
Y haga el favor también de conservar la calma, señor. No hay enemistad alguna entre nosotros, que yo sepa. Consideremos esto una simple transacción comercial. Yo le entrego mi billetera, ¿lo ve? Y luego, con el permiso de usted, ya me puedo...
No, no, no.
No no no.
Es completamente injusto e ilógico que usted haya...
Cielos bajos, tejados borrosos.
Y yo estoy per forado.

sr. maxwell boise

Pruebe ahora, señora Blass.

roger bevins iii

La señora Blass, notoriamente frugal, sucísima, canosa y diminuta (más pequeña que un bebé), se pasaba las noches corriendo de un lado para otro, royendo piedras y ramitas para hacer acopio de ellas, defendiéndolas con fervor y dedicando largas horas a contar una y otra vez aquellas pingües posesiones.

el reverendo everly thomas

La oportunidad de dirigirse por fin al chico, plantada allí al frente de aquella multitud excitada, le provocó a la minúscula señora un caso repentino de pánico escénico.

hans vollman

Tengo entendido que tiene usted mil trescientos dólares guardados en el First Bank, ¿verdad?

el reverendo everly thomas

Sí.

Gracias, reverendo.

Tengo mil trescientos dólares guardados en el First Bank. En una habitación del piso de arriba que no voy a especificar tengo cuatro mil más en monedas de oro. También poseo dos caballos, quince cabras, treinta y un pollos y diecisiete vestidos, por un valor total aproximado de unos tres mil ochocientos dólares. Pero soy viuda. Así que lo que parece abundancia en realidad es escasez. La marea baja pero nunca vuelve a subir. Las piedras ruedan colina abajo pero no vuelven a rodar colina arriba. Por consiguiente, entenderá usted mi reticencia a permitirme despilfarros. Tengo más de cuatrocientas ramitas y casi sesenta guijarros de diversos tamaños. Tengo dos pedazos de pájaros muertos y tantos trocitos de tierra que no se pueden ni contar. Antes de retirarme a dormir cuento mis pedazos de pájaros muertos, ramitas, guijarros y trocitos y lo rasgo todo con los dientes para asegurarme de que sigue siendo real. Al despertar, a menudo descubro que me faltan varios objetos. Lo cual demuestra que aquí hay ladrones y justifica esas tendencias mías por las que muchos de los que viven aquí me juzgan con dureza (lo sé perfectamente). Pero ellos no son ancianas, ni los amenaza la fragilidad ni están rodeados de enemigos ni para ellos la marea solamente baja y baja y baja...

sra. abigail blass

Tanta gente esperando todavía   Una masa inquieta de color gris y negro   Hasta donde alcanzaba la vista   Gente a la intemperie bajo la luz de la luna repartiendo empujones y poniéndose de puntillas para ver

Para verme a mí

Caras asomando por la puerta para farfullar su triste   Tal o cual   Ninguno estaba contento   A todos los habían tratado injustamente   Abandonado   Desatendido   Malentendido   Muchos llevaban leotardos y pelucas de otras épocas y

willie lincoln

Cuando engalanado con mi risueña Chaqueta de Terciopelo Rojo pasaba yo por delante de los Setos Florecidos, en plena Flor de mi Vida, qué Estampa tan gallarda era la mía. Todo el que me veía me admiraba. Los hombres del lugar Tartamudeaban cuando yo me Acercaba y mis TIZONES se apartaban a un lado, sobrecogidos, al Pasar yo.

Esto me gustaría que supieran los tiernos Mozalbetes.

Y muchas fueron las veces en que descargué mi Lujuria en plena Noche con excelentes Resultados; la descargaba en la buena de mi Esposa o bien, si ésta se encontraba indispuesta, la descargaba en mis TIZONES, a quienes yo llamaba mis TIZONES porque eran ciertamente negras como la Noche, como TIZONES de CARBÓN, y me daban calor en abundancia. Yo solamente tenía que conseguirme una chavala TIZÓN y, haciendo caso omiso de los gritos de su hombre TIZÓN, ponerme a...

teniente cecil stone

Dios bendito.

hans vollman

Esta noche está en plena forma.

roger bevins iii

Recuerde, teniente: no es más que un niño.

hans vollman

Y era lo Mejor del mundo, Denigrar a aquel hombre TIZÓN a los Ojos de los Demás, y que luego este Mensaje circulara; esto Mejoraba la Conducta de todos ellos, y al siguiente Día de trabajo hasta los más Grandullones de aquellos TIZONES bajaban la Vista, porque era yo quien poseía el LÁTIGO y la PISTOLA, y eso lo sabía hasta el último TIZÓN: que como se le ocurriera ofenderme, aquella Noche lo pagaría Caro, y que el precio que yo me cobraría por aquella Ofensa sería Altísimo para él, porque echaría su Puerta abajo y sacaría a rastras a su CHAVALA y me la llevaría a mis Aposentos, y empezaría entonces nuestra Velada de Diversión y yo haría que aquel TIZÓN soltara CHISPAS. En consecuencia, en mis Campos reinaba la Tranquilidad, y cuando se impartía alguna Orden, una Docena de Pares de Manos corrían a cumplirla, y aquellos Ojos amarillos y fatigados me echaban un vistazo para ver si me había fijado y si los libraría a ellos y a los suyos de mi placer.

De esta forma convertía a los TIZONES en Aliados míos y en Enemigos entre ellos.

teniente cecil stone

Durante estos episodios arrogantes-agresivos, y alimentada por sus jactanciosas afirmaciones, la masa corporal del teniente Stone crecía hacia arriba como si fuera una especie de tocado vertical y alargado. Su volumen corporal permanecía constante, sin embargo, de forma que aquel incremento de altura lo dejaba muy flaco, literalmente flaco como una escoba en algunos sitios, y tan alto como el más alto de nuestros pinos.

Cuando terminaba de hablar recuperaba sus proporciones previas, convirtiéndose nuevamente en un hombre de talla media, vestido con gran elegancia pero con la dentadura en terrible estado.

el reverendo everly thomas

Muchacho, ¿nos permite que nos acerquemos, esta mujercita y yo?

eddie baron

Ah, no. No, no, me temo que no va a ser posible en estos...

el reverendo everly thomas

¡Y una m...!

betsy baron

¡Todo el mundo tiene su turno! ¡Lo ha dicho usted mismo!

eddie baron

Ya éramos lo más bajo y todavía caímos más bajo. Es principalmente de eso que queremos...

betsy baron

Ni siquiera nos molestamos en llevar nuestras posesiones más valiosas hasta aquella p... pocilga junto al río. Después de que el Sueco de m... nos echara de la casa de G.

eddie baron

Ni siquiera pudimos conseguir que cupiera aquel p... sillón tan bonito por la puertecita de m... de aquella pocilga junto al río.

betsy baron

Yo ni siquiera considero que la puertecita de m... de aquella pocilga junto al río fuera una puerta, cuando la comparo con la p... puerta que teníamos en G. ¡Menuda puerta! La puerta de la pocilga del río no habría tenido c... de llamarse a sí misma puerta si hubiera visto aquella puerta magnífica que teníamos en G.

Aun así, lo pasamos bien.

eddie baron

Junto al río.

betsy baron

Todos los invitados beodos y empujándose unos a otros al agua... Con los puros encendidos y todo... Y Cziesniewski intentando todo el tiempo pronunciar *Potomac*...

eddie baron

Todo el mundo tirándoles piedras a las lavanderas...

betsy baron

¿Te acuerdas de cuando el tal Tentini o como se llamara estuvo a punto de ahogarse? ¡Luego el coronel B. lo reanimó y lo primero que hizo Tentini fue pedir su p... copa de ponche!

eddie baron

Creo que ya es suficiente, dijo el reverendo en tono frío.

roger bevins iii

¿Te acuerdas de aquella vez en que nos dejamos al pequeño Eddie en pleno desfile?

betsy baron

Después del sarao aquel de Polk.

eddie baron

Llevábamos unas cuantas copas encima.

betsy baron

No le hicimos ningún mal.

eddie baron

Tal vez incluso lo ayudamos.

betsy baron

Lo curtimos.

eddie baron

Nadie se muere de una pisadura de caballo.

betsy baron

Como mucho te puedes quedar un poco cojo.

eddie baron

Y pueden darte miedo los caballos.

betsy baron

Y los perros.

eddie baron

Pero pasarte cinco horas perdido entre una multitud... Eso no te mata.

betsy baron

¿Sabes qué pienso? Que es bueno. Porque así aprendes a estar perdido cinco horas entre una multitud sin llorar ni que te entre el pánico.

eddie baron

Bueno, él sí que sintió algo de pánico y lloró un poco. Cuando llegó a casa.

betsy baron

H... p..., si sobreproteges a esos mocosos de m..., al final te acaban haciendo ir al retrete para que les limpies el c...

Una cosa hay que reconocerles a Eddie Jr. y a Mary Mag, que es que siempre se limpiaron el c... ellos solos.

eddie baron

Y eso que no teníamos retrete.

betsy baron

Solamente m... por todos lados.

eddie baron

¿Por qué no vienen nunca a vernos? Eso querría saber yo. ¿Cuánto tiempo llevamos aquí ya? Un montón de tiempo, j... Y ni una sola vez han...

betsy baron

¡Que se vayan a la m...! Esas sabandijas ingratas de m... no tienen ningún p... derecho a culparnos de nada hasta que se hayan puesto en nuestro p... lugar y hayan visto lo duro que es, y ninguno de esos c... se ha puesto nunca ni un p... segundo en nuestro lugar.

eddie baron

Basta, dijo el reverendo.

hans vollman

Ésos eran los Baron.

roger bevins iii

Borrachos e inconscientes, atropellados por el mismo carruaje y abandonados en el camino, a los Baron los arrojaron para que se recuperaran de sus heridas en una vulgar y sórdida fosa común para enfermos, situada justo detrás de la temida verja de hierro, donde eran los

109

únicos blancos entre un montón de miembros de raza negra, y ni uno solo de los ocupantes de aquella fosa, pálido o moreno, tenía un cajón de enfermo donde recuperarse como era debido.

hans vollman

No había sido del todo *comme il faut* que los Baron se creyeran con derecho a hablar con el chico.

el reverendo everly thomas

Ni tampoco a estar a este lado de la verja.

hans vollman

No era una cuestión de dinero.

el reverendo everly thomas

Yo nunca fui rico, por ejemplo.

hans vollman

Era una cuestión de comportamiento. De tener *riqueza espiritual*, por así llamarlo.

el reverendo everly thomas

Los Baron, sin embargo, iban y venían cuando les daba la gana. La verja no les suponía ningún obstáculo.

hans vollman

Igual que en el sitio de antes, no tenían freno alguno.

el reverendo everly thomas

Ja.

roger bevins iii

Ja, ja.

Después de los Baron se sucedieron rápidamente el señor Bunting («Ciertamente no tengo nada de que avergonzarme»), el señor Ellenby («Vine a esta ciudá con siete dólares cosíos a los pantalones y no pienso irme a ningún lao hasta que arguien me diga ande están mis siete dólares») y la señora Proper Fessbitt («Solamente pido *una última Hora* durante la cual no me fustigue mi *terrible Dolor* para así poder despedirme de mis Seres Queridos estando de *Mejor Humor*»), que avanzó hasta la puerta paralizada en la misma posición fetal agarrotada en la que había pasado acostada su último año en el sitio de antes.

Seguía habiendo docenas de personas esperando emocionadas para hablar con el chico, henchidas de esperanzas renovadas.

Pero, por desgracia, no iba a ser posible.

XXVIII

Fuimos conscientes entonces, gracias a ciertos indicios familiares, de que se avecinaban problemas.

roger bevins iii

Sucedió igual que sucede siempre.

el reverendo everly thomas

Primero se hizo el silencio en el recinto.

roger bevins iii

Se oía hasta el roce de las ramas desnudas contra otras ramas desnudas.

hans vollman

A continuación se despertó una brisa cálida que nos trajo un aroma a toda clase de cosas reconfortantes: hierba, sol, cerveza, pan, colchas, crema; la lista era distinta para cada uno de nosotros, puesto que a cada uno le reconfortaban cosas distintas.

roger bevins iii

De la tierra empezaron a brotar flores ya plenamente formadas de colores, tamaños, formas y fragancias extraordinarias.

el reverendo everly thomas

Los grises árboles de febrero empezaron a florecer.

hans vollman

Y luego a dar frutos.

el reverendo everly thomas

Frutos que reaccionaban a los deseos de cada uno: solamente había que dejar que la mente deambulara hacia cierto color (plateado, por ejemplo) y forma (estrellada) y, al instante, una plétora de fruta plateada y con forma de estrella combaba las ramas de un árbol que segundos antes había estado despojado de frutos y sumido en plena muerte invernal.

roger bevins iii

Los senderos que iban entre nuestros montículos, los espacios que separaban los árboles, los asientos de los bancos y hasta las ramas y los recodos de los árboles (en suma, hasta el último palmo de espacio disponible) se vieron espontáneamente repletos, y a continuación sobrecargados, de todas las variedades posibles de comida: servida en ollas y en platos elegantes, en espetones que iban de una rama a otra, en artesas doradas, en soperas de diamante, en pequeños platillos de color esmeralda.

el reverendo everly thomas

Una ola gigante descendió desde el norte y se dividió con precisión militar en varias docenas de corrientes menores, de tal modo que pronto hasta la última casa de piedra y montículo de enfermo tuvo su propio afluente; a continuación el agua de aquellos afluentes se convirtió suntuosamente en café, vino o whisky y luego otra vez en agua.

hans vollman

Nosotros sabíamos que todas aquellas cosas (los árboles con fruta, la dulce brisa, la comida interminable, los arroyos mágicos) solamente constituían la avanzadilla, por así llamarla, de lo que se avecinaba.

el reverendo everly thomas

O de quienes se avecinaban.

hans vollman

Enviada por éstos para ejercer un efecto suavizador.

el reverendo everly thomas

De manera que nos armamos de valor.

hans vollman

Era mejor encogerse en posición fetal, taparse los oídos, cerrar los ojos, pegar la cara a la tierra y de esa forma taponar la nariz.

roger bevins iii

¡Sed fuertes ahora!, gritó el señor Vollman.

el reverendo everly thomas

Y entonces se nos echaron encima.

hans vollman

XXIX

Entraron en el recinto en forma de larga procesión.

hans vollman

Cada uno de nosotros los captó con una apariencia distinta.

el reverendo everly thomas

Un grupo de niñas con vestiditos de verano, bronceadas y risueñas, con el pelo suelto, tejiendo pulseras con briznas de hierba y soltando risitas al pasar; niñas campesinas, joviales y felices.
Como yo.
Como la que había sido yo.

sra. abigail blass

Una multitud de jóvenes novias con vestidos vaporosos y los cuellos de seda ondeando.

hans vollman

Ángeles provistos de unas extrañas alas corpóreas, una única ala de gran tamaño por mujer, que, retraída, se convertía en una bandera replegada de color claro que le bajaba por el espinazo.

el reverendo everly thomas

Cientos de copias exactas de Gilbert, mi primer (¡y único!) amante. Con el mismo aspecto que había tenido durante nuestra mejor tarde en las cocheras, con un paño gris para limpiar a los caballos atado despreocupadamente en torno a la cintura.

roger bevins iii

Mis hijas. Cathryn, Maribeth y Alice. Múltiples duplicados de las tres, todas cogidas de la mano, con el pelo recogido en trenzas estilo Trenton, los vestidos de la Pascua pasada y un girasol cada una en la mano.

jane ellis

Un Comité de Bienvenida de chavalas TIZÓN (Ataviadas con los toscos Vestidos que les Gustaban y que les dejaban un Hombro desnudo en señal deliberada de Zorrería) vino a Postrarse ante mí; pero yo había visto y Derrotado a aquellas huestes muchas veces en el Pasado, de forma que ahora les dejé un generoso Cagarro a modo de Obsequio y me Retiré a mi Casa a esperar a que se Marcharan.

teniente cecil stone

Las novias se movían con sigilo, como si fueran cazadores, en busca de cualquier indicio de debilidad.

hans vollman

¿Dónde está mi querido reverendo?, me llamó la líder de los ángeles, con una voz que recordaba a las frágiles campanas de cristal que siempre habíamos tañido el Domingo de Pascua.

el reverendo everly thomas

Uno de los múltiples Gilbert se me acercó, se me arrodilló al lado y me preguntó si querría por favor destaparme los oídos y *mirarlo*.

Tenía algo en la voz que me impedía desobedecerle.

Era hermoso de forma desmesurada.

Ven con nosotros, me susurró. Aquí todo es brutalidad e ilusión. Tú estás por encima de esto. Ven con nosotros, todo está perdonado.

Sabemos lo que hiciste, dijo un segundo Gilbert. Y no pasa nada.

No lo hice, dije yo. No está acabado.

Sí lo está, dijo el primer Gilbert.

Todavía puedo invertirlo, dije yo.

Querido mío, dijo el segundo.

Tranquilo, tranquilo, dijo un tercero.

Eres una ola que ha roto contra la orilla, dijo un cuarto.

No os molestéis, por favor, les dije yo. He oído todo esto antes...

Permíteme que te diga algo, dijo en tono áspero el segundo Gilbert. No estás tirado en el suelo de ninguna cocina. ¿Verdad que no? Mira a tu alrededor, necio. Te engañas a ti mismo. Sí que acabaste. Acabaste de hacerlo.

Te decimos todo esto para que no sigas perdiendo el tiempo, dijo el primero.

roger bevins iii

¡Una de las niñas campesinas era Miranda Debb! Sentada a mi lado, real como la tierra, tal como había sido antaño, con las piernas cruzadas bajo aquella falda amarilla descolorida que tanto le gustaba. ¡Pero ahora se la veía enorme en comparación conmigo, parecía una giganta!

Estás en un buen aprieto, ¿verdad, dulce Abigail?, me dijo. Cuando te despiertas, a menudo descubres que te faltan varios objetos, ¿verdad? Venga, vente con nosotras, estamos aquí para liberarte. Míranos los brazos, las piernas y las sonrisas. ¿Acaso somos unas mentirosas? Con lo sanas que nos vemos, y con todo el tiempo que hace que te conocemos... ¿Te acuerdas de un día de verano en que te escondiste en el pajar? Tu madre te estaba llamando y tú te dedicabas a meterte todavía más... Te encantaba estar escondida.

El sitio al que te llevaremos es así pero un millón de veces más, dijo otra, ¡a la que ahora reconocí como mi querida dama de honor en persona, Cynthia Hoynton!

sra. abigail blass

Eddie, ¿ésa no es la z... de Queenie?, me dijo mi Betsy.

¡Y ya lo creo que lo era! Queenie era una de las p... de Perdy's. La que te daba un buen repaso de rodillas.

Quizá es hora de dejarlo correr ya, colega, me dijo Queenie.

Y una m... de elefante, le dije yo.

Eddie, dijo Betsy.

Vete a c..., dije yo. Yo sé de qué va mi rollo.

¿De *qué* va tu rollo?, dijo Queenie.

Que te den por el c..., dije yo.

Creo que tu mujer no piensa como tú, dijo ella.

Sí que piensa como yo. Vete a la m... Viajamos los dos juntos.

No lo tengo tan claro, dijo ella.

Betsy estaba cabizbaja.

Buena chica, le dije yo. No la mires. Así la muy p...
no te podrá comer la cabeza.

No estamos aquí para comer la cabeza a nadie, dijo
Queenie.

Ponte de rodillas, le dije yo.

Si en algún momento nos quieres, le dijo a Betsy, llá-
manos.

Largo de aquí, le dije yo. Calientap...

eddie baron

En un momento dado, los ángeles se colocaron todos en manada debajo de un rayo de luna para impre-
sionarme con su resplandor colectivo. Levanté la vista y
vi, desplegado por toda la casa de piedra blanca, un extraordinario retablo de sufrimiento: docenas de nosotros, petrificados de aflicción, acobardados, postrados,
arrastrándonos, haciendo muecas de dolor ante el fragor
del violento ataque que cada uno estaba sufriendo indi-
vidualmente.

el reverendo everly thomas

Abbie, querida, me dijo Miranda Debb, permíteme
que te enseñe una cosa.

Y me cogió la cara con las manos.

¡Y lo vi! En el sitio al que querían llevarme, la marea
subía y nunca bajaba. Yo viviría en lo alto de una colina
y las piedras *rodarían* hacia arriba. Cuando llegaran a
mí, se abrirían. Y dentro de cada una de ellas habría una
pastilla. Cuando yo tomara esa pastilla, tendría..., ¡oh,
gloria!, todo lo que necesitara.

Por una vez.

Por una vez en mi vida.

Miranda me apartó las manos de la cara y volví a estar *aquí*.

¿Te ha gustado?, dijo Miranda.

Muchísimo, dije yo.

Pues ven con nosotras, me dijo su amiga, que ahora vi que era la buena de Susanna Briggs (!), con el pelo recogido debajo de un pañuelo y una larga brizna de hierba en la boca.

Había otras dos jugando al pilla-pilla en una hondonada. ¿Eran Adela y Eva McBain? ¡Eran ellas! También había unas vacas contemplando amorosamente el juego. ¡Resultaba raro que las vacas pudieran mostrar amor, pero así se volvía el mundo en presencia de aquellas chicas!

No me puedo creer que seas una vieja viuda, dijo Miranda Debb.

Y tan pequeña, dijo Susanna Briggs.

Con lo guapa que siempre fuiste, dijo Miranda Debb.

No lo tuviste fácil en la vida, dijo Cynthia Hoynton.

Para ti la marea bajaba pero nunca subía, dijo Susanna Briggs.

Las piedras rodaban colina abajo pero nunca volvían a rodar colina arriba, dijo Cynthia Hoynton.

Nunca en la vida recibiste lo bastante, dijo Miranda Debb.

Los ojos se me llenaron de lágrimas.

Cuánta razón tenéis, dije yo.

Eres una ola que ha roto contra la orilla, dijo Miranda.

Te decimos todo esto para que no sigas perdiendo el tiempo, dijo Susanna.

Yo le dije que de eso no sabía nada, pero que me encantaría tomarme otra de aquellas pastillas.

Pues entonces ven con nosotras, dijo Miranda.

Las hermanas McBain se detuvieron a escuchar desde la hondonada. Las vacas también. Y de alguna forma, el establo también.

Yo estaba cansadísima y llevaba mucho tiempo estándolo.

Creo que sí que me voy con vosotras, les dije.

sra. abigail blass

De algún sitio que quedaba muy a mi izquierda me llegó un grito —no estoy seguro de si era de terror o de victoria—, seguido del familiar pero siempre escalofriante fuegosonido asociado al fenómeno de la materialuzqueflorece.

¿Quién se había marchado?

No lo sabía.

Y además, seguía estando demasiado asediado yo también como para que me importara.

hans vollman

Quizá estimulados por aquella victoria, nuestros torturadores redoblaron ahora sus esfuerzos.

el reverendo everly thomas

Llovieron pétalos de rosa, una gozosa provocación: rojos, rosados, amarillos, blancos, violetas. Luego pétalos translúcidos, pétalos a rayas, pétalos moteados, pétalos en los que había inscritas (cuando uno los recogía del suelo y los miraba con atención) detalladas escenas del jardín de infancia de cada uno (incluyendo los tallos rotos de las flores y los juguetes caídos). Finalmente llovieron pétalos dorados (¡de oro de verdad!), que hacían un ruidito metálico al golpear en los árboles o las lápidas.

roger bevins iii

Y luego: cantos. Cantos hermosos, llenos de añoranza, de promesas, de palabras de ánimo, de paciencia y de profunda camaradería.

hans vollman

Aquellos cantos afectaban mucho.

el reverendo everly thomas

Te daban p... ganas de bailar.

betsy baron

Pero también daban p... ganas de llorar.

eddie baron

Mientras bailabas.

betsy baron

Llegó mi madre   Multiplicada por diez   Pero ninguna de ellas olía para nada como mi madre   ¿Qué clase de jugarreta era aquélla?   Mandarle diez madres falsas a un pobre chaval solitario
Ven con nosotros, Willie, dijo una de las madres
Pero entonces   De pronto   Todas olieron correctamente   Todas exactamente como mi madre   Y se apiñaron en torno a mí oliendo perfectamente
Mi madre   Mi diosa   La buena de
Eres una ola que ha roto contra la orilla, dijo una segunda madre
Querido Willie, dijo una tercera
Queridísimo Willie, dijo una cuarta
Y todas aquellas madres me dijeron que me amaban

muchísimo, que querían que me fuera con ellas y que me llevarían a casa en cuanto estuviera listo.

willie lincoln

¿Cuándo vas a conocer todos los placeres del lecho nupcial? ¿Cuándo vas a contemplar la desnudez de Anna? ¿Cuándo se va a girar ella hacia ti con plena certidumbre, con la boca hambrienta y las mejillas ruborizadas? ¿Cuándo va a caer por fin su melena, descocadamente suelta, en torno a ti? (Así habló Elsbeth Grove, esposa de mi primo; o mejor dicho, así habló una criatura engañosa que había adoptado la imagen exacta de Elsbeth, incluyendo el vestido vaporoso y el cuello de seda ondeando.)

Yo te diré cuándo, me dijo una segunda novia, a quien ahora reconocí como mi querida abuela (igualmente ataviada, de forma desconcertante, con un vestido vaporoso al que le ondeaba el cuello). Nunca. Todo eso ya se acabó. Te engañas a ti mismo, Kugel.

Desde su última visita se las habían apañado para enterarse de mi apodo.

A Anna le inquieta que sigas aquí, dijo Elsbeth. Me ha pedido que te traiga este mensaje.

Yo me estaba debilitando a cada segundo que pasaba y sabía que tenía que montar alguna clase de defensa.

¿Ella está ahí ahora?, pregunté. ¿Esperándome? ¿En ese lugar al que con tanta elocuencia me intentáis convencer para que vaya?

Las había pillado, porque aunque no les importa ocultar la realidad, siempre prefieren no mentir.

Elsbeth, ruborizándose, echó un vistazo nervioso a la abuela.

Es... es bastante difícil contestar tu pregunta, dijo Elsbeth.

Sois demonios, les dije. Y adoptáis estas formas familiares para atraerme.

¡Caray, pero qué sincero eres, Kugel!, me dijo mi abuela.

¿Acaso eres igual de sincero en relación con tu propia situación?, dijo Elsbeth.

¿Acaso estás «enfermo», Kugel?, me preguntó la abuela. ¿Tú crees que los médicos meten a la gente enferma en «cajones de enfermo»?

No recuerdo que en nuestra época se siguiera esa práctica, dijo Elsbeth.

Por tanto, ¿a qué conclusión debemos llegar, Kugel?, dijo la abuela. ¿Qué eres? ¿Dónde estás? Admítelo, querido, y créetelo; dilo en voz alta y benefíciate de ello, únete a nosotras.

Te decimos todo esto para que no sigas perdiendo el tiempo, dijo Elsbeth.

Vi entonces que debía aplicar el antídoto supremo.

¿Con quién estáis hablando entonces?, les dije. ¿Quién os está oyendo? ¿Y a quién escucháis? ¿De quién es la mano que ahora seguís y que os está indicando los cielos? ¿De dónde viene la voz que en este preciso momento está haciendo que aparezcan miradas de consternación en vuestras caras? Aquí estoy. Estoy aquí. ¿O no?

Esto tuvo el efecto de costumbre.

Confusas y desinfladas, las novias hicieron un corro para hablar entre ellas en voz baja y diseñar un nuevo plan de ataque.

Por suerte, en aquel momento, su fraudulenta conferencia se vio interrumpida por el ruido de otros dos casos distintos y separados de fuegosonido/materialuzqueflorece: uno procedente del sur y otro del noroeste.

hans vollman

124

Eddie salió corriendo al oír aquellos ruidos.

A veces se c... de miedo, el tío.

Una de aquellas zorras vino a hablar conmigo y entonces me di cuenta de que no era ninguna zorra. ¡Era nuestra hija, Mary Mag! ¡Toda emperifollada! ¡Por fin venía a visitarnos! ¡Después de mil años de no asomar la p... cara por aquí!

Madre, me dijo. Sentimos mucho haberos descuidado, Everett y yo.

¿Quién es Everett?, le dije.

Tu hijo, me dijo ella. Mi hermano.

¿Te refieres a Edward?, le dije. ¿A Eddie? ¿Eddie Jr.?

A Edward, sí, correcto, perdón, dijo ella. En cualquier caso, tendríamos que haber venido hace mucho. Pero es que he estado muy ocupada. Con mis éxitos. Y siendo amada. Y engendrando a muchas criaturas de enorme belleza. E inteligencia. Lo mismo que Everett.

Edward, le dije.

Edward, sí, dijo ella. ¡Es que estoy muy cansada! ¡De... de todos mis éxitos!

Bueno, no pasa nada, le dije yo. Ya estás aquí, niña.

Y madre..., me dijo. Por favor, has de saber que no hay ningún problema. Lo hiciste lo mejor que pudiste. No te culpamos de nada. Aunque sabemos que tienes la sensación de que quizá a veces mostraras ciertos defectos en el terreno maternal...

Fui un poco una madre de m..., ¿no?, le dije yo.

Ahora es momento de olvidar esos fallos de los que crees ser responsable, me dijo ella. Todo ha acabado saliendo de maravilla. Ven con nosotros, anda.

Pero ¿adónde?, le dije. Yo no...

Eres una ola que ha roto contra la orilla, me dijo ella.

Pues eso no lo entiendo, le dije.

En ese momento volvió corriendo Eddie.

¡Mi héroe!

Ja.

Tú, largo de aquí, p..., dijo.

Es Mary Mag, le dije yo.

Ni hablar, dijo él. Mira esto.

Cogió una piedra y la tiró. ¡Se la tiró a Mary Mag! Y cuando la piedra la atravesó, dejó de ser Mary Mag y pasó a ser yo qué c... sé quién. O qué. ¡Una mancha o un haz de luz del sol que llenaba el p... vestido!

Es usted un necio, señor, dijo la mancha de luz.

A continuación se volvió hacia mí.

Usted, señora, lo es menos, me dijo.

betsy baron

La líder de los ángeles me cogió la cara con las manos mientras su única ala se mecía a un lado y a otro, recordándome a cómo menean la cola los caballos mientras comen.

¿Le van bien las cosas aquí, reverendo?, me preguntó, con su ala perezosamente extendida sobre su cabeza. ¿Está presente aquí Aquel a quien usted sirvió en vida?

C-creo que sí, dije yo.

Por supuesto, porque está en todas partes. Pero a Él no le gusta ver que usted se queda aquí. Rodeado de una compañía tan vulgar.

Su belleza era considerable y aumentaba por momentos. Vi que iba a tener que poner fin a mi entrevista o bien arriesgarme al desastre.

Por favor, marchaos, les dije. Hoy no... no os necesito.

Pero pronto sí, me da la impresión, ¿no?, dijo ella.

Su belleza creció más allá de lo expresable.

Y yo rompí a llorar.

el reverendo everly thomas

Igual de abruptamente que había empezado, el ataque se terminó.

hans vollman

Como si respondieran todos a una misma señal, nuestros torturadores se marcharon y su canto se volvió lúgubre y plañidero.

el reverendo everly thomas

Después de su marcha, los árboles se pusieron grises, la comida se esfumó, los arroyos se retiraron, la brisa se detuvo y los cantos cesaron.

roger bevins iii

Y nos quedamos solos.

hans vollman

Y todo volvió a ser sombrío.

el reverendo everly thomas

XXX

El señor Vollman, el reverendo Thomas y yo fuimos de inmediato a averiguar quién había sucumbido.

roger bevins iii

La primera había sido la frugal sra. Blass.

el reverendo everly thomas

Desperdigados por la superficie de su casa quedaban los pedazos de pájaros muertos que ella había atesorado, sus ramitas, sus trocitos, etc., ahora desatendidos: objetos ya despojados de valor.

hans vollman

Al parecer, el segundo en sucumbir había sido A. G. Coombs.

el reverendo everly thomas

Pobre tipo. Ninguno de nosotros lo conocía bien. Llevaba aquí muchos años. Pero casi nunca salía de su cajón de enfermo.

hans vollman

Y cuando salía, siempre lo oíamos ladrar: «¿Sabe usted quién soy, señor mío? ¡Tengo una mesa reservada en el Binlay's! ¡Estoy condecorado con la Legión del Águila!». Todavía me acuerdo de cómo se escandalizó cuando le dije que nunca había oído hablar de aquel local. «¡El Binlay's es el mejor restaurante de la ciudad!», exclamó él. «¿De qué ciudad?», le pregunté yo, y él me dijo que de Washington y me describió la ubicación del local, pero yo conocía aquel cruce de calles y sabía perfectamente que allí había unos establos, y así se lo dije. «¡Qué pena me da usted!», me dijo. Pero yo lo había perturbado. Se quedó sentado un momento en su montículo, acariciándose pensativo la barba. «Pero seguramente debe de conocer al querido señor Humphries, ¿no?», bramó por fin.

Y ahora se había marchado.

¡Adiós, señor Coombs, y ojalá hayan oído hablar del Binlay's allá donde esté usted ahora!

roger bevins iii

Paseamos entre mucha gente tristemente sentada en sus montículos o bien en los peldaños de sus casas de piedra, llorando como resultado del esfuerzo que les había costado resistirse al ataque. Otros estaban sentados en silencio, repasando mentalmente las distintas visiones seductoras y tentaciones a las que acababan de ser expuestos.

el reverendo everly thomas

Sentí un afecto renovado por todos los que se habían quedado.

roger bevins iii

Se había separado el grano de la paja.

el reverendo everly thomas

Nuestra senda no es para todo el mundo. Mucha gente —y no es mi intención menospreciar a nadie— no tiene la determinación necesaria.

hans vollman

Nada les importa *lo bastante*, ése es el problema.

roger bevins iii

No estábamos seguros de quién había sido la tercera víctima y de pronto nos acordamos del chico.

hans vollman

Parecía poco probable que alguien tan joven pudiera haber sobrevivido a un ataque tan implacable.

el reverendo everly thomas

De todas formas, su marcha era el resultado deseado...

roger bevins iii

Dada su juventud...

hans vollman

La alternativa era su esclavización eterna...

roger bevins iii

Nos sentimos afligidos pero también aliviados mientras nos disponíamos a confirmar su partida.

el reverendo everly thomas

XXXI

Imaginen nuestra sorpresa cuando nos lo encontramos sentado con las piernas cruzadas sobre el tejado de su casa de piedra blanca.

hans vollman

Sigues aquí, dijo el señor Vollman con asombro.
Sí, contestó el chico en tono seco.

roger bevins iii

Su aspecto nos impresionó.

el reverendo everly thomas

El esfuerzo de resistir le había costado un gran precio.

hans vollman

Los jóvenes no deberían demorarse aquí.

el reverendo everly thomas

Estaba sin aliento; le temblaban las manos; debía de haber perdido, según mis cálculos, la mitad de su peso corporal. Se le marcaban los pómulos; el cuello de la ca-

misa se le veía enorme en torno al pescuezo repentinamente flaco como un palo y le habían aparecido unas
ojeras oscuras como el carbón; todo esto se combinaba
para darle un aspecto peculiar de espectro.

roger bevins iii

Y había sido un chico gordezuelo.

hans vollman

Pero ya no lo era.

roger bevins iii

Dios bendito, susurró el señor Bevins.

hans vollman

A la señorita Traynor le había costado casi un mes
descender a un nivel parecido.

roger bevins iii

Es impresionante que sigas aquí, le dijo el reverendo
al chico.
Heroico, incluso, añadí yo.
Pero desacertado, dijo el reverendo.

hans vollman

No pasa nada, le dijo en tono amable el señor Vollman. De verdad. Estamos aquí. Puedes marcharte en
paz: nos has proporcionado una gran esperanza, que nos
va a durar muchos años y a hacernos mucho bien. Te damos las gracias, te deseamos lo mejor y bendecimos tu
marcha.

el reverendo everly thomas

Sí, pero es que no me voy, dijo el muchacho.

roger bevins iii

Al oír aquello, la cara del reverendo mostró un grado de sorpresa todavía más pronunciado que el grado ya considerable que se registraba habitualmente en ella.

hans vollman

Padre me ha hecho una promesa, dijo el chico. ¿Qué pasa si vuelve y se encuentra con que ya no estoy?

Tu padre no va a volver, dijo el señor Vollman.

Por lo menos próximamente, le dije yo.

Y para cuando vuelva ya no estarás en condiciones de recibirlo, dijo el señor Vollman.

Si viene tu padre, le dijo el reverendo, le diremos que te has tenido que marchar. Le explicaremos que es mejor así.

Mienten, dijo el chico.

Parecía que la degradación del chico había empezado a afectar a su temperamento.

¿Cómo dices?, dijo el reverendo.

Los tres me han mentido desde el principio, dijo el chico. Me dijeron que tenía que marcharme. Y si me hubiera marchado, ¿qué? Me habría perdido la visita de mi padre. ¿Y ahora me dicen que le van a dar un mensaje?

Se lo daremos, dijo el reverendo. Te aseguro que...

Pero ¿cómo se lo darán?, dijo el chico. ¿Tienen ustedes un método para comunicarse? Porque yo no he podido. Cuando estaba ahí con él.

roger bevins iii

Lo tenemos, dijo el señor Vollman. Sí que tenemos un método.

el reverendo everly thomas

(Nebuloso.

Nada garantizado.)

roger bevins iii

(Ha existido tradicionalmente cierta confusión sobre este tema.)

hans vollman

Y en aquel momento, desde el otro lado del recinto, nos llegó la voz de la señora Delaney llamando al señor Delaney.

el reverendo everly thomas

Hacía muchos años que su marido la había precedido en este lugar. Pero ya no estaba aquí. Es decir, aunque su figura enferma yacía en el mismo sitio donde ella la había puesto, el señor Delaney en sí...

roger bevins iii

Estaba en otra parte.

el reverendo everly thomas

Había seguido su camino.

hans vollman

Sin embargo, la pobre señora Delaney no se decidía a seguirlo.

roger bevins iii

Por culpa de un episodio raro. Que había tenido lugar con otro señor Delaney.

el reverendo everly thomas

El hermano de su marido.

hans vollman

En su momento, el episodio no había resultado raro, sino imperioso, predestinado y maravilloso.

roger bevins iii

Ahora, en cambio, tenía el corazón dividido: después de pasar tantos años en el sitio de antes, echando de menos a aquel otro Delaney, tristemente atrapada en su matrimonio...

el reverendo everly thomas

Un mes después de que su marido viniera aquí se había liado con el otro Delaney, solamente para encontrarse con que la opinión que tenía de él se venía abajo de inmediato por culpa del desprecio insensato que el tipo mostraba hacia la memoria del marido de ella (y hermano de él), un desprecio que le dejó claro a la señora Delaney que aquel hombre tenía un carácter moral descompuesto y avaricioso (a diferencia de su marido, que ella se daba cuenta ahora de que había sido un hombre noble en todos los sentidos).

hans vollman

A pesar de que no tenía mucha imaginación, y era tímido, y no era ni mucho menos un espécimen físicamente tan imponente y seductor como el hermano (moralmente sospechoso).

roger bevins iii

De forma que se vio atrapada.

hans vollman

Anhelando físicamente a *aquel* Delaney (al que seguía *allí*, en el lugar de antes).

el reverendo everly thomas

Pero también deseando *marcharse*, volver con su marido y disculparse.

roger bevins iii

Por haber desperdiciado tantos años de su vida juntos deseando con pasión à otro hombre.

hans vollman

En breve, la mujer no sabía si ir o venir.

el reverendo everly thomas

Si marcharse o esperar.

roger bevins iii

De forma que se limitaba a deambular de un lado a otro gritando: «¡Señor Delaney!».

el reverendo everly thomas

Todo el tiempo.

hans vollman

Y nosotros nunca sabíamos a qué Delaney estaba llamando.

roger bevins iii

Ni ella tampoco.

el reverendo everly thomas

Caramba, exclamó de golpe el chico, con un temblor inconfundible de miedo en la voz.

hans vollman

Yo miré y me dio un vuelco el corazón.

El tejado se había licuado a su alrededor y ahora parecía estar sentado en medio de un charco de color gris blanquecino.

roger bevins iii

Del líquido emergía un zarcillo con aspecto de enredadera.

el reverendo everly thomas

Que aumentó de grosor a medida que se acercaba al chico y fluyó como si fuera una cobra por encima del punto en que se cruzaban sus pantorrillas.

roger bevins iii

Yo intenté apartarlo con la mano y descubrí que era rígido, más como la piedra que como una serpiente.

el reverendo everly thomas

Una aparición escalofriante.

roger bevins iii

El principio del fin.

hans vollman

XXXII

Si el caso de la señorita Traynor servía de precedente, pronto a aquel zarcillo se le irían sumando otros, hasta que el chico quedara completamente atado (estilo Gulliver) al tejado.

roger bevins iii

Una vez atado, quedaría rápidamente cubierto de lo que se podría describir bastante bien como una *membrana placentaria*.

el reverendo everly thomas

A continuación aquella membrana se endurecería hasta convertirse en una especie de caparazón, que después iría pasando por una sucesión de formas distintas (a saber: el puente caído, el buitre, el perro, la vieja espantosa, etc.), cada una de ellas más detallada y repulsiva que la anterior, y aquel proceso únicamente serviría para aumentar la velocidad de su espiral descendente: cuanto más perverso fuera el caparazón, menos «luz» (felicidad, sinceridad, aspiraciones positivas) entraría.

roger bevins iii

Apartándolo todavía más de la luz.

hans vollman

Aquellos recuerdos de la señorita Traynor nos deprimían.

el reverendo everly thomas

Dado que nos recordaban la vergüenza de aquella noche ya lejana.

roger bevins iii

En la que la habíamos abandonado.

hans vollman

Nos habíamos alejado de ella, dando tumbos, cabizbajos.

roger bevins iii

Consintiendo tácitamente a su condenación.

el reverendo everly thomas

Mientras ella se hundía.

hans vollman

La recordábamos cantando felizmente durante la solidificación inicial de su caparazón, como si quisiera negar lo que estaba pasando.

roger bevins iii

A Heavy Bough Hung Down.

hans vollman

Pobrecilla.

el reverendo everly thomas

Una voz encantadora.

hans vollman

Que se fue volviendo menos encantadora a medida que se formaba el caparazón inicial y ella adoptaba la forma de un cuervo del tamaño de una niña.

roger bevins iii

Graznando una versión pesadillesca de aquella misma canción.

hans vollman

Y dándonos manotazos cada vez que nos acercábamos demasiado, con un brazo humano y con aquella tremenda ala negra.

el reverendo everly thomas

No hicimos lo suficiente.

hans vollman

Por entonces éramos prácticamente recién llegados también.

roger bevins iii

Y estábamos enfrascados en las dificultades que entrañaba quedarse aquí.

hans vollman

Que no eran nada desdeñables.

roger bevins iii

Y que no se han reducido con el tiempo.

el reverendo everly thomas

Mi opinión de mí mismo cayó un poco en aquella ocasión.

hans vollman

Sí.

roger bevins iii

Ahora la campana de la capilla tocó las tres.

hans vollman

Devolviéndonos de golpe al presente y produciendo su extraña y discordante resonancia.

el reverendo everly thomas

Ego-ístas, ego-ístas, ego-ístas.

roger bevins iii

Los dos ojos principalcs del señor Bevins se abrieron mucho, como diciendo: caballeros, es hora de irnos.

el reverendo everly thomas

Y, sin embargo, nos quedamos.
Apartando con la mano los zarcillos a medida que iban apareciendo.

roger bevins iii

Ahora el muchacho guardaba silencio.

hans vollman

Se había retraído a su interior.

el reverendo everly thomas

Recuperando el conocimiento y volviendo a perderlo, una y otra vez.

hans vollman

Balbuceando y moviéndose nerviosamente, aparentemente perdido en algún delirio onírico.

roger bevins iii

Madre, susurró.

el reverendo everly thomas

XXXIII

Madre dice que podré probar la ciudad de dulces   Cuando me recupere y pueda salir de la cama   Que me ha guardado un pez de chocolate y una abeja de miel   Dice que un día yo comandaré un regimiento   Que viviré en una mansión antigua   Que me casaré con una mujer guapa y dulce   Y tendré hijos yo también   Jaja   Eso me gusta   Nos reuniremos todos en mi antigua mansión y lo pasaremos   Yo seré la más feliz de las ancianas, dice madre   Vosotros me traeréis pasteles muchachos   A todas horas   Y yo me pasaré el día apoltronada   Qué gorda estaré   Vais a tener que comprar un carro y turnaros para empujarme muchachos ja ja

Estamos en el tercer peldaño   Peldaño Número 3

Que tiene tres rosas blancas   Ésta es la secuencia de rosas blancas del Peldaño Número 1 al Peldaño Número 5: 2, 3, 5, 2, 6

Madre se me acerca   Su nariz toca la mía   Esto se llama «nini»   A mí me parece una cosa de niños pequeños   Pero se lo permito de vez en

Viene también padre y dice: caramba, me puedo unir a este abrazo

Sí que puede

Si padre pone las rodillas en el Peldaño Número 2 y se estira puede llegar con los dedos hasta el Peldaño Número 12   Así de alto es   Lo ha hecho   Muchas veces

Pero se acabaron los abrazos   A menos que yo sea fuerte

Por tanto sé lo que tengo que   Tengo que quedarme   No es fácil   Pero conozco el honor   Preparar bayonetas   Ser valiente   No es fácil   Acuérdense del coronel Ellis   Al que mataron los rebeldes   Por tener la valentía de quitarle la bandera rebelde de las manos a un soldado   Tengo que quedarme   Si quiero volver   A casa   Cuándo conseguiré   Cuándo podré   Nunca si soy débil   Tal vez si soy fuerte.

willie lincoln

144

XXXIV

El chico abrió los ojos de golpe.

roger bevins iii

Esto es extraño, dijo.
No es extraño, dijo el señor Bevins. En realidad no.
Uno se acostumbra, dijo el reverendo.
Si éste es tu lugar, dijo el señor Bevins.
Pero no lo es, dijo el reverendo.

hans vollman

En aquel momento tres orbes gelatinosos pasaron flotando, como si buscaran a alguien.

el reverendo everly thomas

Y nos dimos cuenta de que la señora Ellis había sido la tercera de nosotros en sucumbir.

roger bevins iii

Ahora los orbes estaban vacíos, es decir, no contenían a ninguna de sus hijas.

hans vollman

Desfilaron torvamente a nuestro lado, casi como si nos estuvieran fulminando con la mirada; a continuación bajaron a la deriva la abrupta pendiente que llevaba al arroyo, atenuaron su luz y por fin se esfumaron del todo.

el reverendo everly thomas

No es extraño en absoluto, dijo el señor Bevins, sonrojándose un poco.

hans vollman

XXXV

Y entonces nos cayó encima una lluvia de sombreros.

el reverendo everly thomas

De todas las clases.

roger bevins iii

Sombreros, risas, bromas groseras, ruidos de pedos imitados con la boca procedentes de las alturas: eran las señales de que se acercaban los Tres Solteros.

el reverendo everly thomas

Aunque eran los únicos de nosotros que podían volar, no los envidiábamos.

hans vollman

Como en el sitio de antes nunca habían amado ni tampoco los había amado nadie, estaban paralizados aquí en un estado juvenil de perpetua vacuidad emocional; solamente les interesaban la libertad, el despilfarro y las travesuras, y despotricaban contra cualquier limitación o compromiso.

el reverendo everly thomas

Solamente pensaban en la diversión y el jolgorio; desconfiaban de todo lo serio; vivían solamente para sus esparcimientos.

roger bevins iii

Sus gritos escandalosos resonaban a menudo por encima de nuestro recinto.

el reverendo everly thomas

Algunos días solamente nos llegaba una lluvia ininterrumpida de sombreros.

roger bevins iii

De todos los tipos.

hans vollman

Y que no parecían agotarse nunca.

roger bevins iii

Cayeron ahora rápidamente un hongo, un tricornio con los bordes de oropel y cuatro bonitas boinas escocesas con plumas, seguidas por los Solteros en persona, que aterrizaron galantemente en el tejado de la casa de piedra blanca y se llevaron una mano al sombrero o a la gorra a modo de saludo mientras tocaban tierra.

Con su permiso, dijo el señor Lippert. Buscamos un respiro.

Volar nos cansa, dijo el señor Kane.

Aunque nos encanta, dijo el señor Fuller.

Por los dioses, dijo el señor Kane, mirando al chico.

No parece que se encuentre muy bien, dijo el señor Fuller.

He estado un poco enfermo, dijo el chico, espabilándose.

Eso me parece a mí, dijo el señor Kane.

Huele un poquillo por aquí, dijo el señor Fuller tapándose la nariz con los dedos.

Mi padre ha venido y me ha prometido que volvería, dijo el chico. Estoy intentando aguantar.

Te deseo toda la suerte del mundo, dijo el señor Lippert, enarcando una ceja.

Cuidado con esa pierna, hijo, le dijo el señor Kane.

Distraídos por nuestros invitados, habíamos sido negligentes: el chico ya tenía la pierna izquierda pegaba al tejado por medio de varios zarcillos nuevos y recios, cada uno del grosor de una muñeca.

Dios bendito, dijo el chico, sonrojándose.

Hizo falta un esfuerzo considerable para liberarlo, más o menos equivalente al que haría falta para arrancar del suelo una maraña de raíces de zarzamoras. Pese a lo joven que era, él llevó la incomodidad considerable de dicho procedimiento con determinación digna de un soldado, dejando escapar únicamente un gruñido estoico cada vez que dábamos un tirón; por fin, agotado, volvió a quedar sumido en su estado anterior de sopor indiferente.

Ese padre suyo, dijo el señor Fuller por lo bajo. ¿Es un tipo de piernas largas?

¿De aspecto un poco sombrío?, dijo el señor Lippert.

¿Alto, un poco desaliñado?, dijo el señor Kane.

Sí, dije yo.

Pues nos acabamos de cruzar con él, dijo el señor Fuller.

¿Cómo dicen?, dije yo.

Que nos acabamos de cruzar con él, dijo el señor Kane.

¿Aquí?, dijo el señor Vollman en tono incrédulo. ¿Sigue aquí?

Cerca de Bellingwether, *Marido, padre y armador*, dijo el señor Lippert.

Sentado y muy callado, dijo el señor Fuller.

Acabamos de cruzarnos con él, dijo el señor Kane.

el reverendo everly thomas

Chao-chao, dijo el señor Fuller.

Tiene que Disculparnos, dijo el señor Lippert. Es esa hora de la noche en la que nos toca Circunnavegar el Recinto entero y quedarnos flotando a un palmo de la temida Verja, a ver cuál de nosotros consigue acercarse más a ella, aun experimentando los Efectos nauseabundos que produce la Proximidad a la misma.

hans vollman

Y se marcharon, emitiendo una tríada de acordes mayores perfecta a base de pedorretas, y mandando hacia abajo, como a modo de despedida, una lluvia de sombreros festivos: chisteras acampanadas, takias turcas de estar por casa, quepis de colores varios; y por fin un sombrero de paja engalanado con flores, encantador y de aire veraniego, que cayó bastante más despacio que el resto.

roger bevins iii

Aquella revelación nos dejó pasmados.

hans vollman

Ya era extraño que el caballero hubiera venido aquí, pero todavía lo era más que se hubiera quedado.

el reverendo everly thomas

Aunque los Solteros no eran del todo de confianza.

hans vollman

Les aterraba el aburrimiento y eran propensos a gastar jugarretas.

roger bevins iii

Una vez habían convencido a la señora Tessenbaum de que se estaba manifestando en lencería.

hans vollman

Eso hizo que la mujer se pasara varios años oculta detrás de un árbol.

roger bevins iii

De vez en cuando le escondían a la diminuta señora Blass los pedazos de pájaros muertos, las ramitas, los guijarros y los trocitos de tierra.

el reverendo everly thomas

Provocando que ella echara a correr frenéticamente por el recinto mientras ellos permanecían suspendidos en las alturas, animándola por medio de sugerencias falsas a que saltara por encima de las ramas caídas y cruzara angostos riachuelos, que a ella no le parecían angostos, pobrecilla, sino torrentes enormes.

roger bevins iii

Cualquier afirmación de los Solteros, por tanto, debía ser contemplada con recelo.

hans vollman

Pese a todo, esto de ahora resultaba intrigante.

roger bevins iii

Merecía ser investigado más a fondo.

hans vollman

Me temo que no, dijo en tono brusco el reverendo, como si intuyera nuestras intenciones.

Y a continuación nos indicó con una mirada insistente que deseaba hablar confidencialmente con nosotros.

roger bevins iii

XXXVI

Los tres atravesamos el tejado y nos sumergimos en el interior de la casa de piedra blanca.

hans vollman

Dentro hacía más frío y olía a hojas viejas y a moho.

roger bevins iii

Y al caballero, un poco.

hans vollman

Estamos aquí por la gracia divina, dijo el reverendo. Nuestra capacidad para morar aquí no está asegurada ni mucho menos. Por tanto, debemos conservar nuestras fuerzas y restringir nuestras actividades a aquellas que sirvan directamente a nuestros propósitos principales. No deseamos tener conductas disipadas que den la impresión de que no agradecemos esa misteriosa bendición que es nuestra presencia continua aquí. Porque estamos aquí, pero la cuestión de durante cuánto tiempo o en virtud de qué dispensa oficial no nos compete a...

roger bevins iii

Me di cuenta de que el señor Bevins estaba poniendo varios de sus muchos ojos en blanco.

hans vollman

Mientras esperaba a que el reverendo se bajara de su pedestal de superioridad moral, el señor Vollman se divertía colocándose una y otra vez un guijarro en su miembro descomunal y mirando cómo se le caía.

roger bevins iii

Tenemos que velar por nosotros mismos, dijo el reverendo. Es nuestra forma también de proteger al chico. Él no debe oír para nada este rumor, solamente serviría para alimentar sus esperanzas. Como bien sabemos, solamente la completa desesperación lo llevará a hacer lo que debe. Por consiguiente, ni palabra de esto. ¿Estamos de acuerdo?

Los demás murmuramos que sí.

hans vollman

Como no tenía las (ancianas) piernas lo suficientemente flexibles (había llegado aquí ya bastante mayor), el reverendo se puso a trepar por una pared y pronto (aunque no *muy* pronto) desapareció por el techo.

roger bevins iii

Dejándonos al señor Bevins y a mí allí abajo, solos.

hans vollman

La verdad es que estábamos aburridos, aburridísimos, aburridos todo el tiempo.

roger bevins iii

Todas las noches eran devastadoramente iguales.

hans vollman

Ya nos habíamos sentado en todas las ramas de todos los árboles. Habíamos leído y releído hasta la última piedra. Habíamos recorrido (corriendo, gateando, reptando) hasta el último camino, sendero y pasaje entre las hierbas, habíamos vadeado todos los arroyos; teníamos un conocimiento exhaustivo de las texturas y sabores de los cuatro tipos distintos de tierra de aquí; habíamos hecho un inventario completo de todos los peinados, atuendos, horquillas para el pelo, faltriqueras, ligas para calcetines y cinturones que llevaban nuestros paisanos; yo había oído la historia del señor Vollman muchos miles de veces y me temo que le había contado la mía otras tantas.

roger bevins iii

En breve, la situación aquí era aburrida y ansiábamos cualquier cambio por pequeño que fuera.

hans vollman

Cualquier novedad era un tesoro; anhelábamos cualquier aventura, la diversión que fuera.

roger bevins iii

No nos haría ningún daño, pensamos, hacer un viajecito rápido.

hans vollman

Al sitio donde estaba sentado el caballero.

roger bevins iii

Ni siquiera necesitábamos decirle al reverendo que
íbamos.

Podíamos simplemente... ir.

hans vollman

Siempre era un alivio librarse un rato de aquel viejo
pelmazo.

roger bevins iii

XXXVII

Atravesando la pared delantera, el señor Bevins y yo partimos.

hans vollman

Sin hacer caso de los gritos airados de protesta que nos soltó el reverendo desde el tejado.

roger bevins iii

Atajando a través de la hondonada abarrotada de tréboles que ocupaban los siete miembros de la familia Palmer, enfermos por las inundaciones, enseguida llegamos al estrecho camino de pizarra gris que discurría por debajo, pasando entre Coates a un lado y Wemberg al otro.

hans vollman

Desfilamos junto a Federly, *Bienaventurados quienes mueren en la Luz.*

roger bevins iii

Un monumento con pinta de pieza de ajedrez rematado con un jarrón que terminaba en algo con pinta de pezón.

hans vollman

Y seguimos a través del grupo de casas de M. Boyden/ G. Boyden/Gray/Hebbard.

roger bevins iii

Hasta la suave hondonada que, en primavera, se llenaba de dedaleras y equináceas.

hans vollman

Pero ahora era una enorme maleza dormida de color gris.

roger bevins iii

Desde donde dos indolentes aves invernales nos fulminaron con la mirada al pasar.

hans vollman

Las aves desconfían de nuestra gente.

roger bevins iii

Bajando con paso ligero por el otro lado de North Hill, saludamos a Merkel (a quien había pateado un toro pero todavía tenía ganas de fiesta); a Posterbell (un dandi que había perdido la apostura y ahora deseaba fervientemente que le devolvieran el pelo y que sus encías invirtieran el proceso de recesión y que los músculos de sus brazos dejaran de parecer correas fláccidas y que alguien le trajera su esmoquin, junto con un frasco de perfume y un ramo de flores, para poder ponerse a cortejar una vez más); al señor y a la señora West (incendio sin causa posible, ya que siempre habían sido extremadamente meticulosos en lo tocante al uso de la chimenea); y el señor Dill (balbuceando satisfecho sobre las excelentes notas que sacaba su nieto en la universidad y ansioso por asistir a la graduación en primavera).

hans vollman

Y pasamos junto a Trevor Williams, excazador, sentado ante una montaña de todos los animales a los que había liquidado en su vida: centenares de ciervos, treinta y dos osos negros, tres oseznos, innumerables mapaches, linces, zorros, visones, ardillas, pavos salvajes, marmotas y pumas; veintenas de ratones y ratas, un buen montón de serpientes, cientos de vacas y terneros, un poni (atropellado por un carro), veinte mil insectos aproximadamente; y a todos ellos los tenía que abrazar ahora brevemente, durante un periodo de entre varias horas y varios meses, dependiendo de la calidad de la atención y del cariño que pudiera prodigarles y del miedo que la bestia hubiera sufrido en el momento de su defunción. Y una vez abrazado (es decir, una vez se juzgaran suficientes los resultados del tiempo y la atención y el cariño prodigados), cada animal se levantaba con pesadez y se alejaba al trote o bien volando, reduciendo en un individuo el montón del señor Williams.

roger bevins iii

Era un montón extraordinario, casi tan alto como la torre de la capilla.

hans vollman

Había sido un cazador prodigioso, así que todavía le quedaban muchos años de duro trabajo por delante.

roger bevins iii

Ahora nos llamó, con un ternero en brazos, y nos pidió que le hiciéramos compañía, explicándonos que su tarea era agradable pero un poco solitaria, y que no tenía permitido levantarse nunca e ir a dar un paseo.

hans vollman

Yo le conté que estábamos en plena misión urgente y que no podíamos demorarnos.

roger bevins iii

El señor Williams (buen hombre, nunca descontento, siempre risueño desde que se había pasado a las filas de la gentileza) nos mostró que lo entendía diciéndonos adiós con una pezuña del ternero.

hans vollman

XXXVIII

Pronto nos acercamos a la enorme casa de enfermo de Collier, hecha de mármol italiano y rodeada de tres jardines de rosas concéntricos, delimitados por una fuente decorativa a cada lado (ahora sin agua por el invierno).

roger bevins iii

Cuando eres propietario de cuatro casas y tienes a quince jardineros a tiempo completo cuyo trabajo es mantener impecables tus siete jardines y tus ocho arroyos artificiales, por fuerza te pasas un montón de tiempo corriendo de casa a casa o de jardín a jardín, de forma que tal vez no resulte sorprendente que, cualquier tarde, mientras vas corriendo para ver cómo va la cena que uno de los cocineros está preparando para el consejo de tu organización benéfica favorita, te veas obligado a tomar un pequeño descanso, apoyándote brevemente en una rodilla, luego en las dos, y luego desplomándote de cara e, incapaz de levantarte, acabes viniendo *aquí* para un descanso más prolongado, solamente para encontrarte con que aquí no hay descanso posible, ya que, aunque en apariencia descansas, en realidad lo único que haces es preocuparte por tus carruajes, tus jardines, tus muebles, tus casas y demás, todo lo cual (o al menos en eso confías) aguarda pacientemente tu regreso, si es que no ha caído ya (Dios no lo quiera) en manos de algún (irresponsable, descuidado e indigno) Otro.

percival bólido collier

El señor Collier (con el pecho de la camisa manchado de tierra por culpa de su caída y la nariz casi plana de tan aplastada) se veía continuamente obligado a flotar horizontalmente, como si fuera una aguja humana de brújula, con la coronilla orientada en la dirección donde estuviera aquella de sus propiedades que más le preocupaba en cada momento.

Ahora la coronilla le apuntaba al oeste. Nuestra llegada hizo que su preocupación se desvaneciera; soltó una exclamación involuntaria de alegría, se balanceó hasta ponerse vertical y se giró hacia nosotros.

hans vollman

Señor Collier, dijo el señor Vollman.
Señor Vollman, dijo el señor Collier.

roger bevins iii

Le cruzó entonces la cabeza una nueva preocupación inmobiliaria y se vio violentamente arrojado hacia delante, boca abajo, y con un gruñido de temor, girado hasta apuntar al norte.

hans vollman

XXXIX

A continuación nos tocó atajar a través del pequeño sector cenagoso donde habitaban los más indignos de nosotros.

hans vollman

Atraídos por la humedad y la ausencia de luna de allí.

roger bevins iii

Allí estaban plantados el señor Randall y el señor Twood, sumidos en conversación perpetua.

hans vollman

Incapacitados para hablar de manera coherente entre ellos debido a algún infortunio que desconocíamos.

roger bevins iii

Las caras reducidas a borrones ilegibles.

hans vollman

Los torsos grises y sin forma, salvo por un diminuto esbozo de brazos y piernas en forma de torpedos.

roger bevins iii

Indistinguibles el uno del otro salvo por el hecho de que los movimientos del señor Twood conservaban una pizca más de vitalidad. De vez en cuando, como si estuviera intentando ejercer alguna persuasión, uno de sus apéndices parecidos a brazos se elevaba y parecía indicar algo situado en un estante hacia lo cual deseaba llamar la atención del señor Randall.

hans vollman

El señor Twood había trabajado, creíamos, en el ramo de las ventas al detalle.

roger bevins iii

Sacar a rastras los enormes letreros Guardarlos otra vez de inmediato Sacarlos a rastras otra vez No dejar que se te caigan de las manos Rebajas importantes en ropa de mujer.

sr. benjamin twood

A modo de respuesta, a veces la cuña gris y sin cara que había sido el señor Randall hacía un bailecito.

roger bevins iii

Ceder la banqueta He aquí un tipo que realmente sabe Darles a las teclas Y el tipo sentado ante el piano presentaba su Y entonces me quedaba yo solo.

jasper randall

A veces, cerca del alba, cuando todos los demás moradores de la ciénaga ya estaban fatigados y sin fuerzas y se habían apilado enmudecidos cerca del roble negro quemado por el rayo, al señor Randall se lo podía encontrar haciendo una reverencia tras otra, como si estuviera ante un público imaginario.

roger bevins iii

Lo cual nos hacía suponer que debía de haber sido alguna clase de artista.

hans vollman

¡Gracias gracias gracias!

jasper randall

PRECIOS EXTRAORDINARIOS EN EL INTERIOR:
Acuérdese únicamente de su fatigada madre, a la que puedensalvar La plancha automática, el rayador a manivela, la nevera, el cajón de salmuera, ayudarla a revivir la postura antaño recta de su espalda, a revivir su encantadora sonrisa, la de antaño, cuando usted, en pantalonescortos, llevaba un sablehecho con una rama en medio del olor generalizado a tarta.

sr. benjamin twood

Porrazo, arpegio, pausa para beberfumar Cuando yo les daba un buen golpe a las teclas, aparecían unas pequeñas ondas en la bebida dorada que tenía delante.

jasper randall

Cualquier admiración que pudiéramos haber sentido antaño por el aguante de aquellos dos ya había degenerado en repulsión.

roger bevins iii

¿Acaso a nosotros nos aguardaba un destino similar?

hans vollman

No nos lo parecía.

roger bevins iii

(Nos examinábamos regularmente los rasgos el uno al otro en busca de cualquier signo de emborronamiento facial.)

hans vollman

(Nos supervisábamos continuamente el uno al otro en busca de cualquier degradación de la dicción.)

roger bevins iii

Y aquellos dos no eran los peores, ni mucho menos.

hans vollman

Piensen en el señor Papers.

roger bevins iii

Que esencialmente era una línea gris supina y rastrera.

hans vollman

Y solamente eras consciente de su presencia cuando te tropezabas con él.

roger bevins iii

¿Me pudres ayuntar? ¿Me paredes... ayunar? ¿Me ayunas? ¿Me pede aguilen... ayudar? ¿Me ayunanpeor favar? ¡Hay un en... mee!

l. b. papers

No teníamos ni idea de qué había sido antes el señor Papers.

roger bevins iii

Quedaba muy poco de él.

hans vollman

Venga Fuera de aquí O recibirás un mensaje nada feliz en todo tu agachadero Me meteré por debajo y te ventilaré los bajorrefajos.

flanders quinn

Flanders Quinn.

hans vollman

Exladrón.

roger bevins iii

Bevins, te voy a mear un chorro de tóxico en los puñeteros cortes idénticos de tus muñecas, Vollman, te voy a agarrar por ese cipote gigante y te voy a lanzar a la verjanegra.

flanders quinn

A mí personalmente me daba miedo.

roger bevins iii

A mí no me daba miedo.
No exactamente.
Pero teníamos asuntos urgentes entre manos. No podíamos demorarnos.

hans vollman

167

Y nos alejamos trotaflotando por el margen de la ciénaga, mientras Quinn nos insultaba y después giraba ciento ochenta grados y nos suplicaba que volviéramos, porque le aterraba quedarse en aquel lugar, y le aterraba todavía más abandonarlo (y marcharse), porque cuál era el destino de un pecador que había degollado a un comerciante y a su hija junto a una calesa de Fredericksburg con las ruedas rotas (y le había arrancado a la chica las perlas del cuello y luego les había limpiado la sangre con su chal de seda)?

roger bevins iii

Tras volver sobre terreno elevado apretamos el paso, atravesamos el cobertizo combado de las herramientas, cruzamos la senda de grava y llegamos con puntualidad al antiguo camino para carruajes, donde seguía notándose, según mi olfato, un tenue y misterioso aroma a tinta de periódico.

hans vollman

XL

Justo delante de nosotros, pasado el obelisco ligeramente escorado a la izquierda de Cafferty, se había congregado ahora una multitud alrededor de un hoyo de enfermo recién rellenado.

hans vollman

El señor Vollman se acercó al grupo.

¿Sigue con nosotros el... recién llegado?, preguntó con delicadeza.

Sigue aquí, sí, contestó Tobin *Tejón* Muller, prácticamente doblado por la cintura, como siempre, a causa del esfuerzo.

Cerrad el pico para que pueda oírlo, ladró la señora Sparks, a cuatro patas y con la oreja pegada al suelo.

roger bevins iii

XLI

Esposa de mi corazón laura laura

Cojo mi pluma en tal estado de agotamiento que solamente el profundo amor que os profeso a todos puede moverme a escribir después de una jornada de tan Atroces matanzas y miedo. Y no he de ocultarte que Tom Gilman no ha sobrevivido a los terribles combates. Nuestra posición estaba ubicada en una arboleda. He oído un grito en medio del estruendo de los disparos. Tom había sido alcanzado y derribado. Nuestro Valiente y Noble amigo yacía Boca abajo en el Suelo. Di a los Muchachos la orden de vengarlo, aunque eso comportara cruzar las puertas mismas del Infierno.

Tal es el estado de mi Mente que, aunque sé que partimos en esa dirección y con ese Propósito, no recuerdo qué sucedió a continuación. Solamente sé que todo está Bien y que tomo mi fiel pluma para informarte de que me encuentro a salvo en estos momentos y que confío en que estas líneas encuentren a mi Amada familia disfrutando de esa misma enorme bendición.

He llegado a este lugar por medio de un Largo viaje. Y confinado todo el tiempo. Fue un combate terrible, como creo haberte escrito ya. Tom Gilman murió, como creo haberte escrito ya. Pero Aquel que preserva o destruye según se le antoja ha querido mantenerme con vida para que te escriba estas líneas. Para decirte que, aunque me encuentre confinado, me considero muy Afortunado. Tan Fatigado me siento que a duras penas soy capaz de contarte dónde estoy o cómo he llegado aquí. Espero a la enfermera. Las ramas de los árboles cuelgan tristemente. Sopla la brisa. Estoy afligido y temeroso. Oh, querida, tengo un presentimiento. Siento que no debo demorarme aquí. En este lugar tan triste. Aquel que nos preserva y nos Ama apenas está presente. Y dado que debemos esforzarnos siempre por caminar a Su lado, siento que no he de demorarme en este lugar. Pero me hallo Confinado, tanto de Mente como de Cuerpo, y por tanto incapacitado, como si llevara grilletes, para marcharme de aquí ahora, querida Esposa.

Debo buscar y buscar eso que me mantiene en este lugar triste y abismal.

capitán william prince

Una figura emergió ahora repentinamente de su montículo de tierra, como si fuera una criatura salvaje escapándose de su jaula, y echó a andar de un lado a otro, contemplando ansiosamente las caras del señor Muller, la señora Sparks y compañía.

roger bevins iii

Un soldado.
Uniformado.

hans vollman

171

No tenga usted miedo, le dijo con acento sureño uno de los congregados. Viene usted del sitio de antes y ha llegado a uno nuevo.

roger bevins iii

El soldado se volvió translúcido hasta resultar casi invisible, tal como nos pasa a veces en los momentos de intensa meditación, y regresó de cabeza a su hoyo de enfermo.

Y al cabo de un instante volvió a salir, con una sombría cara de estupefacción.

hans vollman

Querida esposa de mi corazón, Laura, cielito:
Dentro de mi lugar de Confinamiento están mis despojos. Acabo de mirar ahora mismo. El mismo lunar en la mejilla y las mismas entradas en el pelo. Resulta incómodo de mirar. Me ha quedado una expresión triste en la cara (¡quemada!). Y el torso arruinado por una grave herida difícil de

Aquí estoy, aquí atrapado, y por fin soy consciente de lo que tengo que hacer para liberarme.

Sólo tengo que contar la VERDAD y todo irá

Oh pero no puedo la cuento lo cuento todo?

creo que la he de contar o

quedarme para siempre

En este espantoso y temible

Laura haz salir a los pequeñines para que no oigan lo que viene a continuación.

Tuve relaciones con la más menuda de las dos. Las tuve. En aquel tosco Villorrio. Tuve relaciones con la más menuda de las dos y ella me preguntó por el relicario que tú me habías regalado y me preguntó si eras una buena esposa, y lo preguntó al mismo tiempo que, sentada encima de mí, me daba un golpe de caderas y me miraba a los ojos como para mancillar tu Honor, pero yo te aseguro (aun mientras ella me daba dos golpes más de caderas y no dejaba de mirarme a los ojos) que no le di esa satisfacción, que no ensucié ni Tu nombre ni tu recuerdo, aunque en aras de la VERDAD (y por tanto de escapar de este lugar) siento que debo confesar libremente que mientras ella se inclinaba para ofrecerme sus femeninos Encantos, y meterme primero uno y después otro en la boca, preguntándome si mi mujer hacía aquello y si mi mujer era tan desenfrenada, yo solté un fuerte soplido que los dos entendimos que significaba que NO que mi mujer no hacía aquello que no era así de Libre. Y todo el resto del tiempo que pasamos allí teniendo relaciones en aquel cobertizo sucio y destartalado donde sus tres criaturas dormían en sus toscas cunas y sus dos pálidas Hermanas y su Madre soltaban risillas desde el Patio, ella tuvo el relicario cogido con la mano, y al terminar me preguntó si se lo podía quedar. Pero ahora que yo me había librado de mi repulsiva lujuria, le contesté bruscamente que no. Y me fui al bosque. Donde me eché a llorar. Y allí pensé en ti con auténtica Ternura. Y decidí que lo más amable sería el engaño.

Engañarte.

capitán william prince

Ahora iba trazando un amplio círculo con sus pasos, con la cabeza en las manos.

roger bevins iii

La luna estaba alta y me dije a mí mismo que a veces hay que conservar la paz y ahorrarle la verdad al Ser amado. Y eso mismo es lo que he hecho. Hasta ahora. Tenía planeado contarte todo esto no en carta sino en persona. Y así tal vez mitigar el golpe a base de contarlo con ternura. Pero mi situación parece extremadamente desesperada, y mi regreso a casa ya no va a producirse nunca, así que te lo cuento todo, te lo cuento entre lloros, con mi voz más sincera (me follé a la más menuda de la dos, lo hice, ya lo creo), con la esperanza de que tanto tú como Aquel que todo lo oye y todo lo perdona me oigáis y me perdonéis y me permitáis abandonar este desdichado...

capitán william prince

Y en aquel momento nos llegaron desde las inmediaciones del obelisco un destello cegador y el familiar pero siempre escalofriante fuegosonido que acompaña al fenómeno de la materialuzqueflorece.

roger bevins iii

Y el soldado ya no estaba.

hans vollman

Los pantalones raídos de su uniforme cayeron al suelo, junto con su camisa, sus botas y su barata alianza de hierro.

roger bevins iii

Algunos de los miembros más zafios de la multitud congregada echaron a correr como locos, burlándose del soldado y adoptando posturas perversas e irrespetuosas sobre su montículo de enfermo; no por maldad, ya que no había maldad en ellos, sino más bien por exceso de sentimiento.

En este sentido, a veces pueden ser como perros salvajes sueltos en un matadero: corriendo frenéticamente sobre la sangre derramada y enloquecidos por la certidumbre de que debe de haber alguna clase de satisfacción cerca.

hans vollman

Dios bendito, pensé, ¡pobre hombre! En vez de darle a este sitio una oportunidad has huido como un insensato, dejando atrás para siempre todo lo hermoso que tiene este mundo.

¿Y a cambio de qué?

No lo sabes.

Una apuesta nada inteligente.

Absteniéndote eternamente, amigo, de cosas como, por ejemplo, dos corderos recién esquilados que balan en un campo recién segado; las líneas de sombra paralelas de cuatro lamas de persiana que surcan lentamente a mediodía el costado de un gato atigrado y dormido; nueve bellotas arrancadas de la rama por el viento que bajan rebotando por un tejado de tejas descoloridas y caen en una mata de brezo marchito; un tipo que se está afeitando y al que le llega el aroma de la plancha caliente de los panqueques (y el ruido de las ollas de primera hora de la mañana y el parloteo de las mozas de cocina); una goleta del tamaño de una mansión que se escora para entrar en el puerto, impulsada por una brisa que hace ondear las banderas y tintinear las campanillas y provoca un coro de chillidos infantiles en un patio de escuela cercano al puerto y los ladridos furiosos de lo que parece ser una docena de...

roger bevins iii

Amigo.

Éste no es el momento.

hans vollman

Mil disculpas.

Pero (como creo que ya debe de saber usted) no puedo controlarlo del todo.

roger bevins iii

La multitud había suspendido sus posturas perversas y ahora miraba boquiabierta al señor Bevins, que mientras hablaba había adquirido un buen montón de ojos adicionales, orejas, narices, manos, etc., hasta el punto de parecer un ramo enorme de flores de carne.

Bevins aplicó su remedio de costumbre (cerrar los ojos y taparse tantas narices y orejas como pudo con sus diversas manos adicionales, deteniendo de esa forma todos los estímulos sensoriales y tranquilizando la mente) hasta conseguir que se le retrajeran o bien le desaparecieran (yo nunca sabía cuál de las dos cosas) múltiples pares de ojos y orejas y narices.

El público volvió entonces a profanar el montículo de enfermo del soldado. *Tejón* Muller fingió que se meaba en él y la señora Sparks se puso en cuclillas encima y retorció la cara en una fea mueca.

Mirad, gruñó, le estoy dejando un regalo a ese cobarde.

hans vollman

XLII

Y nosotros seguimos nuestro camino.

roger bevins iii

Caminaflotando entre las antiguas casas de todos aquellos necios que ya no estaban con nosotros (o por encima de ellas cuando no podíamos hacer nada por evitarlo).

hans vollman

Goodson, Raynald, Slocum, Mackey, VanDycke, Piescer, Sliter, Peck, Safko, Swift, Roseboom.

roger bevins iii

Por ejemplo.

hans vollman

Simkins, Warner, Persons, Lanier, Dunbar, Schuman, Hollingshead, Nelson, Black, VanDuesen.

roger bevins iii

Y había que admitir que aquellos tipos eran mayoría

y que su número ya rebasaba al nuestro quizá a razón de diez a uno.

Topenbdale, Haggerdown, Messerschmidt, Brown.

Lo cual subrayaba las cualidades excepcionales de aquellos de nosotros que seguíamos al pie del cañón.

Coe, Mumford, Risely, Rowe.
Sus casas estaban completamente vacías y, al anochecer, cuando nosotros salíamos arremolinándonos de nuestras casas, de ellas no salía arremolinándose nada de nada, y los contenidos de sus...

Cajones de enfermo.

Yacían allí inertes, abandonados, dejados de lado.

Lamentable.

Como caballos abandonados esperando en vano a que regresaran sus amados jinetes.

Edgmont, Tody, Blasingame, Free.

Haberknott, Bewler, Darby, Kerr.

roger bevins iii

Por lo general eran todos gente despreocupada, poco entusiasta y sin deseos, que se quedaba aquí —cuando se quedaba— únicamente durante unos breves momentos, de tan satisfactoria que les había resultado su estancia en el sitio de antes.

hans vollman

Sonrientes, agradecidos, echando vistazos asombrados a su alrededor y regalándonos una última mirada afable mientras se...

roger bevins iii

Rendían.

hans vollman

Sucumbían.

roger bevins iii

Capitulaban.

hans vollman

XLIII

Encontramos al caballero allí donde nos habían indicado que estaría, cerca de Bellingwether, *Marido, padre y armador.*

hans vollman

Sentado con las piernas cruzadas y actitud derrotada entre las matas de hierbas altas.

roger bevins iii

Mientras nos acercábamos, él levantó la cabeza de las manos y soltó un suspiro enorme. En aquel momento podría haber sido perfectamente una escultura dedicada a la Pérdida.

hans vollman

¿Vamos?, dijo el señor Vollman.
Yo vacilé.
El reverendo no lo aprobaría, dije.
El reverendo no está aquí, me dijo él.

roger bevins iii

XLIV

A fin de ocupar el mayor porcentaje posible del volumen del caballero, bajé hasta su regazo y me senté con las piernas cruzadas, igual que él.

hans vollman

Ahora los dos conformaban un solo hombre sentado; como tenía un perímetro más grueso, el señor Vollman rebasaba un poco al caballero, y su miembro enorme existía completamente fuera de éste, apuntando a la luna.

roger bevins iii

Era algo notable.
Era notable estar allí dentro.
¡Bevins, entre!, lo llamé. Esto no hay que perdérselo.

hans vollman

Así que entré y adopté la misma postura con las piernas cruzadas.

roger bevins iii

Y los tres fuimos uno.

hans vollman

Por así decirlo.

roger bevins iii

XLV

El tipo tenía un aire ligeramente campestre.

hans vollman

Sí.

roger bevins iii

Como cuando entras en un granero en plena madrugada estival.

hans vollman

O en una mohosa oficina rural donde todavía arde vigorosamente una vela.

roger bevins iii

Enorme. Barrida por el viento. Nueva. Triste.

hans vollman

Espaciosa. Curiosa. De mente sombría. Ambiciosa.

roger bevins iii

Volví a salirme un poco.

hans vollman

La bota derecha rozaba.

roger bevins iii

La reciente entrada del (joven) señor Bevins provocó
que al caballero se le desviara ligeramente el tren de los
pensamientos de vuelta a una escena de su propia (y desenfrenada) juventud: una muchacha de voz suave pero
hija del retraso (mejillas sucias, mirada amable) que lo
llevaba tímidamente por un camino enfangado, con las
ortigas agolpándosele en la ondeante falda verde mientras, en la mente de él, en aquellos momentos, brotaba
un asomo de vergüenza, relacionado con su sensación de
que aquella chica era territorio vedado, es decir, era más
bestia que dama, es decir, ni siquiera sabía leer.

hans vollman

El hombre cobró conciencia de lo que tenía en mente y se le ruborizó la cara (notamos cómo se ruborizaba)
al darse cuenta de que estaba rememorando un incidente tan sórdido (en medio de sus trágicas circunstancias).

roger bevins iii

Y se apresuró a dirigir su (nuestra) mente a otra parte, a fin de dejar atrás aquellos pensamientos tan inapro-
piados.

hans vollman

XLVI

Intentamos «ver» la cara de su chaval.

roger bevins iii

No se podía.

hans vollman

Intentamos «oír» la risa del chaval.

roger bevins iii

No se podía.

hans vollman

Intentamos recordar algún incidente concreto en el que hubiera estado involucrado el chico, con la esperanza de así poder...

roger bevins iii

La primera vez que le tomamos las medidas para hacerle un traje.
Esto pensó el caballero.
(Y esto sí funcionó.)

La primera vez que le tomamos las medidas para hacerle un traje, él bajó la vista para mirarse los pantalones y luego me miró a mí, asombrado, como diciendo: padre, llevo pantalones de persona mayor.

Sin camisa, descalzo, con una panza redonda y pálida como de viejo. Luego se puso la camisita con puños de vestir y se la abotonó.

Adiós, barriguita, te estamos encamisando.

¿Encamisando? Creo que esa palabra no existe, padre.

Le até la corbatita. Le di una vuelta para echarle un vistazo.

Parece que hemos puesto elegante a un salvaje, le dije yo.

Él puso su cara de gruñir. Con el pelo todo de punta y las mejillas ruborizadas. (Hacía un rato se había puesto a correr por la tienda y había derribado un expositor de calcetines.) El sastre, cómplice, sacó la chaquetita sin mucha pompa.

Luego vino la sonrisa, infantil y tímida, cuando yo se la puse.

Caray, dijo él, se me ve elegante, ¿verdad, padre?

Después de aquello, el caballero estuvo un buen rato sin pensar en nada y nosotros nos limitamos a mirar a nuestro alrededor: siluetas negras de árboles sin hojas sobre el fondo azul marino del cielo.

Chaquetita chaquetita chaquetita.

La expresión nos resonó en la cabeza.

Una estrella desapareció con un parpadeo y volvió a aparecer.

La misma que lleva ahora mismo ahí dentro.

Uf.

La misma chaquetita. Pero el que la lleva está...

(Cómo quiero que no sea verdad.)

Rota.

Una cosa pálida y rota.

¿Por qué ha dejado de funcionar? ¿Qué palabra mágica lo hacía funcionar? ¿Quién es el guardián de esa palabra? ¿En qué le beneficia apagarlo? ¿Qué clase de artilugio es? ¿Cómo funcionaba? ¿Qué chispa lo alimentaba? Qué majestuosa maquinita. Perfectamente montada. Recibió la chispa y cobró vida de golpe.

¿Qué ha apagado esa chispa? ¿Qué pecado habrá sido? ¿Quién se atrevería a arruinar semejante prodigio? Por esto es anatema el asesinato. Dios no quiera que yo cometa nunca tan grave...

hans vollman

Algo vino entonces a inquietarnos...

roger bevins iii

Nos pasamos una mano ásperamente por la cara, como intentando reprimir una idea que empezaba a asomar.

hans vollman

Pero nuestro intento se saldó con fracaso...

roger bevins iii

La idea se nos echó encima.

hans vollman

XLVII

El joven Willie Lincoln fue entregado a la tierra el mismo día en que se anunció públicamente la lista de víctimas mortales de la victoria de la Unión en Fort Donelson, un anuncio que causó gran escándalo entre el público de la época, ya que el coste en vidas carecía de precedentes en lo que se llevaba de guerra.

> *Dejar las cosas claras:*
> *recuerdo, error y evasión,*
> de Jason Tumm, en *Journal*
> *of American History*

Los detalles de la masacre se le comunicaron al presidente cuando todavía estaban embalsamando al joven Willie.

> Iverness, óp. cit.

Murió más de un millar de soldados en ambos bandos y hubo el triple de heridos. Fue «un combate tremendamente sanguinario», según le contó a su padre un joven soldado de la Unión, tan devastador para su compañía que a pesar de la victoria se quedó «triste, solitario y alicaído». De los ochenta y cinco hombres de su unidad solamente habían sobrevivido siete.

Goodwin, óp. cit.

Los muertos en Donelson, Dios bendito. Apilados en montones igual que el maíz trillado, uno encima de dos encima de tres. Después de la batalla atravesé el lugar con una sensación funesta. Dios, esto lo he hecho yo, pensé.

Memorias de batallas,
del teniente primero Daniel Brower

Un millar de muertos. Aquello era algo nuevo. Ahora por fin parecía una guerra de verdad.

La Gran Guerra descrita por sus guerreros, de Marshall Turnbull

Los muertos estaban allí donde habían caído, en todas las posturas imaginables: algunos sostenían las armas como si estuvieran en pleno acto de disparar, mientras que otros, con un cartucho entre los dedos helados, estaban ocupados cargando. Algunos de los rostros mostraban sonrisas pacíficas y felices, mientras que en otros había expresiones diabólicas de odio. Parecía que aquellos rostros fueran las réplicas exactas de los pensamientos que habían cruzado sus mentes al abatirlos el mensajero de la muerte. Tal vez aquel joven de aspecto noble, con la cara sonriente y la barbilla en alto, con sus tirabuzones relucientes y apelmazados por su propia savia vital, había sentido que una plegaria materna invadía sus sentidos mientras su joven vida se extinguía. Cerca de él yacía un joven marido, con una plegaria por su mujer y su criatura todavía suspendida en los labios. La juventud y la madurez, la virtud y la maldad estaban igualmente representadas en aquellas faces cadavéricas. Ante nosotros yacían los despojos calcinados y ennegrecidos de unos soldados que habían ardido vivos. Habían quedado demasiado malheridos para moverse y los habían consumido los feroces elementos.

Los años de la guerra civil: Crónica del día a día de la vida de una nación, edición de Robert E. Denney, testimonio del cabo Lucius W. Barber, Compañía D, 15.º Regimiento de Voluntarios de Infantería de Illinois, combatiente en Fort Donelson

Yo nunca había visto a un muerto. Y ahora los vi hasta hartarme. Un pobre chaval se había quedado congelado en la postura de mirarse su herida con cara de horror y los ojos abiertos. Se le habían salido parte de las tripas y estaban amontonadas junto al costado, cubiertas de una fina capa de hielo, formando un amasijo morado y rojo. Sobre la cómoda de mi casa yo tenía una estampa del Sagrado Corazón de Jesús, y ahora aquel tipo tenía el mismo aspecto, con la diferencia de que su montón de color rojo y morado era bastante más grande y estaba más abajo y a un costado y él lo estaba mirando con cara de terror.

La terrible gloria: Una recopilación de cartas de la guerra civil escritas por los hombres que la lucharon, recopilación y edición de Brian Bell y Libby Trust

Y el fuego se había echado encima de los muertos congelados y los heridos por igual. Entre ellos encontra-

mos a uno que todavía pataleaba y pudimos llevárnoslo
de allí vivo; ni siquiera sabía a qué bando pertenecía, de
tan quemado que estaba, y no le quedaba más ropa que
una pernera de los pantalones. Nunca llegué a enterarme
de qué había sido de él. Pero el futuro no pintaba muy
bien para aquel pobre diablo.

> *Cartas de un soldado de Illinois,*
> edición de Sam Westfall,
> testimonio del soldado Edward
> Gates, Compañía F,
> 15.º Regimiento de Voluntarios
> de Infantería de Illinois

Cogíamos un cadáver entre dos o tres y lo sacábamos
de allí tal como lo encontrábamos, porque hacía frío y
los cuerpos estaban completamente congelados. Aquel
día descubrí que uno se puede acostumbrar a todo.
Pronto aquello nos pareció normal y hasta hacíamos
bromas y nos inventábamos nombres para cada uno de
ellos, dependiendo de la pinta que tuvieran. Estaban por
ejemplo el Agachadito, el Sorprendido y el Medio Chaval.

> Brower, óp. cit.

Encontramos a dos chavalines cogidos de la mano
que no debían de tener más de catorce o quince años,
como si hubieran querido atravesar juntos aquel portal
oscuro.

> Gates, óp. cit.

¿Cuántos muertos va a acer usté antes de cansarse?
Nuestro pequeño Nate estaba ayí en el puente con una
caña de pescar y donde esta nuestro chico ahora? Y
quién lo llamó a filas en ese letrero que bimos allí en Or-

bys pues bueno señor, el letrero ponía el nombre de usté: «Abaham Lincoln».

Cartas desde el campo para el presidente Lincoln, recopilación y edición de Josephine Banner y Evelyn Dressman, carta de Robert Hansworthy, Boonsboro, Maryland

XLVIII

Él no es más que uno.

Y su carga está a punto de matarme.

Extrapólese, pues, este dolor. Unas tres mil veces. De momento. Hasta ahora. Una montaña. De muchachos. Todos hijos de alguien. Debo seguir adelante. Pero puede que me falten agallas. Una cosa es tirar de la palanca cuando uno no ve el resultado. Pero aquí hay un bonito ejemplo de lo que consigo con las órdenes que...

Puede que me falten agallas.

¿Qué puedo hacer? ¿Declarar un alto el fuego? ¿Y tirar por la escotilla a esos tres mil chicos? ¿Pedir la paz? ¿Convertirme en el gran necio que se echa atrás, en el rey de la indecisión, en el hazmerreír de la Historia, el palurdo inseguro, el flaco señor Marcha Atrás?

La situación está fuera de control. ¿Quién es el responsable? ¿Quién es el causante? ¿Quién empezó esto con su llegada a escena?

¿Qué estoy haciendo?

¿Qué estoy haciendo aquí?

Ya nada tiene sentido. Ha venido el cortejo fúnebre. Ofreciéndome sus manos extendidas. Con sus hijos intac-

tos. Llevando máscaras de tristeza forzada para esconder cualquier signo de su felicidad, que... que sobrevivía. No podían esconder lo muy vivos que estaban gracias a ella, a la felicidad que les causaba el potencial de sus hijos todavía con vida. Hasta hace poco yo era uno de ellos. Paseando y silbando por el matadero, evitando mirar la carnicería, capaz de reírme y soñar y tener esperanza, porque todavía no me había sucedido a mí.

A nosotros.

Trampa. Trampa horrible. Se prepara al nacer uno. Ha de llegar un día final. En que necesitarás salir de tu cuerpo. Eso ya es malo de por sí. Y luego encima traemos aquí a un bebé. Se amplían los términos de la trampa. Ese bebé también tiene que marcharse. Todos los placeres deberían quedar contaminados por ese conocimiento. Pero con lo optimistas que somos, nos olvidamos.

Señor, ¿qué es esto? Todo este caminar de un lado para otro, esforzarse, sonreír, hacer reverencias y bromear... Todo este sentarse a la mesa, planchar camisas, anudarse la corbata, embetunarse los zapatos, planear viajes y cantar canciones en la bañera...

Cuando él ha de quedarse aquí...

¿Acaso uno puede seguir asintiendo con la cabeza, bailando, razonando, paseando y discutiendo?

¿Tal como hacía antes?

Pasa un desfile. Él no puede levantarse y unirse a ellos. ¿He de salir corriendo yo tras la comitiva, ocupar mi sitio, levantar mucho las rodillas, agitar una bandera y hacer sonar una corneta?

¿Lo amábamos o no?

Entonces no he de ser feliz más.

hans vollman

XLIX

Hacía bastante frío. (Al estar dentro del caballero, teníamos, por primera vez en...

hans vollman

Mucho tiempo.

roger bevins iii

Bastante frío nosotros también.)

hans vollman

Él estaba sentado, consternado y tembloroso, intentando encontrar cualquier consuelo.
Ahora debe de estar en un sitio feliz o en un sitio vacío.
Pensó el caballero.
En cualquier caso ya no sufre.
Sufrió terriblemente al final.
(La tos de perro los temblores los vómitos los intentos
patéticos de limpiarse todo el tiempo la boca con una
mano temblorosa la forma en que su mirada de pánico
buscaba la mía y me la sostenía como diciendo, papá, ¿de
verdad no puedes hacer nada?)

Y en su imaginación el caballero estaba de pie (y nosotros con él) en una llanura solitaria, estábamos gritando *los tres* a pleno pulmón.

Silencio, pues, y un gran cansancio.

Ya se ha acabado todo. Ya vive en la dicha o en la nada.

(¿Por qué esta pena, pues?

Si para él ya ha pasado lo peor.)

Pues porque yo lo amaba mucho y sigo teniendo el hábito de amarlo y ese amor siempre ha de adoptar la forma de preocupación y de angustia y de hacer cosas.

Pero ya no hay nada que hacer.

Liberarme de esta oscuridad como pueda, seguir siendo útil, no enloquecer.

Pensar —cuando piense en él— que se encuentra en un lugar luminoso, libre de sufrimiento, resplandeciendo en una nueva fase de la vida.

Esto pensaba el caballero.

Rastrillando pensativamente con la mano una mata de hierba.

roger bevins iii

L

Tristes.

roger bevins iii

Muy tristes.

hans vollman

En especial sabiendo lo que sabíamos.

roger bevins iii

Que su hijo no estaba «en un lugar luminoso, libre de sufrimiento».

hans vollman

No.

roger bevins iii

Ni «resplandeciendo en una nueva fase de la vida».

hans vollman

Au contraire.

roger bevins iii

Por encima de nosotros, una brisa errática desprendió muchas ramas que había roto la tormenta.

hans vollman

Que cayeron a tierra aquí y allá.

roger bevins iii

Como si los bosques estuvieran llenos de criaturas recién despiertas.

hans vollman

Me pregunto..., dijo el señor Vollman.
Y yo supe lo que se avecinaba.

roger bevins iii

LI

Nosotros deseábamos que el chico se marchara y de esa forma se salvara. Su padre deseaba que estuviera «en un lugar luminoso, libre de sufrimiento, resplandeciendo en una nueva fase de la vida».

Una feliz confluencia de deseos.

Parecía que teníamos que convencer al caballero para que regresara con nosotros a la casa de piedra blanca. Y una vez allí, teníamos que animar al chico para que se metiera dentro del caballero, con la esperanza de que, estando allí dentro, y habiendo oído el deseo de su padre, se convenciera de que...

hans vollman

Buena idea.

Pero no teníamos ningún método para ponerla en práctica.

roger bevins iii

(Ha existido tradicionalmente cierta confusión sobre este tema.)

hans vollman

Ninguna confusión, amigo.

Simplemente no está en nuestro poder comunicarnos con los de su clase, mucho menos convencerlos para que *hagan* nada.

Y creo que lo sabe usted.

roger bevins iii

LII

Pues no estoy de acuerdo.
Una vez provocamos una boda, no sé si se acuerda.

hans vollman

Muy discutible.

roger bevins iii

Una pareja que paseaba por aquí, y que estaba a punto de romper su compromiso, dio marcha atrás a su decisión por influencia nuestra.

hans vollman

Casi seguro que fue coincidencia.

roger bevins iii

Varios de nosotros: Hightower, nosotros tres y... ¿cómo se llamaba? El tipo decapitado...

hans vollman

Ellers.

roger bevins iii

¡Ellers, por supuesto!

Aburridos como estábamos, nos juntamos todos, entramos en la pareja y, por medio de la fuerza combinada de nuestro anhelo, fuimos capaces de ejercer...

hans vollman

Una cosa al menos es cierta.

Los venció una pasión repentina y se metieron detrás de una de las casas de piedra.

roger bevins iii

Para obedecer a esa pasión.

hans vollman

Mientras nosotros mirábamos.

roger bevins iii

Me produce cierto desasosiego. Lo de haber mirado.

hans vollman

Bueno, aquel día no sintió usted desasosiego, querido amigo. El miembro le creció hasta alcanzar un tamaño asombroso. Y ya de por sí lo tiene usted inflado a...

roger bevins iii

Creo recordar que usted también estaba mirando. No recuerdo que apartara ni uno solo de sus muchísimos...

hans vollman

Cierto, resultó vigorizante ver aquella pasión.

La furia de sus abrazos era notable.

roger bevins iii

Sí.

Hicieron que los pájaros salieran volando de los árboles con sus tremendos gemidos de placer.

hans vollman

Después de aquello renovaron su compromiso y se marcharon cogidos de la mano, reconciliados y prometidos otra vez.

roger bevins iii

Y lo habíamos conseguido nosotros.

hans vollman

Venga ya. Eran jóvenes, llenos de lujuria, estaban a solas en un lugar aislado y en una hermosa noche de primavera. No necesitaban ninguna ayuda de...

roger bevins iii

Amigo.

Estamos aquí.

Ya estamos aquí.

Dentro.

Un tren se acerca a un muro a una velocidad letal. Tiene usted en la mano una palanca cuyo efecto no conoce: ¿la acciona de todas maneras? Si no lo hace, el desastre está asegurado.

No le cuesta a usted nada.

¿Por qué no intentarlo?

hans vollman

LIII

Dentro del caballero, el señor Bevins me cogió la mano.

hans vollman

Y empezamos.

roger bevins iii

A convencer al caballero.

hans vollman

A intentar convencerlo.

roger bevins iii

Los dos juntos nos pusimos a pensar en la casa de piedra blanca.

hans vollman

Y en el chico.

roger bevins iii

En su cara, su pelo y su voz.

hans vollman

En su traje gris.

roger bevins iii

Y en sus pies torcidos hacia dentro.

hans vollman

En las rayaduras de sus zapatos.

roger bevins iii

Póngase de pie y vuelva allí, pensamos los dos al unísono. *Su hijo necesita de su consejo.*

hans vollman

Corre un grave peligro.

roger bevins iii

Es anatema que los niños se demoren aquí.

hans vollman

La naturaleza obstinada del chico, que en el sitio de antes era considerada una virtud, aquí lo pone en grave peligro; porque aquí la ley natural, dura y arbitraria no admite rebelión alguna y debe ser obedecida escrupulosamente.

roger bevins iii

Le pedimos, por tanto, que se levante usted.

hans vollman

Y que regrese con nosotros para salvar a su hijo.

roger bevins iii

205

No pareció que funcionara.

hans vollman

El caballero se quedó sentado, rastrillando la hierba con la mano, sin pensar en apenas nada.

roger bevins iii

Parecía que teníamos que ser más directos.

hans vollman

De mutuo acuerdo, dirigimos nuestras mentes a cierto recuerdo común que teníamos de la señorita Traynor.

roger bevins iii

Las Navidades pasadas, mientras la estábamos visitando, descubrimos que bajo la presión particular de las santas fiestas había llegado *más allá* del puente caído, el buitre, el perro enorme, la vieja espeluznante que engullía pastel negro, la mata de maíz destruido por las inundaciones y el paraguas desvencijado por un viento que no sentíamos...

hans vollman

Y se estaba manifestando bajo la forma de un antiguo convento a punto de quemarse hasta los cimientos habitado por quince monjas riñendo furiosas.

roger bevins iii

Un convento del tamaño de una chica y al estilo de Ágreda, dentro del cual las monjas diminutas estaban iniciando su liturgia matutina.

hans vollman

Y de pronto, el lugar (la chica) estaba en llamas: gritos, chillidos, gruñidos y renuncias a los votos a cambio de salvarse.

roger bevins iii

Pero ninguna se salvaba, todas fallecían.

hans vollman

Nos obligamos a ver la escena de nuevo, a olerla de nuevo y a oírla de nuevo: el incienso, las fragantes matas de salvia que cubrían las paredes, la brisa con aroma a rosas que bajaba flotando de la colina, los estridentes chillidos de las monjas, el ruido suave de los pies diminutos de las monjas sobre la arcilla roja apisonada de la senda que llevaba al pueblo...

roger bevins iii

Nada.

hans vollman

Se quedó allí sentado.

roger bevins iii

Y entonces los dos juntos fuimos conscientes de algo.

hans vollman

De algo que él llevaba en el bolsillo izquierdo de su pantalón.

roger bevins iii

Un candado.

hans vollman

El candado. El de la casa de piedra blanca.

roger bevins iii

Pesado y frío.

Con la llave todavía dentro.

hans vollman

Se había olvidado de volver a colgarlo.

roger bevins iii

Una oportunidad para simplificar nuestro argumento.

hans vollman

Concentramos nuestra atención en el candado.

roger bevins iii

En los peligros que entrañaba *una puerta sin candado.*

hans vollman

Evoqué el recuerdo de Fred Downs, de la ira y la frustración que se adueñaron de él cuando aquellos estudiantes de anatomía borrachos tiraron la bolsa que contenía su figura enferma encima de su carro y los caballos se encabritaron alarmados al olerlo.

roger bevins iii

Yo me imaginé el torso destrozado por los lobos de la señora Scoville, apoyada de costado en el marco de su puerta, con un brazo arrancado y el pequeño velo revoloteándole sobre lo que le quedaba del pelo blanco.

Me imaginé a los lobos congregándose ahora mismo en el bosque, olisqueando la brisa...

Dirigiéndose a la casa de piedra blanca.
Gruñendo, babeando.
Entrando en tromba.
Etc.

El caballero se metió la mano en el bolsillo.

roger bevins iii

La cerró sobre el candado.

hans vollman

Negó tristemente con la cabeza:
Cómo he podido olvidarme de algo tan simple...

roger bevins iii

Se puso de pie.

hans vollman

Y echó a andar.

roger bevins iii

En dirección a la casa de piedra blanca.

hans vollman

Dejándonos al señor Vollman y a mí allí sentados en el suelo.

roger bevins iii

LIV

¿Lo habíamos... lo habíamos conseguido?

hans vollman

Parecía que tal vez sí.

roger bevins iii

LV

Como todavía estábamos entremezclados el uno con el otro, a mí empezaron a surgirme de forma natural en la mente vestigios de la del señor Vollman y a él empezaron a surgirle en la suya vestigios de la mía.

roger bevins iii

Nunca nos habíamos encontrado en aquella configuración...

hans vollman

Era un efecto asombroso.

roger bevins iii

Vi, como si fuera la primera vez, la enorme belleza de las cosas de este mundo: las gotas de agua del bosque circundante caían pesadamente de las hojas al suelo; las estrellas brillaban bajas, blanco-azuladas y vacilantes; el aroma del viento tenía matices de fuego, hierba seca, lodo del río; los sonajeros de la maleza susurrante arreciaban cada vez que repuntaba la brisa, mientras que un jamelgo de tiro agitaba sus cascabeles al otro lado del arroyo.

hans vollman

Vi la cara de su Anna y entendí que no la quisiera dejar atrás.

roger bevins iii

Deseé el olor a hombre y el fuerte abrazo de un hombre.

hans vollman

Conocí la imprenta y me encantó hacerla funcionar. (Conocí el significado de *platina, gancho del rodillo, barra de enganches, marco para tipos.*) Recordé mi incredulidad al caerme encima la viga central. ¡Aquel instante final de pánico evanescente! Atravesé mi escritorio con la barbilla; alguien (el señor Pitts) gritó desde la antesala; mi busto de Washington quedó tirado a mi lado y hecho pedazos.

roger bevins iii

La estufa tintinea. Con mis manotazos de pánico he volcado una silla. La sangre, canalizada por los intersticios de los tablones del suelo, se acumula contra los márgenes de la alfombra del cuarto de al lado. Todavía se me puede revivir. ¿Quién no se ha equivocado alguna vez? El mundo es un lugar amable, lleno de perdón y de segundas oportunidades. Cuando rompí el jarrón de mi madre, por ejemplo, me permitieron barrer la alacena del sótano. Cuando fui grosero con Sophia, nuestra doncella, le escribí una carta y todo quedó arreglado.

hans vollman

Mañana mismo, si consigo recuperarme, la poseeré. Venderé la tienda. Viajaremos los dos. La veré ataviada con vestidos de muchos colores y en muchas ciudades nuevas. Y los vestidos caerán a muchos suelos. Ya éramos amigos pero lo seremos mucho más: trabajaremos a diario para «ampliar las fronteras de nuestra felicidad», citando la bonita expresión que usó ella. Y... todavía es posible que haya hijos: no soy tan viejo, sólo tengo cuarenta y seis años y ella está en la flor de la...

roger bevins iii

¿Por qué no habíamos hecho esto nunca?

hans vollman

Con la de años que hacía que conocía a aquel tipo y en realidad no lo conocía en absoluto.

roger bevins iii

Fue un placer intenso.

hans vollman

Pero no nos estaba ayudando.

roger bevins iii

El caballero se había ido.
De vuelta a la casa de piedra blanca.

hans vollman

¡Impulsado por nosotros!

roger bevins iii

¡Qué maravilla de noche!

hans vollman

Salí del señor Vollman.

roger bevins iii

En cuanto el señor Bevins salió, me invadió inmediatamente la nostalgia de él y de sus fenómenos asociados, una nostalgia que rivalizaba con la que yo había sentido por mis padres al marcharme por primera vez de su casa para hacer de aprendiz en Baltimore; una nostalgia ciertamente considerable.

Tal había sido la intensidad de nuestra cohabitación. Ahora ya siempre lo vería tal como era: ¡mi querido señor Bevins!

hans vollman

¡Mi querido señor Vollman!

Yo lo miré a él y él a mí.

roger bevins iii

En cada uno de nosotros se acababa de infiltrar un vestigio del otro para siempre.

hans vollman

Pero eso no era todo.

roger bevins iii

Ahora también parecíamos conocer al caballero.

hans vollman

Separado tanto de Vollman como del caballero, sentí que emergía dentro de mí un corpus de conocimiento nuevo y asombroso. El caballero... era el *señor Lincoln*. Y el señor Lincoln era el *presidente*. ¿Cómo era esto posible? ¿Y cómo podía no serlo? Y, sin embargo, yo sabía con toda mi alma que el presidente era el señor Tyler.

roger bevins iii

Que aquel codiciado cargo lo ocupaba el señor Polk.

hans vollman

Y, al mismo tiempo, yo sabía con toda mi alma que el presidente era el señor Lincoln. Estábamos en guerra. No estábamos en guerra. Todo era caos. Todo era calma. Se había inventado un artefacto para comunicarse a distancia. Pero ese artefacto no existía. No podía existir nunca. Era una idea descabellada. Y, sin embargo, yo lo había visto, lo había usado; oía en mi mente el ruido que hacía al funcionar.

Era el: *telégrafo*.

¡Dios mío!

roger bevins iii

El día de la viga, Polk era presidente. Pero ahora supe (con claridad deslumbrante) que a Polk lo había sucedido *Taylor*, y a Taylor *Fillmore*, y a Fillmore *Pierce*...

hans vollman

Después a *Pierce* lo sucedió *Buchanan* y a *Buchanan*...

roger bevins iii

¡Lincoln!

hans vollman

¡El presidente Lincoln!

roger bevins iii

Ahora el ferrocarril iba más allá de Búfalo...

hans vollman

¡Mucho más allá!

roger bevins iii

Ya no se llevaba el gorro de dormir estilo Duke of York. Había algo llamado «manga abierta de Pamela».

hans vollman

Ahora los teatros se iluminaban con luz de gas. Para ello se empleaban *candilejas* y *luces escénicas*.

roger bevins iii

El espectáculo resultante era prodigioso.

hans vollman

Había revolucionado el teatro.

roger bevins iii

Se veían con gran claridad las expresiones de las caras de los actores.

hans vollman

Permitiendo un grado de realismo completamente nuevo en las interpretaciones.

roger bevins iii

Sería difícil expresar la perplejidad que estas revelaciones nos infundieron.

hans vollman

Dimos media vuelta y correflotamos hacia la casa de piedra blanca, hablando con gran excitación.

La velocidad iba dejando detrás del señor Bevins una estela de pelo y de sus numerosos ojos, manos y narices.

El señor Vollman llevaba en la mano su tremendo miembro para no ir tropezando con él.

Pronto estuvimos a sotavento del señor Lincoln y tan cerca de él que podíamos olerlo.

Jabón, brillantina, cerdo, café, humo.

Leche, incienso, cuero.

DOS

LVI

La noche del 25 de febrero de 1862 era fría pero clara, un bienvenido respiro del terrible clima que había estado experimentando la capital del país. Willie Lincoln ya estaba enterrado y habían concluido todas las actividades ceremoniales asociadas con su sepultura. El país contenía el aliento, con la esperanza de que el presidente pudiera retomar competentemente el timón de la nave del Estado en aquellas horas en que la nación más lo necesitaba.

*Lincoln espiritual: Un viaje
esencial*, de C. R. DePage

LVII

Eran las dos de la madrugada y el presidente todavía no había regresado a la Casa Blanca. Me planteé despertar a la señora Lincoln. No era raro, sin embargo, que el presidente saliera a cabalgar él solo por las noches. Tenía por norma rechazar cualquier escolta. Aquella noche se había ido a lomos de Little Jack, un caballo al que le tenía apego. Era una noche fría y húmeda. No se había llevado su abrigo, que seguía colgado del perchero. Iba a volver congelado, de eso no cabía duda. Aunque tenía una constitución fuerte. Yo estaba en mi puesto junto a la puerta y de vez en cuando salía un momento por si acaso oía el trote de Little Jack. Pasó media hora más y el señor Lincoln aún no había aparecido. Si yo estuviera en su pellejo, pensé, tal vez continuaría cabalgando y ya no volvería atrás nunca, hasta encontrarme de regreso en el Oeste y llevando una vida menos importante y problemática. Después de que dieran las tres, empecé a pensar que tal vez fuera eso lo que él había hecho.

Volví a plantearme despertar a la señora Lincoln. Pero me lo impidió la lástima. Ella estaba muy mal. Se me hacía extraño que él la hubiera dejado sola en un momento así. Pero estaba fuertemente sedada y supongo que no era consciente de que él se hubiera marchado.

Hilyard, óp. cit.,
testimonio de Paul Riles,
guardia de la Casa Blanca

LVIII

La salud mental de Mary Lincoln nunca había sido buena, y la pérdida del joven Willie acabó con su vida de esposa y madre funcional.

«Las tribulaciones de una madre:
Mary Lincoln y la guerra civil»,
de Jayne Coster

Alrededor de las dos de la tarde escuché un revuelo terrible procedente de la parte de la casa donde yacía el muchacho enfermo. Parecía que había llegado el momento. La señora Lincoln me pasó corriendo al lado, cabizbaja, haciendo un ruido que yo nunca he oído salir de una garganta humana, ni antes ni después de aquello.

Hilyard, óp. cit.,
testimonio de Sophie Lenox, doncella

Puede que el arrebato del presidente admitiera descripción, pero el de su esposa no.

Epstein, óp. cit.

La cara pálida de su hijo muerto le provocó convulsiones.

Keckley, óp. cit.

Mary Lincoln se desplomó en su cama.

Von Drehle, óp. cit.

Una mujer alterada.

Keckley, óp. cit.

Le administraron láudano, pero ni siquiera aquel poderoso brebaje pudo reprimir sus gritos de agonía ni mitigar su indignación incrédula.

Coster, óp. cit.

La señora Lincoln estaba demasiado enferma para asistir al funeral.

Leech, óp. cit.

Mary Lincoln todavía siguió en cama diez días más después del funeral.

Una belleza sureña reinventada: El viaje de Mary Lincoln, de Kevin Swarney

Tras la tragedia, la señora Lincoln se pasó muchas semanas sin salir de su habitación ni de la cama.

Sloane, óp. cit.

Cuando por fin salió, al cabo de un mes, se movía mecánicamente y nos observaba como si fuéramos desconocidos.

Hilyard, óp. cit., testimonio de D. Strumphort, mayordomo

Hay golpes que impactan demasiado fuerte en las personas demasiado frágiles.

Coster, óp. cit.

Allí yacía ella, deseando que todo aquello no fuera real; a ratos negándose a creer que hubiera sucedido y a ratos convencida nuevamente de que sí. Todo el tiempo las mismas paredes, la misma ropa de cama, la misma taza, el mismo techo y ventanas. No podía levantarse y marcharse: el mundo de fuera se había vuelto demasiado terrible. Dio un sorbo de la bebida con droga, que era su única esperanza de paz.

Swarney, óp. cit.

¿Dónde estaba su hijo?, se preguntaba sin cesar. ¿Dónde estaba? ¿Acaso no podía alguien encontrarlo y llevárselo de inmediato? ¿Acaso no tenía que estar *en alguna parte*?

Hilyard, óp. cit.,
testimonio de Sophie Lenox, doncella

LIX

Todo sigue tranquilo, querido hermano. No se oye más que el crepitar del fuego y a la querida Grace roncando en tu antigua habitación, donde la he instalado para que pueda ayudarme con más facilidad en estas noches tan difíciles. La luz de la luna muestra los restos de la tremenda tormenta de ayer desperdigados por todo el cementerio del otro lado de la calle: ramas enormes tiradas contra las criptas y sobre las tumbas. Puede que recuerdes la estatua de un hombre calvo con indumentaria romana (al que solíamos llamar Morty) plantado con un pie sobre el cuello de una serpiente, y que una vez cierto jovencito se dedicó a tirar su jersey allí arriba continuamente hasta que Morty acertó a engancharlo con la punta de la espada. Pues bueno, Morty ya no existe, o por lo menos ya no es el que era. Una rama caída ha golpeado a tan valiente romano en el brazo y se lo ha desprendido, con espada incluida, llevándose también por delante la cabeza de la serpiente. Ahora brazo, espada y cabeza de serpiente forman un montón en el suelo, y Morty, como perturbado por esta prueba de su mortalidad, se yergue un poco torcido en su pedestal.

Me debo de haber quedado adormilada un momento; sí, son casi las cuatro. Veo un caballo allí, al otro lado de la calle, atado a la verja del cementerio; una bestia tranquila y agotada, que menea la cabeza como diciendo: bueno, aunque me encuentro en el campo de los muertos en plena noche cerrada, soy un caballo y debo obedecer.

De forma que ahora tengo un misterio para distraerme: ¿quién puede estar ahí a tan altas horas de la madrugada? Algún joven caballero, espero, rindiendo homenajes a un amor genuino y perdido.

Manders tiene encendida la luz de su pequeña caseta del guardia y se dedica a caminar de un lado a otro frente a la ventana, como es su costumbre. Tal vez recuerdes que fue él quien puso una escalera de mano para bajar el antes mencionado jersey de la espada de Morty. Ahora es mayor y se le nota la edad, y creo que lo agobian muchas preocupaciones familiares. Pero ahora está saliendo de la caseta de guardia; su linterna se aleja. Imagino que está buscando a nuestro «visitante de medianoche». Todo es muy misterioso. Si alguien piensa que una invalidez como la mía cancela la excitación, me gustaría que ese alguien pudiera sentarse esta noche aquí a mi lado, frente a la ventana. Creo que voy a quedarme despierta y ver si puedo divisar la cara de nuestro visitante en cuanto Manders lo encuentre.

Perkins, óp. cit.

LX

Abandonado en el tejado de la casa de piedra blanca, decidí intentar por última vez hacer entrar en razón al chico, que yacía prácticamente inconsciente a mis pies, como un príncipe pachá aturdido y caído.

Me sentía dolido por la conducta inmadura y engañosa del señor Bevins y el señor Vollman, que, en sus prisas por perseguir cualquier asomo de diversión, me habían dejado ciertamente en muy mal lugar. Me puse a trabajar como si fuera una especie de jardinero primitivo, doblado por la cintura y arrancando zarcillos con las dos manos. Todo el tiempo me veía a obligado a decidir si atacaba a los que ya estaban amarrados o bien me dedicaba a sus hermanos nuevos que iban brotando. La verdad era que no importaba lo que yo hiciera: al chico no le quedaba mucho tiempo.

Pronto se me presentó la oportunidad para tener un momento de franqueza con él.

Mientras oteaba el horizonte en busca de los inútiles de Bevins y Vollman, a quienes vi en cambio saliendo lentamente del bosque fue a los hermanos Crutcher, acompañados, como de costumbre, por el señor y la señora Reedy; los cuatro formaban el núcleo de la cohorte depravada y orgiástica que residía cerca del palo de la bandera.

Venimos a mirar, dijo Matt Crutcher.

La degeneración, dijo Richard Crutcher.

Nos interesa, dijo la señora Reedy.

Lo vimos la otra vez, dijo Matt Crutcher. Con la chica aquella.

Nos resultó muy estimulante, dijo el señor Reedy.

Nos animó un montón, dijo la señora Reedy.

Y todo el mundo necesita que lo animen, dijo el señor Reedy.

En este estercolero, dijo Matt Crutcher.

No nos juzgue, dijo el señor Reedy.

O júzguenos, dijo la señora Reedy.

De esta manera nos hace sentir más traviesos, dijo Matt Crutcher.

Sobre gustos no hay nada escrito, dijo Richard Crutcher, acercándose más a la señora Reedy.

Tal vez, dijo la señora Reedy, metiéndole la mano en el bolsillo de los pantalones.

Ahora el grupo se acuclilló para observar en actitud rapaz: buitres repugnantes atraídos por el infortunio del chico. Y enseguida se pusieron a hacer algo raro a manos cruzadas, manifestándose en forma de una sola criatura terrible, cuyo agitar de brazos y jadeos rítmicos producían una impresión marcadamente mecánica.

¿Qué te parece?, le dije al chico. ¿Te parece éste un buen sitio? ¿Un sitio saludable? ¿Te parece esta gente cuerda y digna de ser emulada?

Y, sin embargo, usted está aquí, dijo el chico.

Yo soy distinto, le dije.

¿De mí?, dijo él.

De todo el mundo, le dije yo.

¿Distinto en qué?, dijo él.

Y yo estuve muy muy a punto de contárselo.

el reverendo everly thomas

LXI

Porque *soy* distinto, sí.

A diferencia de *esta gente* (de Bevins, Vollman y las docenas de otros ingenuos entre los que resido), yo sé muy bien qué soy.

No estoy «enfermo», ni «tirado en el suelo de la cocina», ni «curándome vía cajón de enfermo», ni «esperando a que me reanimen».

No.

Incluso allí, al final, en nuestro cuarto de invitados, con vistas a los ladrillos de la casa vecina de los Rednell, sobre la que colgaba una enredadera en flor (estábamos a principios de junio), el temperamento estable y agradecido que yo llevaba toda mi vida intentando cultivar, por medio de mi ministerio, me propició un estado de aceptación y obediencia, y supe muy bien lo que era.

Era un muerto.

Sentí el impulso de irme.

Y me fui.

Sí: convirtiéndome simultáneamente en causa y (sobrecogido) observador (desde dentro) del escalofriante fuegosonido asociado al fenómeno de la materialuzqueflorece (una experiencia que ni siquiera voy a intentar describir), me fui.

Y me encontré a mí mismo caminando por una senda en lo alto de una montaña, precedido por dos hombres que entendí que habían fallecido unos segundos antes que yo. Uno llevaba un traje funerario muy barato y no paraba de mirar a un lado y al otro, como si fuera un turista, y lo raro del caso era que iba tarareando de una forma que transmitía una impresión de felicidad vacua y de ignorancia deliberada. Aunque estaba muerto, su actitud parecía ser: ja, ja, ¿de qué va todo esto? El otro llevaba un bañador amarillo, tenía una barba de color rojo intenso y se movía con furia, como si tuviera prisas por llegar a algún sitio al que odiaba estar yendo.

El primer hombre era de Pensilvania. El segundo, de Maine (Bangor o alrededores); había pasado mucho tiempo en los campos de cultivo y viajaba a menudo a la costa para pasarse horas sentado en las rocas.

Llevaba bañador porque se había ahogado mientras nadaba.

Por alguna razón, yo lo sabía.

Y a intervalos, mientras bajaba por aquella senda, yo me encontraba también de vuelta *aquí*. Primero estaba en mi tumba, después me sacó de mi tumba con un sobresalto la visión de lo que había dentro de mi ataúd (aquella reliquia de cara reseca y aspecto remilgado), y por fin me encontré *encima* de mi tumba, caminaflotando nerviosamente alrededor de ella.

Mi mujer y mi congregación me estaban dedicando sus últimas palabras de despedida y su llanto me clavaba pequeños puñales verdes: puñales, literalmente. Con cada sollozo, un puñal salía del miembro de turno del cortejo fúnebre y llegaba hasta mí para infligirme un gran dolor.

Y de pronto aparecí de vuelta *allí*, en la senda, con mis dos amigos. Por debajo de nosotros se divisaba un valle muy lejano que yo sabía de alguna forma que era nuestra destinación. Se hizo visible un tramo de escalones de piedra. Mis compañeros se detuvieron y echaron un vistazo atrás. Vieron que yo era un hombre de Dios (me habían enterrado con mis vestiduras) y parecieron preguntarme: ¿seguimos por aquí?

Yo les indiqué que sí.

Del valle que teníamos abajo llegaron cánticos de alguna clase, voces excitadas, el tañido de una campana. Aquellos sonidos me alegraron; habíamos viajado, habíamos llegado y ya podían empezar los festejos. Me llenó de felicidad que mi vida hubiera sido juzgada digna de tan espectacular conclusión.

Y luego, para mi irritación, volví a encontrarme *aquí*; mi esposa y mi congregación se estaban marchando en carruajes, mandándome esporádicamente algún que otro puñal verde, cuyo impacto no se atenuaba por mucho que se hubieran alejado ya. Pronto mi cortejo fúnebre ya había cruzado el Potomac y se estaba comiendo el banquete fúnebre en Prevey's. Supe esto pese a estar caminando de un lado a otro por delante de mi tumba. Me entró el pánico al pensar que me iba a quedar *aquí*, cuando lo único que quería era reunirme con mis amigos *allí*, en la escalera. Ahora *este* lugar me resultaba completamente desagradable; un osario, una fosa de cadáveres, un vertedero, los tristes restos de una desalentadora y asquerosamente material pesadilla de la que ahora me estaba despertando.

Al instante (y nada más pensar esto) aparecí otra vez

allí, con mis amigos, bajando aquellas escaleras para llegar a un prado bañado por el sol en el que había una estructura de gran tamaño que no se parecía a ninguna que yo hubiera visto, construida a base de losas y cuñas de diamante puro, reflejando un despliegue de colores que cambiaban a cada instante con la más pequeña variación de la naturaleza de la luz del sol.

Nos acercamos cogidos del brazo. A nuestro alrededor se congregaba ahora una multitud que nos acompañaba en nuestro avance. Junto a una puerta había un guardia de honor que nos sonrió al acercarnos.

La puerta se abrió de golpe.

Dentro, una extensión enorme de suelo de diamante conducía a una mesa solitaria de diamante frente a la cual estaba sentado un hombre que supe que era un príncipe; no Cristo, pero sí el emisario directo de Cristo. La sala recordaba al almacén de Hartley, un sitio que yo recordaba de niño: un espacio abierto tremendo, de techos altos e intimidante; más intimidante todavía por la presencia de una figura autoritaria (el propio Hartley en los viejos tiempos y el emisario de Cristo ahora), sentada cerca de una fuente de luz y calor (una chimenea en los viejos tiempos y un topacio irregular ahora, inflamado interiormente, sobre un pedestal de oro puro).

Entendimos que teníamos que ir avanzando en el orden en el que habíamos llegado.

Nuestro amigo de la barba roja, con su ridículo bañador, fue primero.

Mientras se acercaba a la mesa, le aparecieron a ambos lados, caminando en perfecta sincronía con él, dos seres de hermosa apariencia: altos, delgados, luminosos y caminando con pies de luz amarilla del sol.

¿Cómo has vivido?, preguntó uno.

Contesta la verdad, le dijo el otro mientras le tocaban suavemente la cabeza con las suyas desde los lados.

Lo que encontraron dentro de su cabeza hizo que ambos sonrieran de placer.

¿Podemos confirmarlo?, dijo el de la derecha.

Claro, dijo nuestro amigo de la barba roja. Y espero que lo hagáis.

El ser de pies amarillos que estaba a la derecha cantó una única nota gozosa y varias versiones más pequeñas de él salieron *danzando* (uso esta palabra para indicar la enorme elegancia de sus movimientos) y llevando un espejo de gran tamaño en cuyos bordes había incrustadas gemas preciosas.

El ser de pies amarillos de la izquierda cantó *su* única nota gozosa, y varias versiones más pequeñas de él salieron brincando, avanzando por medio de la secuencia más exquisita de movimientos gimnásticos que uno pueda imaginar, llevando una balanza.

Una comprobación rápida, dijo el emisario de Cristo desde su asiento de la mesa de diamante.

El ser de la derecha sostuvo el espejo en alto frente al hombre de la barba roja. El tipo de la izquierda le metió la mano al de la barba roja dentro del pecho con un movimiento hábil y cierto aire de *disculpa*, le extrajo el corazón y lo colocó sobre la balanza.

El ser de la derecha comprobó el espejo. El de la izquierda comprobó la balanza.

Muy bien, dijo el emisario de Cristo.

Nos alegramos mucho por ti, dijo el ser de la derecha, y no puedo describir de forma adecuada el sonido de regocijo que en aquel momento arrancó ecos por todo lo que yo ahora entendí que era un reino enorme que se extendía en todas direcciones del palacio.

Se abrieron entonces de golpe unas puertas gigantescas de diamante situadas en el otro extremo del salón, revelando otro salón todavía más enorme.

Dentro de aquel otro salón divisé una carpa de la seda blanca más pura (aunque describirla de esta forma es mancillarla, porque aquello no era seda terrenal, sino una variedad superior y más perfecta de la cual nuestra seda no era más que una imitación risible), dentro de la cual estaba a punto de celebrarse un gran banquete, y sobre una tarima elevada estaba sentado nuestro anfitrión, un rey magnífico, y al lado del asiento del rey había una silla vacía (una silla espléndida, con un tapizado que habría sido de oro si el oro se tejiera con luz y si cada partícula de esa luz rezumara alegría y el sonido de la alegría), y entendí ahora que aquel asiento era para nuestro amigo de la barba roja.

Aquel rey del salón interior era Cristo, y (ahora lo vi), aquel príncipe emisario que estaba sentado a la mesa también era Cristo, disfrazado o bien en una emanación secundaria.

No puedo explicarlo.

El hombre de la barba roja atravesó las puertas de diamante con sus característicos pasos cadenciosos y las puertas se cerraron detrás de él.

En mis casi ochenta años de vida, yo nunca había experimentado un contraste mayor ni más amargo entre la *felicidad* (la felicidad que yo había sentido gracias a un mero vislumbre de aquella carpa exaltada, incluso desde tanta distancia) y la *tristeza* (yo no estaba dentro de la carpa, y ahora incluso unos pocos segundos fuera de ella parecían una eternidad espantosa).

Empecé a llorar, igual que mi amigo del traje fúnebre de Pensilvania.

Pero su llanto al menos se veía aligerado por la expectación: porque él era el siguiente, y su separación de aquel lugar iba a ser mucho más breve que la mía.

Dio un paso adelante.

¿Cómo has vivido?, le preguntó el ser de la derecha.

Contesta la verdad, le dijo el otro mientras le tocaban suavemente la cabeza con las suyas desde los lados.

A continuación se apartaron y se retiraron hasta sendas ollas de piedra gris que había colocadas a los lados de aquel grandioso salón, dentro de las cuales vomitaron chorros idénticos de un fluido de colores vivos.

Las versiones más pequeñas de los seres fueron corriendo a buscar toallas que usaron para secarse las bocas.

¿Podemos confirmarlo?, dijo el de la derecha.

Esperad, ¿qué habéis visto?, dijo él. ¿Hay algún...?

Pero era demasiado tarde.

El ser de la derecha cantó una sola nota ominosa y de él salieron las versiones más pequeñas de sí mismo, pero esta vez renqueando y haciendo muecas, cargando entre todas un espejo embadurnado de heces. El ser de la izquierda cantó su nota (sombría, discordante), y salieron dando tumbos varias versiones más pequeñas de él, avanzando por medio de una serie de movimientos de gimnasia topes y espasmódicos que de alguna forma eran *acusatorios*, llevando la balanza.

Una comprobación rápida, dijo el Cristo príncipe en tono severo.

No estoy seguro de haber entendido del todo las instrucciones, dijo el hombre del traje fúnebre. Si se me permite...

El ser de la derecha sostuvo el espejo en alto ante el hombre del traje fúnebre y el ser de la izquierda le metió la mano dentro del pecho con un movimiento hábil y *agresivo*, le extrajo el corazón y lo puso en la balanza.

Oh, cielos, dijo el emisario de Cristo.

Un sonido de oprobio horrible y de dolor arrancó ecos por todo aquel reino.

Las puertas de diamante se abrieron de golpe.

Yo parpadeé incrédulo ante la transformación que había experimentado el interior. La carpa ya no estaba hecha de seda sino de carne (moteada de salpicaduras rosas de sangre); el banquete ya no era ningún banquete, sino que en las mesas alargadas del interior había extendidas numerosas figuras humanas en varios grados de desollamiento; el anfitrión no era ningún rey, ni tampoco Cristo, sino una bestia de manos sanguinolentas y largos colmillos, vestido con una túnica de color azufre y salpicada de trocitos de entrañas. Dentro de la carpa se veía a tres mujeres y a un viejo de espalda encorvada, que llevaban a cuestas largas ristras de (sus propios) intestinos (¡terrible!), pero lo más terrible de todo era cómo chillaban de placer mientras mi amigo del traje fúnebre era llevado a rastras entre ellos, y el hecho de que aquel pobre tipo siguiera sonriendo, como si estuviera intentando congraciarse con sus captores, haciendo una lista de las muchas obras de caridad que había hecho en Pensilvania y de toda la buena gente que podía responder por él, sobre todo en las inmediaciones de Wilkes-Barre, ojalá se los pudiera convocar, mientras lo llevaban a la fuerza hasta la mesa de desollamientos varios seres-escolta aparentemente constituidos únicamente a base *de fuego*, de tal forma que, cuando lo agarraron (su contacto abrasador consumió al instante su traje fúnebre), el dolor del tipo fue tan grande que ya no pudo seguir forcejeando ni moviéndose, aunque su cabeza se volvió brevemente en mi dirección, y su mirada (llena de horror) se encontró con la mía.

Las puertas de diamante se cerraron con un estruendo. Era mi turno.

¿Cómo has vivido?, me preguntó el ser de la derecha. Visto de tan cerca, el ser adoptó la apariencia del señor Prindle, profesor de mi antigua escuela, cuyos finos labios solían fruncirse sádicamente mientras nos azotaba con minuciosidad.

Contesta la verdad, me avisó el otro con la voz del beodo de mi tío Gene (siempre tan severo conmigo, y que una vez, borracho, me había tirado por las escaleras del granero), mientras ellos entrechocaban desde los costados sus cabezas con la mía.

Me esforcé por dejarlos entrar del todo; por no guardarme nada, por no ocultar nada; por ofrecer una crónica de mi vida tan verdadera como pudiera.

Ellos retrocedieron todavía con mayor ferocidad que antes, y las versiones más pequeñas de sí mismos trajeron corriendo unas ollas de piedra gris todavía más grandes, en las que mis jueces de pies amarillos se pusieron a vomitar espasmódicamente.

Miré al Cristo-emisario.

Tenía la cabeza gacha.

¿Podemos confirmarlo?, dijo el ser de la izquierda. De la derecha vino el espejo de las heces. De la izquierda, la balanza.

Una comprobación rápida, dijo el Cristo-emisario.

Di media vuelta y eché a correr.

No me persiguieron. No sé por qué. Me podrían haber pillado fácilmente. ¡Ya lo creo que sí! Mientras yo corría me iban pasando junto a las orejas látigos de fuego, y pude entender, por los susurros que me llegaban de ellos, que los látigos estaban diciendo:

No le cuentes esto a nadie.

O será peor cuando vuelvas.

(¿Cuando vuelva?, pensé, y una astilla de terror se me encajó en el corazón y sigue ahí alojada.)

Me pasé corriendo días, semanas, meses, subiendo otra vez por la senda, hasta que una noche me detuve a descansar, me quedé dormido y me desperté... aquí.

Otra vez aquí.

Y agradecido, profundamente agradecido.

Y llevo aquí desde entonces y, tal como me mandaron, no le he contado nada de todo esto a nadie.

¿Qué sentido tendría? Para cualquiera de los que estamos *aquí* ya es demasiado tarde para cualquier cambio de rumbo. Somos sombras inmateriales, y como el juicio corresponde a lo que hicimos (o no hicimos) en el reino (material) de antes, la rectificación ya está para siempre fuera de nuestro alcance. Nuestro trabajo allí ya se terminó; únicamente estamos esperando el pago.

He pensado mucho en lo que pudo provocar que yo mereciera tan terrible castigo.

Y no lo sé.

No maté, robé, maltraté ni engañé; no fui adúltero y siempre traté de ser caritativo y justo; creí en Dios y me esforcé en todo momento y lo más que pude por vivir de acuerdo con Su voluntad.

Y, sin embargo, me vi condenado.

¿Acaso fueron mis (ocasionales) periodos de duda? ¿Acaso fue el hecho de que a veces sentí lujuria? ¿Fue mi orgullo por resistirme a mi lujuria? ¿Fue la timidez que mostré al *no seguir* mi lujuria? ¿Fue el hecho de que desperdicié mi vida manteniendo unas apariencias externas? ¿Acaso en mis asuntos familiares cometí alguna indiscreción, omisión o fallo que ahora se escapa a mi memoria? ¿Residió mi ofensa (¡enorme!) en creer que yo, mientras vivía *allí* (confinado por mi cuerpo y por mi mente), podía imaginar siquiera lo que iba a ocurrir *aquí*? ¿Acaso cometí un pecado tan fuera de mi comprensión que ni siquiera hoy soy consciente de él y por ello estoy dispuesto a volver a cometerlo?

No lo sé.

Muchas veces he sentido la tentación de soltarles la verdad al señor Bevins y al señor Vollman: *Os aguarda un juicio terrible*, anhelo decirles. *Quedándoos aquí, lo único que hacéis es retrasarlo. Estáis muertos y no recuperaréis nunca el lugar de antes. Al alba, cuando os veis obligados a regresar a vuestros cuerpos, ¿no os habéis fijado en su repugnante estado? ¿De verdad creéis que esas asquerosas carcasas son capaces de llevaros a alguna parte otra vez?* Y lo que es más (les diría si me estuviera permitido): *no se os va a permitir quedaros aquí para siempre. No se nos va a permitir a ninguno. Estamos en pleno acto de rebelión contra la voluntad de nuestro Señor, y a su debido tiempo nos van a doblegar y tendremos que marcharnos.*

Pero tengo intención de guardar silencio.

Éste quizá sea el peor de mis tormentos: que no puedo contar la verdad. Puedo hablar pero nunca de lo esencial. Bevins y Vollman me consideran un pedante arrogante y bravucón y un viejo palizas; cuando les ofrezco consejo ponen los ojos en blanco, pero no saben nada: mi consejo está informado por la amarga y excelente experiencia.

De forma que me acobardo y lo postergo todo, escondido aquí, sabiendo continuamente (terrible conocimiento) que, aunque sigo ignorando qué pecado cometí, mi contabilidad personal sigue estando igual que en aquel día espantoso. No he hecho nada para mejorarla desde entonces. Porque no hay *nada* que hacer en este lugar donde ninguna acción puede importar.

Terrible.

Qué terrible.

¿Acaso es posible que la experiencia de otra persona sea distinta de la mía? ¿Que ese otro hombre pueda ir a otra parte? ¿Y allí tener una experiencia completamente divergente? Es decir, ¿acaso es posible que lo que yo viera fuera puramente producto de mi imaginación, de mis creencias, mis esperanzas y mis miedos secretos?

No.

Fue real.

Igual de real que esos árboles que ahora se mecen por encima de mí; igual de real que el pálido camino de grava que tengo bajo los pies; igual de real que el chico todo enredado y medio desaparecido que ahora respira entrecortadamente a mis pies, amarrado con fuerza por el pecho como si fuera un cautivo de los indios salvajes, víctima de mi negligencia (perdido en los recuerdos anteriores, ya hacía rato que había dejado de esforzarme para ayudarlo); igual de real que el señor Vollman y el señor Bevins, que ahora se acercaban correflotando por el camino, con cara de estar más contentos (mucho más contentos) que nunca desde que yo los conocía.

¡Lo hemos conseguido!, dijo Vollman. ¡Lo hemos hecho de verdad!

¡Hemos sido nosotros!, dijo Bevins.

¡Hemos entrado en el tipo y lo hemos convencido!, dijo Vollman.

Impulsados por la alegría compartida, saltaron los dos en tándem hasta el tejado.

Y era cierto: milagro de milagros, habían traído de vuelta al caballero. Lo vi entrar ahora en el claro que teníamos debajo, con un candado en la mano: el candado de la puerta de la casa de piedra blanca, que (aunque encorvado por la pena) iba tirando al aire suavemente con la mano, como si fuera una manzana.

La luna resplandecía intensamente y me permitió ahora mirarle bien por primera vez el rostro.

Y qué rostro tenía.

el reverendo everly thomas

LXII

La nariz grande y un poco romana, las mejillas flacas y surcadas de arrugas, la piel bronceada, los labios gruesos y la boca ancha.

*Recuerdos personales de Abraham
Lincoln y de la guerra civil,*
de James R. Gilmore

Tenía unos ojos de color gris oscuro, luminosos y muy expresivos, que cambiaban al compás de su estado de ánimo.

La vida de Abraham Lincoln,
de Isaac N. Arnold

Tenía los ojos brillantes, atentos y de un gris luminoso.

*Fotografías de Lincoln: Un álbum
completo,* de Lloyd Ostendorf,
testimonio de Martin P. S.
Rindlaub

Unos ojos de color castaño grisáceo bajo unas cejas espesas y prácticamente rodeados de unas arrugas profundas y oscuras.

Recuerdos personales del señor Lincoln, del marqués de Chambrun

Tenía los ojos de color castaño azulado.

Los informantes de Herndon, edición de Douglas L. Wilson y Rodney O. Davis, testimonio de Robert Wilson

Tenía unos ojos de color gris azulado, siempre sumidos en unas sombras profundas procedentes de los párpados superiores, que eran inusualmente gruesos.

Seis meses en la Casa Blanca: La historia de un retrato, de F. B. Carpenter

Unos amables ojos azules, con los párpados medio caídos.

Con Lincoln desde Washington hasta Richmond en 1865, de John S. Barnes

Diría yo que los ojos del presidente Lincoln eran de color gris azulado o más bien azul grisáceo, porque, pese a no estar *definida*, aquella chispa azul siempre era visible.

Entre los documentos de Ruth Painter Randall, testimonio de Edward Dalton Merchant

Unos ojos más tristes que los de ningún ser humano que yo haya visto.

La melancolía de Lincoln: Cómo la depresión retó a un presidente y avivó su grandeza, de Joshua Wolf Shenk, testimonio de John Widmer

Ninguna de sus fotos le hace justicia para nada.

En el *Herald* de Utica

Las fotos que vemos de él solamente lo representan a medias.

Shenk, óp. cit., testimonio de Orlando B. Ficklin

En reposo era la cara más triste que yo había conocido nunca. Había días en que apenas podía mirarla sin llorar.

Carpenter, óp. cit.

Pero cuando sonreía o se reía...

Ostendorf, óp. cit., testimonio de James Miner

Cuando se animaba, se iluminaba como un fanal encendido.

Lincoln el hombre, de Donn Piatt, testimonio de un periodista

Había más diferencias entre el Lincoln abatido y el Lincoln animado, en materia de expresión facial, de las que yo había visto en ningún otro ser humano.

Wilson y Davis, óp. cit., testimonio de Horace White

Tenía el pelo de color castaño oscuro, sin tendencia alguna a la calvicie.

> *La verdadera historia de Mary,*
> *la esposa de Lincoln,* de Katherine
> Helm, testimonio del senador
> James Harlan

Tenía el pelo negro, todavía impoluto de blanco.

> *Sobre la guerra y aledaños,*
> de Nathaniel Hawthorne

El pelo muy entrecano, aunque por entonces predominaba el castaño; la barba la tenía más blanca.

> «Lincoln visto por una mujer
> de Wisconsin», de Cordelia
> A. P. Harvey, en *The Wisconsin*
> *Magazine of History*

Su sonrisa era de lo más encantador.

> *Recuerdos de la guerra civil: con los*
> *líderes en Washington y en el campo*
> *de batalla de los años 60,*
> de Charles A. Dana

Tenía las orejas grandes y deformes.

> *Abraham Lincoln: Una valoración*
> *médica,* de Abraham M. Gordon

Cuando estaba de buen humor, yo siempre esperaba que saliera volando con ellas como un afable elefante.

> *Diez años de mi vida,*
> de la princesa Felix Salm-Salm

Su nariz no era de gran tamaño en términos absolutos, pero se la veía grande por culpa de tener la cara tan flaca.

La filosofía del sentido común
de Abraham Lincoln,
de Edward J. Kempf

Tiene la nariz bastante larga pero es que todo él es bastante *largo*, de forma que era Necesario mantener las proporciones constantes.

Mary Lincoln: Biografía
de un matrimonio,
de Ruth Painter Randall,
testimonio de un soldado

Su Forma de Reírse tanbién era muy curiosa y tenía Unos Jestos estraños que Nadie Más hacía y que llamavan la atención de Todos desde los viejos más Serenos asta los Colegiales y al cabo de unos momentos ya volvía a estar Tranquilo y pensatibo como un Juez en el Estrado.

Wilson y Davis, óp. cit.,
testimonio de Abner Ellis

Yo lo consideraba el hombre más feo que había visto nunca.

Francis F. Browne, *El día a día de*
Abraham Lincoln: Una biografía
del gran presidente americano
desde un punto de vista
completamente nuevo, con
material inédito de valor
inestimable, testimonio del
reverendo George C. Noyes

La primera vez que vi al señor Lincoln me pareció el hombre menos apuesto que había visto nunca.

Mi época y mi generación,
de Clark E. Carr

El hombre más feo que me he tirado a la cara.

*Las fotografías de Abraham
Lincoln*, de Frederick Hill Meserve
y Carl Sandburg, testimonio del
coronel Theodore Lyman

El hombre más poco agraciado que yo había visto.

Piat, óp. cit.

No solamente es el hombre más feo que he visto en mi vida, sino también el que tiene unos modales y un aspecto más basto y desaliñado.

Lincoln, de David Herbert Donald,
testimonio de un soldado

Nunca había sido apuesto, eso está claro, pero se fue volviendo más cadavérico y desgarbado con cada mes que pasaba.

*El Washington de Lincoln:
Recuerdos de un periodista que
conocía a todo el mundo,*
de W. A. Croffut

Después de pasar cinco minutos en su compañía, dejas de pensar que es feo o desgarbado.

En el *Herald* de Utica

Acerca de una cara y un porte tan extraordinariamente diseñados por la Naturaleza, la opinión que cada uno se formaba parecía depender más de lo habitual de la predisposición del Observador.

Cartas de Sam Hume,
edición de Crystal Barnes

A mí nunca me pareció feo, porque su cara irradiaba una amabilidad y una benevolencia sin límites hacia la humanidad y tenía el sello de la belleza intelectual.

Salm-Salm, óp. cit.

El buen humor, generosidad e intelecto que irradian de esa cara hacen que tu mirada quiera detenerse en ella hasta que casi te resulta bien parecido.

Vislumbres desde el camino.
Norte y Sur, de Lillian Foster

Los vecinos me dijeron que el señor Lincoln me iba a parecer un hombre feo, cuando en realidad es el hombre más apuesto que he visto en mi vida.

Hombres notables de su época
recuerdan a Abraham Lincoln,
de Allen Thorndike Rice

Nunca he visto una cara más reflexiva ni tampoco investida de mayor dignidad.

Rice, óp. cit.,
testimonio de David Locke

¡Oh, qué dramatismo tenía! Demacrada, dibujada con unas arrugas inmutables de tristeza inenarrable, con una mirada de soledad, como si la pena y la amargura de aquella alma fueran tan profundas que ninguna compasión humana pudiera llegar a ellas. La impresión que me llevé era que no había visto tanto al presidente de Estados Unidos como al hombre más triste del mundo.

Browne, óp. cit.

LXIII

Con unos movimientos que parecían costarle un esfuerzo tremendo, el señor Lincoln cogió la cadena y colgó el candado en ella.

roger bevins iii

Estando la puerta entornada, sin embargo, y la figura enferma del chico dentro, pareció que no podía resistir entrar una última vez.

el reverendo everly thomas

Nosotros nos bajamos de un salto del tejado y lo seguimos.

hans vollman

La proximidad de la figura enferma pareció disuadir al señor Lincoln de cierta decisión previa, de tal manera que ahora sacó el cajón del nicho de la pared y lo bajó al suelo.

el reverendo everly thomas

Y pareció que no tenía intención de ir más allá.

roger bevins iii

(De hecho, no había tenido intención de llegar tan lejos.)

el reverendo everly thomas

Pero entonces se arrodilló.

hans vollman

Y allí arrodillado, pareció que no pudo resistirse a abrir el cajón por última vez.

el reverendo everly thomas

Lo abrió, miró dentro y suspiró.

roger bevins iii

Metió la mano y le recolocó el tirabuzón de la frente con cariño.

hans vollman

Le recolocó ligeramente las manos pálidas y cruzadas.

roger bevins iii

El chico llamó desde el tejado.

hans vollman

Nos habíamos olvidado por completo de él.

roger bevins iii

Salí, volví a subirme de un salto y estuve un rato trabajando para liberarlo. Se encontraba en bastante mal estado: tan aturdido que no podía hablar y completamente amarrado.

Y entonces se me ocurrió: si no podía sacarlo tirando de él *hacia arriba*, tal vez lo consiguiera empujándolo *hacia abajo*.

Y no me equivocaba: por debajo de la espalda todavía no estaba inmovilizado.

Metí las manos por dentro del caparazón blando y todavía a medio formar hasta que pude palparle el pecho y le di un buen empujón allí, y él se fue para abajo soltando un grito de dolor, *atravesó* el tejado y cayó al interior de la casa de piedra blanca.

hans vollman

El chico atravesó el tejado y aterrizó en el suelo junto a su padre.

Seguido de cerca por el señor Vollman.

roger bevins iii

Que, de rodillas, animó al chico a que siguiera.

Entra y escucha bien, le dijo. Puede que aprendas algo útil.

Hemos oído hace un rato que tu padre expresaba cierto deseo, dijo el señor Bevins.

Ha dicho dónde espera que estés, dijo el señor Vollman.

En *un lugar luminoso*, dijo el señor Bevins.

Libre de sufrimiento, dijo el señor Vollman.

Resplandeciendo en una nueva fase de la vida, dijo el señor Bevins.

Entra, dijo el señor Vollman.

Déjate guiar, dijo el señor Bevins. A ver qué quiere él que hagas.

el reverendo everly thomas

El chico se puso débilmente de pie.

hans vollman

Muy perjudicado por su estado.

roger bevins iii

Con pasos de anciano, se acercó renqueando a su padre.

el reverendo everly thomas

La otra vez no había entrado en él de forma intencionada, sino sin darse cuenta.

hans vollman

Y ahora parecía reticente a hacerlo.

roger bevins iii

LXIV

Y todo este tiempo se había estado congregando una multitud alrededor de la casa de piedra blanca.

roger bevins iii

La noticia de esta segunda visita se había propagado deprisa.

el reverendo everly thomas

A cada momento llegaban más individuos.

hans vollman

Tan ansiosos estaban por asistir a aquel acontecimiento extraordinario.

roger bevins iii

Todos ansiaban participar como fuera en el momento de transformación que se avecinaba.

hans vollman

Habían abandonado toda pretensión de hablar de uno en uno; muchos vociferaban desesperadamente desde donde estuvieran y otros se acercaban corriendo a la puerta abierta para gritar su historia al interior.

roger bevins iii

El resultado era cacofónico.

el reverendo everly thomas

LXV

Fui yo quien empezó aquel incendio.

andy thorne

Cada bez que puedo, robo.

janice p. dwightson

¿Yo le regalé diamantes y perlas y les rompí el corazón a mi mujer y a mis ijos y vendí la casa en que bivíamos para comprar más diamantes y perlas y luego ella me dio la patada por el señor hollyfen con la risa aqueya de dientes amarillos de caballo y la panza enorme que yegaba antes que el?

robert g. twistings

Sesenta acres con buenas cosechas, una pocilga llena de puercos, treinta cabezas de ganado, seis buenos caballos, una casa de ladrillos de piedra más cómoda que una cuna en invierno, una buena mujer que me mira con adoración, tres buenos chicos que escuchan absortos todo lo que digo, un buen huerto que me da peras, manzanas, ciruelas, melocotones..., ¿y aun así no le caigo bien a padre?

lance durning

¡Una cosa que no me gusta es ser tonta! Toda la vida todo el mundo me ha tratado como a una tonta. ¡Y es que lo soy! Vaya tonta. Hasta coser me cuesta horrores. Mi tía, que es quien me crio, se pasó horas intentando enseñarme a coser. Hazlo así, cielo, me decía. Y yo lo hacía. Una vez. Y la vez siguiente que necesitaba hacerlo así, me limitaba a quedarme allí sentada con la aguja en alto. Y mi tía decía: Dios bendito, hija, pero si te lo he enseñado ya nueve millones de veces. Lo que fuera que me había enseñado. ¿Lo ven? ¡Ya no me acuerdo! Me he olvidado de lo que me enseñaba mi tía. Cuando venía algún hombre a cortejarme me hablaba de cosas como por ejemplo las cosas del Gobierno, y yo le contestaba: ah, sí, el Gobierno, mi tía me está enseñando a coser. Y el joven ponía cara de palo. ¿Quién iba a querer abrazar o querer a semejante tonta? A menos que fuera guapa. Que no lo soy. Soy feúcha. Y pronto seré demasiado mayor para que vengan los mozos aquí a aburrirse y todo se habrá acabado. Y se me pondrán amarillos los dientes y algunos se caerán. Pero hasta cuando eres una ancianita solitaria, ser tonta no es ningún chollo. En las fiestas y sitios así te dejan sentada junto al fuego, sonriendo como si estuvieras feliz y sabiendo que nadie desea hablar contigo.

srta. tamara doolitle

Subir por Swatt Hill cargando con secciones de tubería de treinta y cinco kilos, volver a casa con las manos destrozadas y sangrando, apisonar grava durante diecinueve horas seguidas... y mira cómo me lo recompensan.

Edna y las niñas arrastrando los pies de un lado para otro y sirviéndome con los vestidos manchados. Siempre trabajé duro y con buen humor, y en cuanto me haya recuperado volveré a ello. El problema es que necesito cambiar la suela de la bota izquierda y tengo que ir a cobrar lo que me debe Dougherty. Edna no sabe nada del tema, y me da miedo que ese dinero se quede sin cobrar, con la falta que hace ahora mismo, porque no puedo trabajar. ¿No querría usted informar por favor a Edna, para que vaya ella a cobrarlo? Es que ese dinero hace mucha falta ahora mismo, y yo estoy enfermo y en cama y no puedo ayudarlas en nada.

tobin *tejón* muller

El señor Johns Melburn me llevó a una parte remota de la mansión y me tocó de forma malvada. Yo era solamente un niño. Y él una eminencia. Yo no emití (no pude) ni una sola palabra de protesta. Jamás. Ante nadie. Pero me gustaría hablar de ello ahora. Me gustaría hablar de ello y hablar de...

vesper johannes

En aquel momento llegaron dando tumbos el señor DeCroix y el profesor Bloomer, apartaron groseramente al señor Johannes de un empujón y se abalanzaron torpemente por el hueco de la puerta, unidos por la cadera por culpa de sus muchos años de elogios mutuos.

el reverendo everly thomas

En mi época hice muchos descubrimientos inéditos en el panteón de la ciencia, cuyo mérito no se me reconoció nunca. ¿Le he mencionado lo mediocres que eran mis colegas? Mi investigación hacía que la suya resultara

ridícula en comparación. Y aun así, ellos creían que la suya ridiculizaba a la mía. Me consideraban una figura de poca importancia. Cuando yo sabía muy bien que era muy importante. He producido nada menos que dieciocho tomos brillantes, cada uno de los cuales explora territorio nuevo en áreas como...
Mil disculpas.
Me veo temporalmente incapaz de recordar mi área exacta de estudio.
Sí recuerdo, no obstante, la ignominia final que se produjo cuando, después de mi partida y antes de verme impulsado aquí (mientras me demoraba, agitado, en aquel familiar sauce), me vaciaron la casa, tiraron mis papeles a un solar vacío y...

profesor edmund bloomer

No se sulfure, señor.
Cuando se pone usted a dar bandazos así, me duele nuestra juntura.

lawrence t. decroix

¡Y me los quemaron!
Me quemaron mis brillantes tomos inéditos.

profesor edmund bloomer

Tranquilo, hombre. ¿Sabe usted qué fue de mi fábrica de encurtidos? Y no lo digo para cambiar de tema. Pues sigue en pie. De eso al menos estoy orgulloso. Aunque ya no se fabrican encurtidos en ella. Ahora es una especie de establecimiento de construcción de embarcaciones. Y el nombre Encurtidos DeCroix ha sido prácticamente...

lawrence t. decroix

¡Qué injusto! Mi obra revolucionaria convertida en una nube de...

profesor edmund bloomer

Yo me siento igual, ya sabe, con lo de mi fábrica. En su época fue un lugar lleno de vitalidad. Sonaba el timbre de las mañanas y de las casas circundantes salían en tromba mis setecientos leales...

lawrence t. decroix

Gracias por mostrarse de acuerdo en que lo mío fue completamente injusto. No hay mucha gente con esa agudeza de discernimiento. Con una comprensión tan intuitiva. De mi obra. Creo que usted habría sido capaz de reconocerme como el gran hombre que yo era. ¡Ojalá nos hubiéramos conocido! ¡Ojalá hubiera sido usted el editor de alguna de las revistas científicas punteras de mi época! Podría usted haber publicado mi obra. Y haberse encargado de que se reconociera mi mérito. En cualquier caso, le agradezco de corazón el hecho de que admita usted que fui el pensador más importante de mi época. Siento cierto grado de redención, ahora que por fin he sido reconocido como la mente más brillante de mi generación.

profesor edmund bloomer

Dígame, ¿llegó usted a probar uno de mis pepinillos en vinagre? Si se comió usted un pepinillo en la zona de Washington a principios de siglo, es muy probable que fuera un «DeCroix Feroz».

lawrence t. decroix

Sus frascos tenían la etiqueta roja y amarilla, si no recuerdo mal. Y en cada una había un dibujo de una comadreja con chaleco, ¿no?

profesor edmund bloomer

¡Sí! ¡Ésos eran mis pepinillos! ¿Le parecieron buenos?

lawrence t. decroix

Muy buenos.

profesor edmund bloomer

Muchas gracias por decir que mis pepinillos eran excelentes. Gracias por decir que, de todos los encurtidos que se envasaban en el país por aquella época, los míos eran los mejores con diferencia.

lawrence t. decroix

Eran como mi obra: los mejores del mundo en aquella época. ¿No le parece a usted? ¿Podemos estar de acuerdo en esa cuestión?

profesor edmund bloomer

Creo que sí podemos.
Creo que ya hemos podido.
En muchas ocasiones previas.

lawrence t. decroix

Confío en que pronto me recuerde usted la alta estima que le tenía a mi obra. Me resulta conmovedor que me admire usted tanto. Y tal vez algún día no muy lejano le comente otra vez lo buenos que eran sus encurtidos, si eso le agrada a usted. Estaré encantado de hacerlo.

Vale usted la pena. Siempre tan leal y lleno de admiración a mí.

profesor edmund bloomer

Es extraño, ¿verdad? Haber dedicado toda la vida a una empresa, descuidando otros aspectos de la vida, solamente para que al final esa empresa se quede en absolutamente nada y los productos del esfuerzo de uno acaben del todo olvidados...

lawrence t. decroix

Por suerte, eso no nos afecta. Tal como nos hemos recordado a nosotros mismos (otra vez): ¡nuestros considerables logros siguen con vida!

profesor edmund bloomer

Ahora los Baron entraron a la carga por la puerta, pasando en tromba entre los dos hombres y rompiendo brevemente su unión.

hans vollman

Ay.

profesor edmund bloomer

¡Eh, que eso duele!

lawrence t. decroix

¡Duele la separación y duele volverse a juntar!

profesor edmund bloomer

Señor.
Reverendo.

eddie baron

No quedamos a medias.

betsy baron

Porque usted nos echó.
Antes.

eddie baron

Así pues...

betsy baron

Tal como iba yo diciendo...
¡Qué se vayan a la m...! Esas sabandijas ingratas de m... no tienen ningún p... derecho a culparnos de nada hasta que se hayan puesto en nuestro p... lugar y hayan visto cómo es, y ninguno de esos c... se ha puesto nunca ni un p... segundo en nuestro lugar.

eddie baron

Tal vez montábamos demasiadas fiestas. Y por eso no vienen a visitarnos nunca.

betsy baron

¡Esos chavales nacieron ya siendo una vieja arrugada y un viejo arrugado que no tenían ni p... idea de cómo divertirse! ¿Sabes un sinónimo de *fiesta*? Celebración. ¿Y sabes un sinónimo de *celebrar*? Pasárselo bien, j... Pasárselo bomba, j... ¡Pues sí, nos bebimos unas cuantas p... cervezas, y qué! ¡Y un poco de vino, c...!

eddie baron

Una pizca de opio de vez en...

betsy baron

Puede que probáramos esa p... sustancia, sí, solamente para no ofender a... ¿quién fue? ¿Quién lo trajo?
¿Quién empezó toda la...?

Benjamin.

betsy baron

¡Ah, Benjamin, Benjy! ¿Te acuerdas de aquel p... bigote que tenía? ¿Y no lo inmovilizamos un día, en casa
de McMurray, y le afeitamos toda la cabeza?

eddie baron

Una vez hice guarradas con Benjy.

betsy baron

Ah, ¿y quién no? ¡Ja, ja! No: aunque personalmente
nunca hice p... guarradas con Benjy, al menos que yo recuerde, aun así hubo veces en que, en medio de la, hum,
risa general, no estaba nada claro quién estaba haciendo
p... guarradas con...

eddie baron

Luego surgió de la multitud un grito tremendo...

el reverendo everly thomas

Se elevó un murmullo de disgusto...

roger bevins iii

Y mucha gente se puso a gritar y a decir: no, no, no
es apropiado, y a pedir que los «morenos»...

el reverendo everly thomas

267

Las «bestias negras»...

hans vollman

Los «salvajes detestables»...

roger bevins iii

Se volvieran de inmediato por donde habían venido.

el reverendo everly thomas

Era una ocasión trascendental y no podían estropearla.

hans vollman

Dadles una oportunidad también, gritó alguien desde el gentío. En este sitio todos somos iguales.
Habla por ti, gritó otra voz.
Y todos oímos el ruido de los puñetazos.

el reverendo everly thomas

Pero varios hombres y mujeres de piel azabache, que habían seguido atrevidamente a los Baron desde la fosa común del otro lado de la verja...

roger bevins iii

No se dejaron disuadir.

hans vollman

Y al parecer querían decir la suya.

el reverendo everly thomas

LXVI

Siempre intenté, en todas mis facetas, aspirar a la elevación, instilar en mí mismo las elevadas virtudes desprovisto de las cuales uno puede verdaderamente venirse abajo, y, una vez instalado uno en su infortunio, qué sentido tiene nada.

elson farwell

¿Qué c... está diciendo?

eddie baron

Dilo de forma más sencilla, Elson. Para que te puedan entender, j...

betsy baron

Nacido bajo un hado de infortunio, qué deseo podía tener yo de seguir sin remordimiento a mi triste destino y limitarme a sucumbir; al contrario, siempre estuve feliz de que me echaran encima cualquier carga por abundante que fuera, y jamás desdeñé las febriles oportunidades que se me presentaban para progresar personalmente, como por ejemplo los libros (a los cuales les robaba nume-

rosos minutos, acumulando abyectamente extensas ano-
taciones en aquellas páginas que yo podía coger de las que
descartaba el señor East), a saber: descubrir y explorar
cual espeleólogo lo mejor y más radiante que albergaba
mi alma, como: las sábanas limpias; los movimientos suaves (como en la danza); los tenedores resplandecientes
sostenidos en alto en mitad de la conversación, mientras
uno emitía una risueña risotada estentórea.

elson farwell

Es un c... majísimo, pero no se le entiende una m...

eddie baron

Su cadera, en nuestra fosa, está pegada a la mía.

betsy baron

Yo tengo su c... aquí mismo, pegado al hombro.

eddie baron

No nos importa. Es nuestro amigo.

betsy baron

Es uno de ellos, pero aun así es nuestro amigo.

eddie baron

Siempre cortés.

betsy baron

Sabe estar en su sitio.

eddie baron

El hecho de evadirme a esas latitudes superiores, pensaba yo, pondría en primer plano mis facetas más brillan-

tes, y muy pronto (o al menos ésa era mi esperanza) los East, tras discutir apasionadamente mi futuro en una habitación siempre rutilante, decidirían en lo posterior *ascenderme*, llevarme a la casa, y al instante mi sufrimiento, que hasta entonces me había pinchado, mordisqueado y atosigado, refrenando en verdad mis sensibilidades más elevadas, se vería *transformado*, y entre gritos de alegría, yo obtendría esa vida que, siendo más amable (es decir, menos palizas, más sonrisas amables), podría, hum...

elson farwell

Mitigar.

eddie baron

Siempre se olvida de la palabra *mitigar* en este momento.

betsy baron

Mitigar, sí.
Podría mitigar mi infelicidad previa.

elson farwell

Fijaos ahora.

betsy baron

Cuanto más se enfada, mejor habla.

eddie baron

Pero ay.
Resultó que no.
Mi infelicidad previa no se vio mitigada.
Ni mucho menos.
Un día nos sacaron de Washington y nos llevaron al

campo a ver los fuegos artificiales. Yo me puse enfermo, me caí por el camino y ya no pude levantarme, el sol pegaba muy fuerte, y cómo temblaba yo en el...

Oh.

elson farwell

Cómo «temblabas tú en el camino, y, sin embargo, no vino nadie».

betsy baron

Cómo temblaba yo en el camino, y, sin embargo, no vino nadie. Hasta que por fin el hijo menor de los East, Reginald, pasó por allí y me preguntó: Elson, ¿estás enfermo? Y yo le dije que sí, y que mucho. Y él me dijo que mandaría enseguida a alguien a recogerme.

Pero no vino nadie. No vinieron ni el señor East ni la señora East ni tampoco ninguno de los otros hijos; ni siquiera vino el señor Chasterly, nuestro brutal capataz de sonrisita burlona.

Creo que Reginald debió de olvidarse por culpa de toda la excitación de los fuegos artificiales.

Debió de olvidarse de mí.

Que lo conocía desde que él había nacido.

Y allí tirado se me...

Carajo.

elson farwell

Allí tirado se te ocurrió «con la fuerza de una revelación».

eddie baron

Allí tirado se me ocurrió con la fuerza de una revelación que yo (Elson Farwell, muchacho excelente, hijo amante de su madre) había sido objeto de un doloroso engaño y, a continuación (mientras los cohetes de colores estallaban en el cielo, dibujando cosas como la Old Glory, un pollo caminando y un Cometa de color verde y dorado, como para celebrar aquella Broma que se me estaba gastando, cada nuevo estallido arrancaba nuevos gritos de placer de aquellos gordos y malcriados hijos de los East), lamenté hasta el último momento de conciliación y sonrisas y afable espera, y deseé de todo corazón (bajo las manchas de sombra de los árboles que proyectaba la luna, que en mis últimos momentos se convirtió en sombra total) que se me devolviera mi salud, aunque solamente fuera durante una hora, a fin de poder enmendar mi gran error, despojarme de toda mi cobardía, mis falsedades y mi dicción de engreído y levantarme del suelo y volver dando zancadas con los siempre risueños East para golpearlos con palos y acuchillarlos y desgarrarlos y destrozarlos y tirar abajo aquella carpa y quemar la casa, y así obtener yo...

Oh.

elson farwell

Una pizca de humanidad, porque solamente una bestia...

betsy baron

Una pizca de humanidad, sí, porque solamente una bestia soportaría lo que había soportado yo sin protestar, y ni siquiera una bestia conspiraría para adoptar las maneras de sus amos y esperar recompensa.

Pero era demasiado tarde.

Es demasiado tarde.

Ya siempre será demasiado tarde.

Cuando se percibió mi ausencia al día siguiente, mandaron al señor Chasterly, que nada más verme decidió que no era necesario llevarme a casa, sino que negoció con un alemán que me tiró en un carro junto con varios otros...

elson farwell

Aquel p... cazurro le robó medio bollo de pan a mi mujer.

eddie baron

Y era pan del bueno.

betsy baron

Y fue allí donde conocimos a Elson.

eddie baron

En la parte de atrás de aquel carro.

betsy baron

Y hemos sido amigos desde entonces.

eddie baron

No pienso marcharme de aquí hasta que me haya vengado.

elson farwell

Yo te aseguro que no vas a vengarte de nadie, colega.

eddie baron

Lo que te ha pasado tiene moraleja, Elson.

betsy baron

Si no eres blanco, no intentes serlo.

eddie baron

Si pudiera volver al sitio de antes, todavía hoy me vengaría. Le tiraría los estantes del dormitorio encima de su gorda cabeza al pequeño Reginald; haría que la señora se rompiera el cuello por las escaleras; haría que al señor se le incendiara la ropa mientras estuviera sentado a la cabecera de la cama de su mujer paralítica; mandaría una plaga de peste a la casa que matara a todos los niños, incluyendo al bebé, al que antaño yo había tenido un gran...

elson farwell

Pues tengo que decir, Elson —y perdona que te interrumpa—, que yo no he tenido unas experiencias tan duras como las que tú cuentas.

El señor Conner, la buena de su esposa y todos sus hijos y nietos eran como una *familia* para mí. Ni una sola vez me separaron ni de mi mujer ni de mis hijos. Comíamos bien y nunca nos pegaban. Nos habían dado una casita amarilla pequeña pero bonita. Era una situación agradable, dadas las circunstancias. Todos los hombres trabajan dentro de ciertas restricciones a su libertad, nadie goza de una libertad absoluta. Yo estaba simplemente (o eso pensaba la mayor parte del tiempo) viviendo una versión exagerada de *la vida de cualquier hombre*. Adoraba a mi mujer y a mis hijos y hacía lo mismo que cualquier otro trabajador: exactamente aquello que los beneficiara y nos mantuviera a todos juntos y en armonía; es decir, me esforzaba por ser un sirviente bueno y honorable para una gente que, por suerte para nosotros, también era buena y honorable.

Por supuesto, siempre había un momento, cuando me daban alguna orden, en que al fondo de mi mente se hacía oír una vocecita rebelde. Entonces mi trabajo era *no hacer caso* de aquella voz. No era voz particularmente desafiante ni furiosa; era una simple vocecilla *humana* que decía, ya sabes: me gustaría hacer lo que me gustaría hacer, y no lo que tú me dices que haga.

Y tengo que decir que aquella voz nunca quedó silenciada del todo.

Aunque sí que se volvió bastante *callada* con el paso de los años.

Pero no debo quejarme demasiado de este tema. Tuve muchos momentos de libertad y felicidad. Los miércoles por la tarde, por ejemplo, cuando me daban dos horas libres para hacer lo que quisiera. Y un domingo de cada tres el día entero, si no había mucho ajetreo. Cierto: mis placeres durante esos momentos de asiento eran bastante triviales, casi infantiles: *voy a ir a dar un paseo y hablar con Red. Voy a ir al estanque a sentarme un rato. Voy a coger este camino en vez del otro.* Y nadie podía llamarme en plan: «Thomas, ven aquí», o «Thomas, por favor, trae esa bandeja», o «Thomas, hay que ocuparse de ese huerto, trae a Charles y a Violet y ponlos a trabajar, ¿quieres, muchacho?».

A menos, por supuesto, que dicha interrupción fuera necesaria. En ese caso, como es natural, sí podían interrumpirme. Aunque fuera miércoles por la tarde. O domingo. O cualquier noche ya tarde. Mientras yo disfrutaba de un momento de intimidad con mi mujer. O del sueño que tanta falta me hacía. O estaba rezando. O en la letrina.

Y, sin embargo, tenía mis momentos. Mis momentos irrestrictos, libres y sin interrupciones.

Es extraño, sin embargo: el recuerdo de *esos* momentos es lo que más me inquieta.

Y más concretamente, la idea de que otros hombres disfrutaran de vidas enteras compuestas de aquellos momentos.

thomas havens

¿Cómo ha llegado usted a residir en nuestra fosa, señor?

elson farwell

Pues estaba yo en el pueblo. Haciendo un recado. Experimenté un dolor en el pecho y...

thomas havens

¿Y no lo buscaron a usted?

elson farwell

¡Me buscaron sin cesar!
Y estoy seguro de que me siguen buscando.
Mi mujer en cabeza de la búsqueda y el señor y la señora Conner mostrando todo su apoyo.
Lo que pasa... es que todavía no me han encontrado.

thomas havens

Al tipo lo apartó entonces bruscamente de un empujón una joven mulata con vestido blanco y papalina de encaje con adornos azules; venía temblando con violencia y era tan asombrosamente hermosa que entre los suplicantes blancos se elevó un murmullo bajo.

roger bevins iii

Adelante, Litzie. Es ahora o nunca, j...

betsy baron

****

litzie wright

No dice nada.

eddie baron

Como siempre.

betsy baron

¿Qué c... debieron de hacerle? ¿Para dejarla así de muda?

eddie baron

Se acercó ahora a la mulata una mujer negra y corpulenta de cierta edad, que saltaba a la vista que en el sitio de antes había sido una presencia generosa y risueña de puertas afuera, aunque ahora no se mostraba risueña para nada, al contrario: venía indignada y ceñuda. Sus pies, de los que no quedaban más que dos muñones, iban dejando sendos rastros de sangre, y cuando le puso las manos (también reducidas a muñones) en las caderas a la mulata para darle su apoyo, le dejó dos huellas sanguinolentas sobre el vestido claro, mientras la mulata seguía temblando y balbuceando.

el reverendo everly thomas

****

litzie wright

Lo que le hicieron se lo hicieron muchas veces y se lo hizo mucha gente. Lo que le hicieron no admitía resistencia y no la tuvo, pese a lo cual a veces ella opuso resistencia y eso a veces resultó en que la mandaran a otro sitio lejano y mucho peor, y otras veces en el hecho de que esa resistencia fuera sofocada por medio de la fuerza (puñetazos, rodillazos, golpes con tablones, etc.). Lo que le hicieron se lo hicieron una vez y otra. O bien solamente una vez. Lo que le hicieron no la afectó en absoluto, la afectó mucho, le provocó temblores nerviosos, la incitó a manifestar verbalmente su odio, la llevó a tirarse desde el puente de Cedar Creek y la ha llevado a su actual silencio obstinado. Lo que le hicieron se lo hicieron hombres corpulentos, hombres pequeños, jefes, hombres que simplemente pasaban por el campo en el que ella trabajaba, los hijos adolescentes del jefe o de aquellos hombres que simplemente estaban de paso, un trío de hombres en plena juerga, que acababan de salir de la casa y justo antes de marcharse la vieron allí cortando leña. Lo que le hicieron se lo hicieron siguiendo un horario regular, como si fuera una especie de siniestro servicio en la iglesia; se lo hicieron en momentos al azar; no se lo hicieron nunca, ni una sola vez, pero la amenazaban constantemente con ello: era algo acechante y sancionado; lo que le hicieron fue follársela en la postura del misionero; lo que le hicieron fue follársela analmente (cuando la pobrecilla ni siquiera había oído hablar de aquello en su vida); lo que le hicieron fueron cositas retorcidas (con acompañamiento de las palabrotas de unos campesinos contrahechos a quienes jamás se les habría pasado por la cabeza hacerle aquellas cosas a una mujer de su raza); se lo hicieron como si no hubiera nadie más presente allí, solamente él, el hombre que se lo hacía, y ella no fuera más que una figura de cera (cálida y silenciosa); lo que le hicieron fue: lo que fuera que cualquiera quisiera hacerle, y aunque uno solamente tuviera un ligero deseo de hacerle algo, pues bueno, se lo podía hacer, estaba permitido, así que se lo hacía, y luego se lo seguía haciendo una y otra vez, y...

sra. francis hodge

El teniente Stone (gritando: «¡Atrás, TIZONES, retroceded!») apareció avanzando a paso ligero en cabeza de un grupo de hombres blancos y fornidos (entre ellos Petit, Daly y Burns), que alejaron bruscamente a los suplicantes negros de la casa de piedra blanca, empujándolos con ramas caídas de los árboles y sostenidas horizontalmente a la altura del pecho.

roger bevins iii

Del contingente negro se elevaron gritos de indignación.

hans vollman

Ah, dijo el señor Havens. ¿Lo mismo que allí pero aquí?

sra. francis hodge

¡No os paséis tanto con ellos, j...!

eddie baron

Los conocemos. ¡Son buena gente!

betsy baron

Con las caras rojas y deformadas por la rabia, Petit, Burns y Daly se acercaron amenazantes hacia los Baron, obligando a la pareja a retroceder amedrentada hasta mezclarse con la multitud.

hans vollman

Obedeciendo a una señal del teniente Stone, la patrulla avanzó hasta acorralar al contingente negro contra la temida verja de hierro.

el reverendo everly thomas

(Que a ellos no les resultaba particularmente temible. Ya que solamente ejercía sus efectos nocivos en aquellos que residíamos dentro de sus límites.)

hans vollman

De forma que la cosa quedó en punto muerto: el teniente Stone y su patrulla, por culpa de las náuseas, no pudieron acercarse lo bastante al contingente negro como para expulsarlo al otro lado de la verja, y los integrantes de dicho contingente, que ya habían alcanzado el límite de su voluntad de someterse a aquellas depredaciones, mantuvieron su posición *a este lado*.

el reverendo everly thomas

Entretanto, varias docenas de suplicantes (blancos) corrieron aprovechando la oportunidad hasta el espacio que acababa de quedar despejado frente a la casa de piedra blanca, vociferando sus historias por la puerta abierta, hasta que resultó imposible distinguir ninguna voz individual en medio de aquel coro desesperado.

hans vollman

LXVII

El señor Lincoln no oyó nada de todo esto, por supuesto.
Para él aquello no era más que una cripta silenciosa
en plena madrugada.

el reverendo everly thomas

Y por fin llegó el momento crucial.

roger bevins iii

Muchacho y padre debían interactuar.

hans vollman

Esa interacción tenía que iluminar al chico, tenía que
permitirle irse o alentarlo para que se fuera.

roger bevins iii

O todo estaría perdido.

el reverendo everly thomas

¿A qué esperas?, le dijo el señor Vollman al chico.

roger bevins iii

El chico respiró hondo, aparentemente preparado para entrar por fin y recibir sus instrucciones.

hans vollman

LXVIII

Pero entonces: mala suerte.

roger bevins iii

Apareció en la oscuridad la luz de un fanal.

hans vollman

El señor Manders.
El vigilante nocturno.

roger bevins iii

Que apareció con el mismo aspecto con que aparece siempre entre nosotros: cohibido, algo perplejo por el hecho de estarlo y ansioso por regresar a la caseta del guardia.

el reverendo everly thomas

Manders nos caía bien: para evitar que le fallara el coraje cuando estaba por aquí, se dedicaba a llamarnos amigablemente y a asegurarnos que las cosas «ahí fuera» seguían igual que siempre, es decir, el comer, el amor, las peleas, los nacimientos, las parrandas, los rencores, todo continuaba a buen ritmo. Había noches en las que mencionaba a sus hijos...

roger bevins iii

Philip, Mary, Jack.

hans vollman

Y nos contaba cómo les iba.

roger bevins iii

Agradecíamos aquellos informes más de lo esperable, pese al espíritu jocoso con el que nos los transmitía.

hans vollman

Venía esta noche llamando al «señor Lincoln», y enmendando de vez en cuando aquel tratamiento para llamarlo «señor presidente».

el reverendo everly thomas

Aunque Manders nos caía bien...

hans vollman

Su llegada era terriblemente inoportuna.

el reverendo everly thomas

Espantosamente.

roger bevins iii

No podía ser peor.

hans vollman

Está llamando a mi padre, dijo el chico, que seguía débilmente apoyado en la pared del lado de la puerta.

¿Tu padre es presidente?, preguntó irónicamente el reverendo.

Sí, dijo el chico.

¿De qué?, preguntó el reverendo.

De Estados Unidos, dijo el chico.

Es verdad, le dije al reverendo. Es el presidente. Ha pasado mucho tiempo. Ahora hay un estado que se llama *Minnesota*.

Estamos en guerra, dijo el señor Vollman. En guerra contra nosotros mismos. Los cañones han mejorado mucho.

Hay soldados acampados en el interior del Capitolio, dije yo.

Lo hemos visto todo, dijo el señor Vollman.

Cuando estábamos dentro de él, dije yo.

roger bevins iii

El señor Manders pasó por la puerta y su fanal bañó de luz aquel espacio diminuto.

hans vollman

Ahora lo que había estado a oscuras estaba iluminado; pudimos distinguir las muescas y los agujeros de las paredes de piedra y las arrugas del abrigo del señor Lincoln.

roger bevins iii

Y los rasgos pálidos y hundidos de la figura enferma del chico.

hans vollman

Allí acostado dentro del...

el reverendo everly thomas

Cajón de enfermo.

hans vollman

Ah, dijo Manders. Aquí está usted, señor.

Sí, dijo el señor Lincoln.

Siento muchísimo interrumpirlo, dijo Manders. Pero he pensado... He pensado que tal vez le haría falta a usted un poco de luz. Para el camino de vuelta.

Incorporándose de forma bastante trabajosa, el señor Lincoln le estrechó la mano a Manders.

roger bevins iii

Se lo veía incómodo.

hans vollman

Avergonzado quizá de que lo encontraran allí.

el reverendo everly thomas

Arrodillado frente al cajón de enfermo de su hijo.

hans vollman

Su cajón de enfermo abierto.

el reverendo everly thomas

La mirada del señor Manders pasó de largo involuntariamente del señor Lincoln y se posó en el contenido del cajón.

hans vollman

El señor Lincoln le preguntó al señor Manders cómo iba a orientarse él para volver sin el fanal. El señor Manders le dijo que, aunque prefería llevar luz, porque era un poco aprensivo, conocía aquel lugar como si fuera la palma de su mano. El señor Lincoln le sugirió al señor Manders que, si le daba un momento más, podían regresar juntos. El señor Manders accedió y salió.

roger bevins iii

Una catástrofe.

el reverendo everly thomas

No habían interactuado para nada.

hans vollman

Todavía no había ocurrido nada que pudiera beneficiar al chico.

roger bevins iii

Y el chico seguía sin acercarse.

hans vollman

Se limitaba a seguir apoyado en la pared, paralizado por el miedo.

el reverendo everly thomas

Pero entonces vimos que no era por el miedo en absoluto.

La pared que tenía detrás se había licuado y de ella habían empezado a brotar zarcillos, cuatro o cinco de los cuales rodeaban ahora la cintura del chico: un cinturón reptante y repulsivo que lo sujetaba con fuerza.

roger bevins iii

Necesitábamos tiempo para liberarlo.

hans vollman

Teníamos que retrasar la marcha del caballero como fuera.

el reverendo everly thomas

Yo miré al señor Bevins.
Él me miró a mí.

hans vollman

Y vimos lo que había que hacer.

roger bevins iii

Teníamos el poder. De persuadir.

hans vollman

Ya lo habíamos hecho, hacía menos de una hora.

roger bevins iii

El señor Bevins era más joven y poseía múltiples brazos (muy fuertes), en cambio yo, desnudo y constantemente obstruido por mi gigantesca minusvalía, no era la persona indicada para el enorme esfuerzo que requería liberar al chico.

De forma que entré en el señor Lincoln yo solo.

hans vollman

LXIX

Y, Dios, qué hundido estaba el tipo.

Intentaba formular una despedida imbuida de alguna clase de espíritu positivo, evitando darle a aquella separación final un tinte sombrío, por si acaso el chico podía de alguna forma sentirlo (por mucho que se dijera a sí mismo que el chico ya no podía sentir nada); pero por dentro era todo tristeza, culpa y arrepentimiento, y apenas podía encontrar nada más. De forma que se quedó allí, esperando a que se le ocurriera alguna idea reconfortante que desarrollar.

Pero no se le ocurrió nada.

Hundido, más frío que antes y más triste todavía, cuando dirigió su mente al exterior, en busca del consuelo de su vida *allí fuera* y de los ánimos que podían darle sus perspectivas de futuro y la alta consideración que la gente le tenía, no encontró consuelo alguno, al contrario: no le pareció que la gente tuviera un buen concepto de él ni tampoco que estuviera triunfando en ningún sentido.

hans vollman

LXX

Mientras se acumulaban unas cifras inimaginables de muertos y al dolor únicamente se le sumaba más dolor, un país que hasta entonces había conocido pocos sacrificios culpó a Lincoln de llevar a cabo una gestión irresoluta de la guerra.

El impopular señor Lincoln:
La historia del presidente más
injuriado, de Larry Tagg

El Presdte. es un idiota.

Los documentos de la guerra civil
de George McClellan,
edición de Stephen Sears

Vanidoso, débil, pueril, hipócrita, carente de modales y sin prestancia, que cuando te habla te clava los puños debajo de las costillas.

Los años de la guerra,
de Carl Sandburg,
testimonio de Sherrard Clemens

Era obviamente una persona provista de un carácter inferior, en absoluto a la altura de la crisis.

La ascensión de Lincoln: Prólogo
a una guerra civil, 1859-1861,
de Allan Nevins,
testimonio de Edward Everett

Sus discursos han caído aquí como un jarro de agua fría. Han desterrado toda noción de grandeza.

Tagg, óp. cit.,
testimonio del congresista
Charles Francis Adams

Con toda probabilidad, el hombre más débil que ha salido nunca elegido.

Clemens, óp. cit.

Pasará a la posteridad como el hombre que no supo leer las señales de su época ni entender las circunstancias e intereses de su país [...] que careció de aptitud política; que sumió a su país en una guerra enorme sin plan alguno; que fracasó sin excusa y cayó sin un solo amigo.

Tagg, óp. cit., extracto del
Morning Post de Londres

El pueblo lleva diecinueve meses entregando a manos abiertas, por orden tuya, a hijos, hermanos, maridos y dinero. ¿Y cuál es el resultado? ¿Alguna vez eres consciente de que la desolación, la pena y el dolor que impregnan este país se deben a ti? ¿De que todos esos jóvenes que han sufrido mutilación, han quedado lisiados, han sido asesinados o convertidos en inválidos para el resto de su vida se lo deben a tu debilidad, indecisión y falta de coraje moral?

Tagg, óp. cit.,
carta de S. W. Oakey

El dinero mana a espuertas, decenas de millares de hombres esperan, son reubicados sin propósito alguno, desfilan absurdamente por unos puentes de lo más caro construidos con ese propósito y desfilan de regreso por los mismos puentes, que ahora están destruidos. Y no se consigue nada en absoluto.

Cartas de un unionista,
de Tobian Clearly

Si no Dimites te vamos a meter una araña en el buñuelo y hacerte mil Perrerias hijo de la gran puta que Dios el gran Dios te maldiga vete a la mierda y besame el Culo chupame la Polla y arrodiyate delante de mis Cojones putos idiotas y puto Abe Lincoln nadie te quiere jodete y perdon por las palabrotas pero es que te las mereces no eres mas que un puto Negro asqueroso.

Querido señor Lincoln,
edición de Harold Holzer

Si mi mujer me quiere dejar, ¿acaso puedo obligarla yo por las armas a que se quede en nuestra «unión»? ¿Sobre todo si ella es una luchadora más feroz que yo, está mejor organizada y totalmente decidida a deshacerse de mí?

Voces de un país dividido,
edición de Baines y Edgar,
testimonio de P. Mallon

Pongan los cadáveres en fila; caminen de punta a punta; miren a todos los padres, maridos, hermanos e hijos; sumen de esa forma el coste de la guerra y piensen (tal como piensan todos nuestros militares, cuando se les pregunta de forma confidencial) que esa siniestra hilera de futuros arruinados solamente es el inicio del maremoto de jóvenes muertos que pronto nos va a caer encima.

Publicado en la *Field-Gazette*
de Allertown

Paz, señor, firme la paz: es el grito del hombre por lo menos desde los tiempos de nuestro Salvador. ¿Por qué no hacer caso ahora de ese grito? Bienaventurados sean quienes traen la paz, dicen las Escrituras, y tenemos que dar por sentado que lo contrario también es cierto: malditos sean quienes instigan la guerra, da igual cómo de justa crean su causa.

Publicado en el *Truth-Sentinel*
de Cleveland

Nunca Aceptamos y nunca aceptaremos convatir por los Negros, que nos traen sin cuidado.

Voces olvidadas de la guerra civil,
edición de J. B. Strait,
carta a Lincoln de un soldado
de infantería de Nueva York

Te has hecho con las riendas, te has convertido en dictador y has instaurado una nueva forma monolítica de gobierno destinada a imponerse sobre los derechos individuales. Tu reinado presagia una época terrible en la que perderemos todas nuestras libertades en beneficio de los derechos del monolito. Los padres fundadores miran esto con aflicción.

Lincoln el villano,
de R. B. Arnolds,
testimonio de Darrel Cumberland

Se nos plantea pues el dilema de qué hacer, cuando él ha de tener el poder dos años más y cuando la existencia misma de nuestro país puede llegar a correr peligro antes de que se lo pueda reemplazar por un hombre sensato. Qué duro resulta mantener a un incompetente a fin de salvar al país.

Reconsiderando a Lincoln,
de David Herbert Donald, carta
de George Bancroft a Francis Lieber

Si Abe Lincoln sale reelegido para otro mandato de cuatro años de una administración tan lamentable, confiamos en que se pueda encontrar una mano valiente que hunda el puñal en el corazón del tirano en nombre del bien público.

Publicado en *La Crosse Democrat*

Viejo Abe Lincoln.

Maldita sea tu maldita alma en llamas maldita tu alma así arda en el infierno y maldito tú y malditas sean las malditas almas en llamas de tu maldita familia así ardan en el infierno y malditos ellos y malditas sean las malditas almas en llamas de tus malditos amigos así ardan condenados y malditos sean.

Holzer, óp. cit.

LXXI

Bueno, y qué.
Nadie que haya hecho algo digno de consideración se
ha librado nunca de las críticas. En lo tocante al asunto
entre manos (en lo tocante a <u>él</u>), yo por lo menos estoy por
encima de cualquier...
Esto pensaba el señor Lincoln.
Pero luego los ojos se le *(se nos)* cerraron en una len-
ta mueca de dolor-reminiscencia.

hans vollman

LXXII

En aquellos días circularon rumores inclementes, que sugerían que para salvarle la vida al chico solamente habría hecho falta la influencia básica y restrictiva de un padre.

La angustia de los Llanos: psicología de Lincoln, de James Spicer

Willie estaba tan encantado con un pequeño poni que le habían regalado que insistía en cabalgarlo a diario. El tiempo era inestable, y la exposición al frío resultó en un grave resfriado que degeneró en fiebre.

Keckley, óp. cit.

¿Por qué, se preguntaban algunos, iba un niño cabalgando un poni bajo el diluvio y sin chaqueta?

Spicer, óp. cit.

Quienes conocíamos en persona a los hijos de Lincoln y los veíamos correr por la Casa Blanca como salvajes podemos dar fe del hecho de que aquélla era una casa en estado de perpetuo caos, donde se confundía la permisividad indiscriminada con el amor a los hijos.

El Jehová accidental: Voluntad,
determinación y gran hazaña, selección
y edición de Kristen Tolebrand

[Lincoln] no ejercía autoridad de ninguna clase en su hogar. Sus hijos hacían en gran medida lo que les venía en gana. Él aprobaba muchas de sus extravagancias y nos les imponía límite alguno. Nunca los regañaba.

Vida de Lincoln, de William
H. Herndon y Jesse W. Weik

Siempre decía: «Es un placer [para mí] que mis hijos sean libres, felices y eximidos de la tiranía paterna. El amor es la cadena con la que hay que atar a una criatura a sus padres».

Los informantes de Herndon,
edición de Douglas L. Wilson
y Rodney O. Davis, testimonio
de Mary Lincoln

Aquellos chavales cogían los libros de los estantes, los ceniceros vacíos, las cenizas del carbón, el tintero, los papeles, las plumas de oro, las cartas y todo lo demás y hacían una pila con ello y luego bailaban sobre la pila. Y Lincoln no decía nada tan abstraído estaba y tan ciego era a los defectos de sus hijos. Si se hubieran c***ado en el sombrero de Lincoln y le hubieran frotado la m***** en las botas, él se habría reído y lo habría encontrado ingenioso.

Herndon sobre Lincoln: Cartas,
edición de Douglas L. Wilson
y Rodney O. Davis,
carta a Jesse K. Weik

Podrían haberle pasado corriendo al lado para librar una competición de tiro y él ni siquiera habría levantado la vista de su trabajo. Porque Lincoln (dejando de lado todas las hagiografías posteriores) era un hombre ambicioso, casi de forma obsesiva.

Le conocían,
edición de Leonora Morehouse,
testimonio de Theodore Blasgen

[Si alguien] piensa que Lincoln se dedicaba a esperar tranquilamente y compuesto como un figurín a que alguien lo viniera a ver, es que no lo conoció para nada. Siempre estaba haciendo cálculos y planeando las cosas de antemano. Su ambición era un pequeño motor que no conocía descanso.

El mundo interior de Abraham Lincoln, de Michael Burlingame,
testimonio de William M. Herndon

Alguien como yo, que ya había tomado hacía mucho tiempo la decisión de dejar de lado las aspiraciones mundanas en beneficio de los más amables placeres del hogar y de la familia, y de aceptar, como parte del trato, una vida pública ostensiblemente menos gloriosa, no puede ni imaginar la oscura nube que ha de descender sobre la cabeza de alguien al pensar en lo que *podría* haber pasado si ese alguien hubiera estado dedicando toda su atención, tal como es apropiado, a las cuestiones esenciales del hogar.

Palabras sabias y cartas de un abuelo,
de Norman G. Grand
(manuscrito inédito, corregido por
Simone Grand y usado con permiso)

Cuando se pierde a un hijo, el tormento que un padre es capaz de infligirse a sí mismo no conoce fin. Cuando amamos, y el objeto de nuestro amor es pequeño, débil y vulnerable, y ha acudido siempre a nosotros y solamente a nosotros en busca de protección, y cuando esa protección, por la razón que sea, ha fracasado, ¿qué consuelo (qué justificación, qué defensa) puede quedar?

Ninguno.

La duda seguirá enconándose mientras vivamos.

Y cuando hayamos afrontado el motivo de la duda, en su lugar surgirán otros sin fin.

Milland, óp. cit.

LXXIII

Los remordimientos y las recriminaciones son las furias que atormentan a las casas donde la muerte se ha llevado a criaturas como Willie Lincoln; y en este caso había recriminaciones más que de sobra.

Epstein, óp. cit.

Los críticos acusaron a los Lincoln de inhumanidad por organizar una fiesta mientras su hijo Willie estaba enfermo.

Brighney, óp. cit.

Visto con perspectiva, el recuerdo de aquella exitosa velada debió de quedar empañado por la aflicción.

Leech, óp. cit.

Al saber que Willie seguía empeorando, la señora Lincoln decidió no mandar sus cartas de invitación y posponer la recepción. El señor Lincoln pensó que era mejor mandar las cartas.

Keckley, óp. cit.

La noche del 5, mientras su madre se vestía para la fiesta, Willie estaba ardiendo de fiebre. Cada aliento le costaba horrores. Ella vio que tenía los pulmones congestionados y se asustó.

Kunhardt y Kunhardt, óp. cit.

Por lo menos [Lincoln] mandó que se consultara al médico antes de dar ningún paso. Así pues, se hizo venir al doctor Sloan. Éste dictaminó que Willie estaba mejor y que presentaba todos los indicios de una pronta recuperación.

Keckley, óp. cit.

El médico aseguró a Lincoln que Willie se recuperaría.

El Hipócrates del presidente,
de la doctora Deborah Chase,
testimonio de Joshua Freewell

La casa se llenó de la música triunfal y jactanciosa de la Orquesta de los Marines, que golpeó la mente febril del chico como si fueran las pullas de un compañero de juegos sano.

Sloane, óp. cit.

Puede que la fiesta no acelerara el fin del chico, pero está claro que debió de exacerbar sus sufrimientos.

Mays, óp. cit.

En un periódico de Washington se publicaba una tira cómica llamada «Gab & Joust» [Cháchara y peleas], que ahora mostró al señor y la señora Lincoln bebiendo sendas copas de champán mientras el chico (con x diminutas en los ojos) se metía en una tumba abierta y preguntaba: «Padre, ¿una copa antes de irme?».

La nave sin timón:
cuando los presidentes
pierden el rumbo,
de Maureen H. Hedges

¡El ruido, el jolgorio, las risas borrachas y desenfrenadas hasta entrada la madrugada, el niño allí acostado con su fiebre alta, sintiéndose completamente solo, luchando para mantener a raya a la figura encapuchada que estaba plantada junto a su puerta!

Spicer, óp. cit.

«Padre, ¿una copa antes de irme?»
«Padre, ¿una copa antes de irme?»
«Padre, ¿una copa antes de irme?»

Hedges, óp. cit.

El médico aseguró a Lincoln que Willie se recuperaría.

Chase, óp. cit.,
testimonio de Joshua Freewell

Lincoln siguió el consejo del médico.

Stragner, óp. cit.

Lincoln no se impuso al médico.

Spicer, óp. cit.

Decidiendo no pecar de cauteloso, el presidente mandó que la fiesta siguiera adelante.

Hedges, óp. cit.

La fiesta se celebró con la bendición del presidente mientras el niño sufría horrores en el piso de arriba.

Chase, óp. cit.,
testimonio de Joshua Freewell

LXXIV

Fuera chilló un búho.
Fui consciente del olor que emanaba de *nuestro* traje: lino, sudor y cebada.
Mi plan era no volver aquí.
Esto pensaba el señor Lincoln.
Pero aquí estoy.
Para echar una última mirada.
Y se puso en cuclillas al estilo de los campesinos delante del cajón de enfermo.
Su carita otra vez. Sus manitas. Aquí están. Y aquí estarán siempre. Tal como están. Sin sonreír. Nunca más. La boca una línea recta. No parece (no) que esté durmiendo. Siempre dormía con la boca abierta y cuando soñaba le pasaban muchas expresiones por la cara y a veces balbuceaba algunas palabras sin sentido.
Si de verdad existió Lázaro, nada debería impedir que las condiciones que se dieron entonces se den también ahora.
Luego pasó algo extraordinario: el señor Lincoln intentó hacer que la figura enferma se levantara. A base de silenciar su mente y a continuación abrirla a cualquiera cosa po-

tencialmente existente y desconocida por él que pudiera permitir (hacer) que se levantara la figura enferma.

Sintiéndose ridículo, sin creer realmente que fuera posible...

Aun así, el mundo es enorme y puede pasar de todo.

Se quedó mirando la figura enferma, mirando uno de los dedos de su mano, en espera del más ligero...

Por favor por favor por favor.

Pero no.

Es pura superstición.

No va a funcionar.

(Despierte, señor, recobre el sentido.)

Me equivocaba al considerarlo algo fijo y estable y al pensar que lo iba a tener siempre. Nunca fue fijo ni estable, al contrario; siempre fue un estallido de energía transitorio y pasajero. Yo tenía buenas razones para saberlo. ¿Acaso no había tenido un aspecto al nacer, otro a los cuatro años, otro a los siete y había sido renovado por completo a los nueve? Nunca fue el mismo, ni siquiera de un instante a otro.

Salió de la nada, cobró forma, fue amado y siempre estuvo destinado a regresar a la nada.

Pero yo no pensaba que fuera a pasar tan pronto.

Ni que él se iría antes que nosotros.

Dos transitoriedades de paso desarrollaron sentimientos la una por la otra.

Dos nubecillas de humo se cogieron cariño.

Yo lo confundí con algo sólido y ahora he de pagar el precio.

Yo no soy estable ni Mary tampoco lo es, ni tampoco lo son los mismísimos edificios o monumentos que hay aquí, ni tampoco lo es el mundo entero. Todo se altera, todo se está alterando, a cada instante.

(¿Te sientes reconfortado?)
No.
(Es hora.
De irme.)
Tan distraído estaba yo por la intensidad de las cavilaciones del señor Lincoln que me había olvidado por completo de mi propósito.
Pero ahora lo recordé.
Quédese, pensé. Es necesario que se quede usted. Que Manders regrese solo. Siéntese en el suelo y póngase cómodo, y nosotros acompañaremos al chico hasta dentro de usted, y quién sabe qué consecuencia positiva podrá resultar de esta reunión, una reunión que los dos desean fervientemente.

Luego le ofrecí las imágenes mentales más precisas que pude evocar de él quedándose: sentado, satisfecho con el hecho de estar sentado, sentado cómodamente, encontrando la paz por medio de quedarse, etcétera.

Hora de irme.

Pensó el señor Lincoln.

Levantando un poco las caderas en gesto de preparación para irse.

Cuando estaba aprendiendo a caminar y se caía, yo lo cogía en brazos y lo besaba hasta que dejaba de llorar. Cuando nadie jugaba con él en Prester's Lot, yo me acercaba con una manzana y la cortaba en pedazos para todos.

Y eso funcionaba.

Eso y su forma natural de ser.

Enseguida estaba mangoneando y haciendo de líder.

¿Y ahora me dispongo a marcharme, dejándolo indefenso, en este sitio espantoso?

(Te estás regodeando en tu dolor. Ya no puedes ayu-

darlo. *El viejo señor Grasse de Sangamon se pasó cuarenta días seguidos yendo a la tumba de su mujer. Al principio resultaba admirable, pero pronto estábamos todos haciendo chistes sobre él y su tienda quebró.*)

Decidido, por tanto.

Decidido: ahora tenemos que, tenemos que...

(Provocar, por riguroso que resulte, que piense usted las cosas que lo lleven a hacer lo que usted sabe que es correcto. Mire.

Baje la vista.

Mírelo a él.

A eso.

¿Qué es? Estudie con franqueza la cuestión.

¿Es él?)

No.

(¿Qué es?)

Es lo que usaba para moverse por el mundo. Lo esencial (lo que era movido, lo que nosotros amábamos) ya no está. Aunque esto formaba parte de lo que amábamos (amábamos su aspecto, la combinación de chispa y vehículo, y su forma de andar y de dar brincos y de reírse y de hacer el payaso), ésta, esta de aquí, es la parte menos importante de ese amado artilugio. Una vez ausente esa chispa, esto, esto que está acostado aquí...

(Piénselo. Adelante. Permítase usted pensar esa palabra.)

Prefiero no hacerlo.

(De verdad. Le ayudará.)

No necesito decirlo para sentirlo y actuar basándome en ello.

(No está bien convertir eso en un fetiche.)

Voy a irme, me estoy yendo, no necesito que me convenzan más.

(Sin embargo, dígalo, en aras de la verdad. Diga esa palabra que le está saliendo de dentro.)
Oh, mi pequeño.
(Una vez ausente esa chispa, esto que está costado aquí no es más que...
Dígalo.)
Carne.
Una desafortunada...
Una conclusión de lo más desafortunado.
Lo intenté otra vez, dando todo de mí.
Quédese, le supliqué. Todavía puede usted ayudar al chico. Ya lo creo. Todavía puede usted hacerle mucho bien. De hecho, puede usted ayudarlo más ahora que en el sitio de antes.
Porque la eternidad de su hijo pende de un hilo, señor. Si se queda aquí, el sufrimiento que se adueñará de él trasciende la imaginación de usted.
Así pues: quédese, demórese, no tenga prisas, siéntese un rato, póngase cómodo, holgazanee y confórmese con acomodarse aquí.
Se lo imploro.
Pensé que esto me iba a ayudar. No es así. No necesito volver a mirarlo. Cuando necesite mirar a Willie, lo haré en mi corazón. Como debe ser. Allí dentro sigue intacto y entero. Y si yo pudiera conversar con él, sé que Willie lo aprobaría; me diría que está bien que me vaya y que no vuelva más. Era un espíritu muy noble. Su corazón amaba la bondad por encima de todo.
Qué bueno era. Mi querido niño. Siempre sabía qué era lo correcto. Y me apremiaba a hacerlo. De forma que lo haré ahora. Por duro que sea. Todos los dones son temporales. Y renuncio a éste de forma voluntaria. Y te doy gracias por él, Dios. O mundo. A quien sea que me lo dio

le doy gracias humildemente, y rezo por haberle hecho justicia y por poder seguir haciéndosela en los tiempos por venir.

Mi amor, mi amor, sé lo que eres.

hans vollman

LXXV

Habíamos cortado casi todo el cinturón de zarcillos usando las uñas y una piedra afilada que había cerca.

el reverendo everly thomas

¡Casi lo tenemos!, le grité al señor Vollman.

roger bevins iii

Pero era demasiado tarde.

el reverendo everly thomas

El señor Lincoln cerró el cajón de enfermo.
(A mí se me cayó el alma a los pies.)

roger bevins iii

Levantó el cajón, lo llevó de vuelta hasta el nicho de la pared y lo metió allí.
(Todo estaba perdido.)

el reverendo everly thomas

Y salió por la puerta.

roger bevins iii

LXXVI

Y se adentró en la ahora silenciosa multitud.

el reverendo everly thomas

Que se apartó dócilmente para dejarlo pasar.

roger bevins iii

¿Se ha ido?, gritó el chico.
Ya lo habíamos liberado. Tomó impulso para despegarse de la pared y, tras alejarse unos cuantos pasos tambaleantes, se sentó en el suelo.

el reverendo everly thomas

Y allí los zarcillos empezaron inmediatamente a agarrarlo otra vez.

roger bevins iii

LXXVII

Venga usted, le dije al señor Bevins. Yo solo no podía con aquello. Creo que debemos intentarlo los dos.
Intentar detenerlo.

hans vollman

Reverendo, me dijo el señor Bevins. ¿Quiere unirse a
nosotros? Añadir aunque sea una sola mente puede
cambiar la situación.

Sobre todo una mente tan poderosa como la de usted, dijo el señor Vollman.

Muchos años atrás me había unido a mis amigos
para realizar *l'occupation* en una pareja mal avenida que
se había colado en nuestro recinto después de la hora del
cierre. En aquella ocasión conseguimos que la pareja for-
nicara. Y que retomaran su compromiso. Más o menos
un año después de la reconciliación, el marido regresó
aquí en busca del escenario de aquel episodio. Lo curioso
del caso es que volvimos a realizar *l'occupation* en él y
descubrimos que las causas de la disensión que habían
roto inicialmente su compromiso habían crecido desde
entonces, se habían enconado gracias al fecundo clima

de su matrimonio y habían conducido recientemente a la autodestrucción, por medio del veneno, de su joven esposa.

Hay que admitir que en aquella ocasión nuestra interferencia nos había manchado las manos de sangre. De manera que yo había jurado allí y entonces que nunca más participaría en esa práctica.

Pero el afecto que le tenía al chico, junto con mi sensación de que mi falta de atención previa lo había perjudicado, me hicieron romper ahora el juramento y unirme a mis amigos.

el reverendo everly thomas

Los tres salimos a la carrera de la casa de piedra blanca, correflotando tan deprisa como pudimos, y alcanzamos rápidamente al señor Lincoln.

roger bevins iii

Y luego saltamos.

hans vollman

Al interior del presidente.

roger bevins iii

Con la multitud agolpándose en torno a nosotros.

hans vollman

Algunos de cuyos miembros más intrépidos, inspirados por nuestro ejemplo, también se dispusieron a entrar.

el reverendo everly thomas

Haciendo primero incursiones exploratorias a través del presidente, o bien rozándose de refilón contra él, o bien entrando y saliendo de él a toda velocidad, igual que los somorgujos atraviesan la superficie de un lago para atrapar a un pez.

hans vollman

El señor Cohoes, un antiguo calderero que no tenía pelos en la lengua, alcanzó al señor Lincoln, le entró por detrás y se quedó allí dentro, moviéndose de forma perfectamente sincronizada con él, paso a paso.

roger bevins iii

¡Esto está chupado!, dijo Cohoes; la audacia de su acto hizo que le saliera una voz muy aguda.

el reverendo everly thomas

Ahora estábamos todos envalentonados.

hans vollman

Pronto aquello se convirtió en un movimiento generalizado.

roger bevins iii

Nadie quería quedar excluido.

hans vollman

Todos aquellos individuos fusionándose entre ellos...

el reverendo everly thomas

Metiéndose los unos en los otros...

hans vollman

Uniéndose por muchos sitios...

roger bevins iii

Encogiéndose cuando era necesario...

hans vollman

A fin de que hubiera sitio para todos.

roger bevins iii

Entró la señora Crawford, manoseada lascivamente como de costumbre por el señor Longstreet.

hans vollman

Entró el señor Boise, víctima de apuñalamiento; entró Andy Thorne; entró el señor Twistings y también el señor Durning.

roger bevins iii

Entró también el contingente de negros, que ya se había quitado de encima al teniente Stone y a su patrulla; ofendidos por la idea misma de estar cerca de aquella gente, Stone y la patrulla se negaron a seguirlos.

el reverendo everly thomas

Ahora estaban dentro también los Baron; estaban dentro la señorita Doolittle, el señor Johannes, el señor Bark y Tobin *Tejón* Muller.

roger bevins iii

Junto con muchos otros.

hans vollman

Demasiados para enumerarlos.

el reverendo everly thomas

Tantas voluntades, recuerdos, quejas y deseos, tanta fuerza vital en estado bruto.

roger bevins iii

Se nos ocurrió ahora (mientras Manders se adentraba con el fanal en alto en una arboleda por delante del presidente) que podíamos *someter* aquel poder masivo para que sirviera a nuestros propósitos.

hans vollman

Lo que el señor Vollman no había podido conseguir él solo...

roger bevins iii

Tal vez podíamos conseguirlo todos trabajando juntos.

el reverendo everly thomas

Y así pues, con la luz del fanal proyectándose oblicuamente frente a nosotros, pedí a todos los que estaban dentro de él que exhortaran al unísono al señor Lincoln para que *se detuviera*.

hans vollman

(Primero intentaríamos *detenerlo*, y si eso nos salía bien, nos esforzaríamos por *mandarlo de vuelta*.)

el reverendo everly thomas

Todos aceptaron de buen grado.

roger bevins iii

Halagados por el hecho de que les pidieran cualquier cosa, o por la oportunidad de participar en lo que fuera.

el reverendo everly thomas

¡Alto!, pensé yo, y la multitud me imitó, expresando cada cual a su manera aquel mismo impulso.

roger bevins iii

Haga una pausa, deténgase, interrúmpase.

hans vollman

Desista, pare, cese todo avance.
Etcétera.

el reverendo everly thomas

Qué gran placer. Qué placer tan grande era estar allí dentro. Todos juntos. Unidos en un propósito común. Todos juntos allí dentro pero también dentro los unos de los otros y obteniendo vislumbres de las mentes de cada uno y asimismo de la mente del señor Lincoln. ¡Qué agradable resultaba hacer aquello todos juntos!

roger bevins iii

Pensamos.

hans vollman

Pensamos todos.

el reverendo everly thomas

Todos a una. Simultáneamente.

hans vollman

Una mente masiva, unida en su intención positiva.

roger bevins iii

Dejando momentáneamente de lado todos los intereses egoístas (quedarse, florecer, conservar la propia fuerza).

el reverendo everly thomas

Qué sentimiento tan vigorizante.

hans vollman

Liberarse de todo aquello.

roger bevins iii

Normalmente estábamos muy solos. Luchando por quedarnos. Con miedo a equivocarnos.

hans vollman

No siempre habíamos sido gente tan solitaria. Caray, en el sitio de antes...

el reverendo everly thomas

Tal como recordamos ahora...

hans vollman

Todos lo recordamos al instante...

el reverendo everly thomas

De repente *me acordé*: acudir a la iglesia, mandar flores, cocinar pasteles para que los trajera Teddie, pasarle un brazo por los hombros a alguien, vestirme completamente de negro, pasarme horas esperando en el hospital.

roger bevins iii

El momento en que Leverworth le dedicó una palabra amable a Burmeister en los peores momentos del escándalo bancario; en que Furbach se sacó la billetera para hacerle una generosa donación al doctor Pearl porque se había producido un incendio en el West District.

hans vollman

El grupo de personas cogidas de la mano que caminábamos entre la espuma de las olas en busca del pobre Chauncey después de que se ahogara, el ruido de las monedas al caer en la bolsa de lona con la tosca inscripción «Para nuestros pobres», un grupo de nosotros de rodillas arrancando las malas hierbas del cementerio de la iglesia al atardecer, el ruido metálico que hacía la enorme olla de sopa verde cuando mi diácono y yo cargábamos con ella para llevársela a aquellas pobres mujeres de las veladas en Sheep's Grove.

el reverendo everly thomas

La multitud feliz de niños que nos congregábamos en torno a una tina enorme de chocolate hirviendo, y la querida señorita Bent removiéndolo y haciéndonos ruiditos cariñosos como si fuéramos gatitos.

roger bevins iii

¡Dios, qué sensación! ¡Verse expandido de aquella forma!

hans vollman

¿Cómo habíamos podido olvidarnos de todos aquellos buenos momentos?

el reverendo everly thomas

A fin de quedarse, uno tenía que centrarse profunda y continuamente en la razón principal que uno tenía para quedarse, aunque eso significara excluir todo lo demás.

roger bevins iii

Uno tenía que estar siempre buscando oportunidades para contar su historia.

hans vollman

(Y si no se te *permitía* contarla, tenías que estar repasándola mentalmente una y otra vez.)

el reverendo everly thomas

Pero ahora veíamos el precio que aquello nos había cobrado.

Habíamos olvidado una gran parte de todo lo que habíamos sido y conocido.

roger bevins iii

En cambio ahora, gracias a aquella convivencia multitudinaria y fortuita...

el reverendo everly thomas

Nos encontramos de pronto (como flores a las que les hubieran quitado de encima las piedras que las aplastaban) devueltos en cierta medida a nuestra plenitud natural.

roger bevins iii

Por así decirlo.

hans vollman

Era agradable.

el reverendo everly thomas

Lo era.

hans vollman

Muy agradable.

roger bevins iii

Y también parecía que nos estaba sentando bien.

el reverendo everly thomas

Miré en su dirección y me encontré al señor Vollman repentinamente *vestido* y con el miembro viril encogido hasta su tamaño normal. De acuerdo, su indumentaria era decididamente desastrada (un delantal de impresor, zapatos salpicados de tinta y calcetines desparejados), pero aun así constituía un milagro.

roger bevins iii

Consciente de que el señor Bevins me estaba mirando, le devolví la mirada y descubrí que ya no era un amasijo casi insoportable de ojos, narices, manos y demás, sino un joven apuesto, de rostro agradable y entusiasta: dos ojos, una nariz, dos manos, mejillas sonrosadas y una hermosa mata de pelo negro en aquella zona que antaño había estado tan cubierta de ojos que no quedaba sitio para el cabello.

Un joven atractivo, en otras palabras, con la cantidad justa de todo.

hans vollman

Disculpen, dijo el reverendo con cierta timidez. Si no les importa la pregunta, ¿qué aspecto tengo?

Se lo ve muy bien, le dije. Bastante tranquilo.

Sin nada de miedo, dijo el señor Vollman.

Las cejas a la altura apropiada, le dije yo. Los ojos no demasiado abiertos.

Ya no tiene el pelo de punta, dijo el señor Vollman.

Ni la boca en forma de O, le dije yo.

roger bevins iii

Y no éramos los únicos beneficiarios de aquella feliz bendición.

el reverendo everly thomas

Por razones que no conocíamos, Tim Midden siempre había estado hostigado por una versión más grande de sí mismo, que nunca paraba de inclinarse para susurrarle palabras de desánimo; ahora aquel gigantón había desaparecido.

hans vollman

El señor DeCroix y el profesor Bloomer se habían separado y, daba igual lo juntos que caminaran, no se volvían a unir.

roger bevins iii

El señor Tadmill, secretario caído en desgracia, que había extraviado un documento importante, causando el hundimiento de su firma, y después no había conseguido encontrar otro trabajo y había empezado a beber y había perdido su casa y había visto a su mujer acabar en un cajón de enfermo por culpa del exceso de preocupaciones y a sus hijos dispersos por orfanatos diversos como resultado de la disipación creciente de él, normalmente se manifestaba encorvado por la consternación hasta casi tocar el suelo, como si fuera la mitad de una pareja de paréntesis rematada con un mechón triste de pelo blanco, temblando de cabeza a pies, moviéndose con cautela extrema y aterrado ante la posibilidad de cometer la más pequeña equivocación.

En cambio, ahora vimos a un vivaz joven de pelo rubio en una postura nueva, lleno de grandes ambiciones y con una flor en el ojal.

el reverendo everly thomas

El señor Longstreet detuvo sus manoseos lascivos, rompió a llorar y le suplicó a la señora Crawford que lo perdonara.

roger bevins iii

(Lo que pasa es que me siento solo, querida muchacha.)

sam *el fino* longstreet

(Si lo desea usted, puedo decirle los nombres de unas cuantas de nuestras flores silvestres.)

sra. elizabeth crawford

(Será un placer oírlos.)

sam *el fino* longstreet

Verna Blow y su madre, Ella, que normalmente se manifestaban en forma de dos viejas brujas prácticamente idénticas (aunque las dos habían muerto al dar a luz y por tanto no habían llegado a envejecer en el sitio de antes), aparecieron ahora (empujando cada una un cochecito de bebé) jóvenes otra vez y completamente arrebatadoras.

hans vollman

La pobre Litzie pudo hablar por primera vez desde sus múltiples violaciones y sus primeras palabras fueron de agradecimiento a la señora Hodge por haberla defendido durante todos los años que había pasado de soledad y mudez.

elson farwell

La buena de la señora Hodge aceptó las palabras de agradecimiento de Litzie con un ligero asentimiento de cabeza, contemplando asombrada las manos y los pies que acababan de brotarle de nuevo.

thomas havens

A pesar de aquellas maravillosas transformaciones que estaban teniendo lugar entre nosotros, el señor Lincoln no se detuvo.

roger bevins iii

Para nada.

hans vollman

Al contrario.

el reverendo everly thomas

Parecía caminar todavía más deprisa que antes.

roger bevins iii

Decidido a marcharse de aquí lo antes posible.

hans vollman

Ay, madre, murmuró Verna Blow, cuya belleza juvenil recién restaurada me resultaba maravillosa incluso en aquel momento de derrota colosal.

roger bevins iii

LXXVIII

Llamé a los Solteros, que acudieron al instante y se quedaron flotando por encima de nosotros, dejando caer (con ese encantador e ingenuo estilo que tenían de prestar atención) pequeños birretes de graduación mientras yo les explicaba que estábamos en una situación desesperada y les pedía que recorrieran el recinto entero y nos trajeran cualquiera ayuda adicional que pudieran reclutar.

¿Y cómo se lo decimos exactamente?, preguntó el señor Kane.

¡No somos precisamente «reyes de la palabra»!, dijo el señor Fuller.

Díganles que estamos trabajando para salvar a un chico, dijo el señor Vollman. Cuyo único pecado es ser un niño, y por razones que se nos ocultan, el artífice de este lugar ha decidido que ser niño y amar la propia vida lo bastante como para desear quedarse aquí es, en este lugar, un pecado terrible y digno del castigo más severo.

Díganles que estamos cansados de no ser nada y de no hacer nada y de no importarle nada a nadie, y de vivir en un estado de miedo constante, dijo el reverendo.

No estoy seguro de que podamos acordarnos de todo eso, dijo el señor Kane.

Parece un compromiso muy grande, dijo el señor Fuller.

Se lo dejaremos al señor Lippert, dijo el señor Kane. Que es el más veterano de nosotros.

roger bevins iii

Aunque la Verdad era que los Tres teníamos la misma edad, puesto que los tres habíamos llegado a este Lugar en mitad de nuestro vigésimo octavo año (todavía sin amar y sin casar), yo era en realidad, *técnicamente*, el miembro de mayor Rango de nuestro pequeño Grupo, ya que había llegado aquí el primero (y había estado Solo) casi nueve años. A continuación se me unió el señor Kane (traído aquí prematuramente por una Lanza India clavada en las nalgas), tras lo cual el señor Kane y yo nos convertimos en Inseparable Dúo durante casi once años, hasta que completó nuestro Trío aquel Cachorro, el señor Fuller, que había dado un desacertado y borracho Salto desde lo alto de un silo de Delaware.

Y me dio la impresión, tras cavilar sobre el Asunto, de que no nos interesaba realmente involucrarnos, dado que dicho Asunto no tenía nada que ver con nosotros y podía incluso Amenazar nuestra Libertad misma y cargarnos de Obligaciones Nocivas y limitarnos en nuestra Empresa de hacer en todo momento exactamente lo que Queríamos, e incluso podía ejercer una Influencia Perjudicial sobre nuestra capacidad para quedarnos.

Lo siento muchísimo, grité desde las alturas. ¡No deseamos hacerlo y por consiguiente no lo haremos!

stanley *el profe* lippert

Los sombreros que ahora se pusieron a tirarnos los Solteros eran hongos: negros, sombríos y fúnebres, como si, pese a su habitual despreocupación, entendieran la gravedad del momento y, pese a no tener intención alguna de quedarse, lamentaran no poder prestar más ayuda.

el reverendo everly thomas

Pero su tristeza no duró mucho.

hans vollman

Buscaban el amor (o eso se decían a sí mismos), de forma que debían mantenerse siempre en movimiento: esperanzados, jocosos, animados y sin dejar nunca de buscar por todas partes.

roger bevins iii

En busca de cualquiera que acabara de llegar, o de alguien cuya llegada se les hubiera pasado por alto y cuyos encantos pudieran justificar la renuncia a su querida libertad.

el reverendo everly thomas

Y así se marcharon.

hans vollman

Con *El Profe* Lippert en cabeza, nos embarcamos en una risueña carrera por el recinto.

gene *granuja* kane

Volando bajo por colinas y caminos, dejando atrás a toda velocidad casas de enfermo, cobertizos, árboles y hasta a un ciervo de aquel otro reino.

jack *pamplinas* fuller

Que, sobresaltado por nuestra entrada y nuestra salida prácticamente simultáneas, se encabritó como si le hubiera picado una abeja.

gene *granuja* kane

LXXIX

Desanimada, la gente empezó a abandonar al señor Lincoln.

roger bevins iii

Se encogieron en forma de bolas fetales y se alejaron dando tumbos.

hans vollman

Dando brincos con aire gimnástico.

roger bevins iii

O simplemente aminorando un poco la marcha y permitiendo así que el presidente saliera de ellos.

hans vollman

Todos quedaron postrados sobre el camino, gimiendo de decepción.

el reverendo everly thomas

Todo había sido una farsa.

roger bevins iii

Una quimera.

el reverendo everly thomas

Pura ilusión.

roger bevins iii

Finalmente, al pasar delante de J. L. Bagg, *Ahora vive por siempre en la luz,* también nosotros tres nos salimos.

hans vollman

Primero Bevins y después Vollman y yo.

el reverendo everly thomas

Desgajándonos uno tras otro por el camino, cerca del monumento de los Muir.

hans vollman

(Una tropa de ángeles, rodeando a dos niños gemelos vestidos de marineritos, tumbados uno junto al otro en una losa.)

roger bevins iii

(Felix y Leroy Muir.
Fallecidos en el mar.)

el reverendo everly thomas

(No estaba bien hecho. Daba la sensación de que los ángeles tenían intención de operar a los pequeños marineros pero no sabían muy bien cómo empezar.)

hans vollman

(Además, por alguna razón, había un par de remos sobre la mesa de operaciones.)

roger bevins iii

Solamente entonces nos acordamos del chico y de lo que debía de estar soportando ahora.

hans vollman

Y nos despertamos de golpe, pese a nuestra fatiga, e iniciamos el regreso.

roger bevins iii

LXXX

Y aunque aquella convivencia masiva me había desprendido muchas cosas de dentro (ahora flotaba a mi alrededor una vaga y molesta nube mental de detalles de mi vida: nombres, caras, vestíbulos misteriosos, olores a comidas de mucho tiempo atrás, diseños de alfombras de no sé qué casa, piezas distintivas de cubertería, un caballo de juguete al que le faltaba una oreja, el descubrimiento de que mi mujer se había llamado *Emily*), no había revelado la verdad esencial que yo buscaba: la explicación de por qué había sido condenado. Me detuve en el camino y me quedé rezagado, desesperado por hacer más nítida aquella nube y por recordar quién había sido y qué maldad había cometido, pero no triunfé en este empeño, y luego tuve que apresurarme para alcanzar a mis amigos.

el reverendo everly thomas

LXXXI

El chico yacía desplomado en el suelo de la casa de piedra blanca y envuelto hasta el cuello en un caparazón que ya parecía del todo solidificado.

hans vollman

El lugar estaba invadido de un olor pútrido a cebollas silvestres, que a medida que se intensificaba se iba convirtiendo en otro distinto y más siniestro, en un olor sin nombre.

el reverendo everly thomas

El chico yacía mirándonos desde el suelo, con ojos vidriosos y aquiescente.

roger bevins iii

Se había terminado.

el reverendo everly thomas

El chico necesitaba tomarse su medicina.

hans vollman

Nos congregamos a su alrededor para despedirnos.

roger bevins iii

Imaginen nuestra sorpresa entonces cuando oímos una voz estridente de mujer ofreciéndonos negociar y sugiriendo que «ÉL» no tendría objeción alguna si deseábamos transportar al chico de vuelta al tejado, para que pudiera someterse a su entierro (infinito) ahí.

el reverendo everly thomas

Sepan usted que nosotros no hemos elegido nada de esto, dijo una voz muy grave con un ligero ceceo. Nos vemos forzados.

roger bevins iii

Las voces parecían estar emanando del caparazón en sí.

hans vollman

Que parecía compuesto de *gente*. De gente como nosotros. Como las personas que nosotros habíamos sido. Y lo que antes habían sido personas ahora estaban encogidas e inyectadas de alguna forma en el tejido mismo de aquella estructura. Miles de cuerpecillos diminutos y temblorosos, ninguno de ellos más grande que una semilla de mostaza, mirándonos con sus caritas minúsculas.

el reverendo everly thomas

¿Quiénes eran? ¿Quiénes habían sido? ¿Y cómo habían llegado a verse así de «forzados»?

roger bevins iii

De eso no vamos a hablar, dijo la voz femenina. De eso no vamos a hablar. Cometimos equivocaciones, dijo la voz grave.

hans vollman

Un consejo solamente, dijo una tercera voz, con acento británico. No masacréis a un regimiento entero de enemigos.

Tampoco conspiréis con vuestra amante para deshaceros de un bebé que está vivo, dijo la voz grave que ceceaba.

roger bevins iii

En vez de asesinar a tu pareja con veneno, esfuérzate por aguantarlo, dijo la mujer.

el reverendo everly thomas

La unión sexual con niños no está permitida, dijo la voz de un anciano, originario de Vermont a juzgar por su acento.

hans vollman

Mientras hablaban, la cara de cada uno asomaba desde el caparazón durante un brevísimo instante, con expresión de agonía y agitación.

el reverendo everly thomas

Habíamos visto muchas cosas extrañas aquí.

roger bevins iii

Pero ésta era la más extraña de todas.

hans vollman

¿Están ustedes..., están en el Infierno?, preguntó el reverendo.

No en el peor de todos, dijo el británico.

Por lo menos aquí nadie nos obliga a dar cabezazos contra una serie de manojos de destornilladores, dijo la mujer.

Tampoco nos está sodomizando un toro en llamas, dijo la voz grave que ceceaba.

roger bevins iii

Sea cual sea mi pecado, pensé que debía de ser pequeño (recé porque así fuera) en comparación con los de aquellos tipos. Y, sin embargo, yo era de la misma ralea, ¿no? Daba la impresión de que, cuando me marchara de aquí, iba a ser para unirme a ellos.

Tal como había predicado muchas veces, nuestro Señor es un Dios temible, y misterioso, y no se lo puede predecir, sino que juzga tal y como Él decide, y nosotros somos simples corderos para él, a quienes él no contempla ni con afecto ni con malicia; algunos van al matadero mientras que otros son liberados en el prado, según Su capricho, de acuerdo con unos criterios que nosotros no podemos aspirar a entender.

Solamente podemos *aceptar*; aceptar Su juicio y nuestro castigo.

Sin embargo, aplicadas a mí, aquellas enseñanzas no me satisfacían.

Ay, yo estaba enfermo, enfermo por dentro.

el reverendo everly thomas

¿Qué deciden, pues?, dijo el británico. ¿Aquí dentro? ¿O en el tejado?

hans vollman

338

Todas las miradas se volvieron hacia el chico.

roger bevins iii

Que parpadeó dos veces pero no dijo nada.

hans vollman

Tal vez..., dijo el señor Bevins. Tal vez podrían hacer ustedes una excepción.

Y del caparazón emanó un ruido de risas amargas.

Es un buen chico, dijo el señor Vollman. Un buen chico, con muchos...

Esto mismo se lo hemos hecho a muchísimos buenos chicos, dijo la mujer.

Las reglas son las reglas, dijo el británico.

Pero ¿por qué?, si me permiten la pregunta, dijo el señor Bevins. ¿Por qué tiene que haber reglas distintas para los niños que para el resto de nosotros? No parece justo.

Del caparazón salieron reproches indignados en idiomas diversos, muchos de los cuales nos resultaron completamente extraños.

Por favor, no nos habléis de justicia, dijo la mujer.

Justicia, bah, dijo el hombre de Vermont.

¿Acaso asesiné yo a Elmer?, dijo la mujer.

Pues sí, dijo el británico.

Pues sí, dijo la mujer. ¿Y acaso nací ya con las predisposiciones y deseos que me llevarían, después de toda mi vida previa (durante la cual había matado a cero personas), a hacer *justamente eso*? Pues sí. ¿Y acaso es *culpa mía*? ¿Acaso es *justo*? ¿Acaso yo *pedí* nacer promiscua, codiciosa y ligeramente misántropa y que Elmer me resultara así de irritante? Nada de eso. Pero ahí estuve.

Y aquí estás ahora, dijo el británico.

Aquí estoy, cierto, dijo ella.

Y aquí estoy yo, dijo el tipo de Vermont. ¿Acaso pedí nacer con el deseo de tener relaciones sexuales con niños? No recuerdo pedirlo, allí en el útero de mi madre. ¿Acaso luché contra esa tendencia? Con vigor. Bueno, con un poco de vigor. Con todo el vigor que pude. Con todo el vigor que podía ponerle alguien nacido con aquella desgracia particular y en aquel grado en particular. Y, al marcharme del sitio de antes, ¿acaso intenté presentar este argumento a quienes me enjuiciaron?

Imagino que sí, dijo la mujer.

Por supuesto que sí, dijo el tipo de Vermont con voz indignada.

¿Y cómo reaccionaron ellos?, preguntó el británico.

No muy bien, dijo el tipo de Vermont.

Hemos tenido un montón de tiempo para pensar en estos asuntos, dijo la mujer.

Demasiado, dijo el tipo de Vermont.

Escuchad, entonó la voz grave y ceceante. En el momento de deshacernos de aquel bebé, Marie y yo sentimos que estábamos trabajando al servicio de la bondad. ¡En serio! Nos queríamos, el bebé no había nacido del todo bien, era un impedimento para nuestro amor, el hecho de que creciera (deforme) impediría la expresión natural de nuestro amor (no íbamos a poder viajar, ni cenar fuera, y casi nunca íbamos a conseguir un mínimo de intimidad) y por tanto parecía (nos parecía a nosotros por entonces) que eliminar la influencia negativa que era aquel bebé (tirándolo al arroyo de Furniss) nos liberaría, para poder amar más y existir más plenamente en el mundo, y lo aliviaría a él del sufrimiento que implicaba existir para siempre sin estar bien, es decir, lo liberaría a él también de su sufrimiento y maximizaría el nivel total de felicidad.

O eso te parecía a ti, dijo el británico.

Pues sí, me lo parecía de verdad, dijo el de la voz grave que ceceaba.

¿Y te lo parece ahora?, preguntó la mujer.

Menos, dijo tristemente la voz grave y ceceante.

Entonces tu castigo está teniendo el efecto deseado, dijo la mujer.

el reverendo everly thomas

¡Éramos como éramos!, ladró el tipo de la voz grave y ceceante. ¿Cómo podríamos haber sido de otra forma? O, siendo de aquella manera, ¿cómo podríamos haber actuado de otra forma? *Éramos así entonces*, y lo que nos llevó a aquella situación no fue ninguna maldad innata que tuviéramos dentro, sino el estado de nuestra cognición y nuestra experiencia *hasta aquel momento*.

Fue el Destino, el Sino, dijo el de Vermont.

Fue el hecho de que el tiempo solamente discurre en una dirección y nos arrastra con él, conminándonos siempre a hacer exactamente las cosas que hacemos, dijo la voz grave y ceceante.

Y después se nos castiga cruelmente por ello, dijo la mujer.

Nuestro regimiento estaba siendo duramente castigado por los baluches, dijo el británico. Pero luego cambiaron las tornas y un montón de ellos se rindieron ante nosotros, trayendo una bandera blanca, y en fin: los bajamos a la zanja y mis hombres les dispararon siguiendo mi orden (y ninguno de ellos lo lamentó, créanme); por fin les tiramos encima su bandera blanca a aquellos salvajes y los cubrimos de tierra. ¿Cómo podría haber hecho otra cosa, si el tiempo solamente fluye en una dirección y yo había nacido como había nacido, con mi mal genio y mis ideas sobre la virilidad y el honor, con mi historial de que mis tres hermanos mayores casi me mataran a palizas de niño, con aquel rifle que se veía tan hermoso en mis manos y unos enemigos que parecían tan odiosos? ¿Cómo podía yo (o cualquiera de nosotros) haber hecho otra cosa que lo que hicimos en el momento de hacerlo?

¿Y ese argumento los convenció?, dijo la mujer.

¡Sabes muy bien que no, pedazo de fresca!, dijo el británico. Porque aquí estoy.

Aquí estamos todos, dijo el de Vermont.

Y nos quedaremos para siempre, dijo el británico.

No se puede hacer nada al respecto, dijo el que ceceaba.

No se pudo nunca hacer nada al respecto, dijo la mujer.

roger bevins iii

Eché un vistazo al reverendo y vi que le pasaba por la cara una expresión fugaz de determinación, o de desafío.

hans vollman

Que me metieran en el mismo saco que a *aquella gente*, que aceptaba sus pecados con tanta pasividad, y hasta con orgullo, sin un asomo de arrepentimiento...

No podía soportarlo. Seguramente todavía debía de quedar esperanza para mí, incluso entonces, ¿no?

(Quizá, pensé, la fe es *esto*: creer que nuestro Dios siempre está receptivo a cualquier buena intención por pequeña que sea.)

el reverendo everly thomas

Basta, dijo el tipo de Vermont.

Manos a la obra, dijo la mujer. Ya hemos malgastado demasiado tiempo con éste.

La de antes, dijo el británico, la chica... Era mucho más razonable.

Una chica maravillosa, dijo la mujer. Completamente pasiva.

No nos causó ni una sola molestia, dijo el británico.

Le hicimos todo lo que quisimos y tal como nos apeteció, dijo el de la voz grave y ceceante.

Pero, bueno, ella no tenía a todos estos «ayudantes», dijo el de Vermont.

Cierto, dijo el británico. Nadie la ayudó en nada.

Jovencito, le dijo la mujer. ¿Lo prefieres *aquí* o en el tejado?

roger bevins iii

El chico no dijo nada.

hans vollman

En el tejado, dijo el reverendo. Si les parece a ustedes bien.

Muy bien, dijo la mujer.

El caparazón se cayó al instante y el chico quedó libre.

roger bevins iii

¿Puedo solicitar el honor de llevarlo en brazos hasta ahí arriba?, dijo el reverendo.

Ciertamente, dijo la mujer.

hans vollman

Alargué los brazos y cogí al chico.

Y corrí.

Salí de la cripta y me adentré en la noche.

Corrí-me deslicé.

Corrí-me deslicé como el viento.

Hacia el único lugar que todavía ofrecía alguna esperanza de otorgarle refugio.

el reverendo everly thomas

LXXXII

¡Qué felicidad!
¡Menudo arranque de osadía!

roger bevins iii

¡Cabrón!, le gritó la mujer en tono fatigado.

hans vollman

El señor Vollman y yo salimos correflotando de la casa de piedra blanca en persecución del reverendo.

roger bevins iii

Detrás de nosotros se elevó una ola baja, una muralla movediza hecha de cualquier sustancia en la que aquellos seres demoniacos estuvieran residiendo en aquel instante (hierba, tierra, lápida, estatua, banco)...

hans vollman

Y esa ola nos adelantó...

roger bevins iii

(Como niños en la espuma nos vimos elevados y luego depositados una vez más en el suelo.)

... y alcanzó al reverendo.

Que, aporreado y arengado por aquella materia borrosa que le chapoteaba alrededor, se desvió por la pequeña colina que había junto al cobertizo del jardinero.

Apareció ahora ante nosotros la capilla y de pronto entendimos sus intenciones.

Los seres demoniacos se dividieron en dos sectores, por así decirlo, que se acercaron a toda velocidad al reverendo por los flancos y efectuaron una maniobra de entrecruzamiento al nivel de las rodillas para hacerle tropezar.

En su caída, y a fin de proteger al chico, se puso boca arriba instintivamente para absorber lo peor del impacto.

Y entonces lo atraparon.

Los atraparon.

Buscaban al chico pero, en el acto de atraparlo, amarraron también al reverendo.

Dio la impresión de que en su frenesí ya no eran capaces de distinguir entre reverendo y niño, o bien de que no les interesaba.

hans vollman

Para cuando alcanzamos al reverendo y al chico, los dos ya estaban pegados el uno al otro dentro de un caparazón nuevo y en rápida solidificación.

roger bevins iii

Dentro del cual resonaban los terribles gritos del reverendo.

hans vollman

¡Me han cogido!, gritó. ¡Me han cogido también a mí! ¡Tengo... tengo que irme! ¡Buen Dios! ¿No es verdad? O me quedaré aquí atrapado para siempre...

¡Váyase, sí, por supuesto, sálvese, querido amigo!, le grité yo. ¡Váyase!

¡Pero es que no quiero!, gritó. ¡Me da miedo!

El tono estrangulado e ininteligible de su voz nos hizo saber que el caparazón le había alcanzado la boca, y luego pareció que se le metía también en el cerebro y le provocaba delirios.

Aquel palacio, gritó al final de todo. ¡Aquel espantoso palacio de diamantes!

roger bevins iii

Y entonces, desde dentro del caparazón, nos llegó el familiar pero siempre escalofriante fuegosonido asociado con el fenómeno de la materialuzqueflorece.

hans vollman

Y el reverendo desapareció.

roger bevins iii

La partida del reverendo creó un vacío temporal dentro del caparazón...

hans vollman

El señor Vollman le dio una patada tremenda y lo abolló.

roger bevins iii

Mientras nos abalanzábamos furiosos sobre aquella cosa, clavándole los dedos y hurgando en ella, sentí que los seres demoniacos de dentro nos miraban de soslayo, repugnados por nuestra ferocidad, por el revivir de nuestra tendencia humana a actuar inspirados por el odio. El señor Bevins hundió un brazo hasta el codo en el caparazón. Desde el otro lado, yo conseguí perforarlo con una rama larga. A continuación me puse debajo de la rama, tomé impulso hacia arriba con las rodillas y el caparazón se abrió por la mitad, de tal forma que el señor Bevins pudo meter los dos brazos dentro del todo. Soltando un grito de fatiga, se puso a estirar y enseguida salió dando tumbos el chico, como si fuera un potrillo recién nacido (igual de mojado y sucio), y por un segundo fuimos capaces de observar con claridad, en el interior del caparazón roto, la huella de la cara del reverendo, que me alegro de decir que en aquellos últimos momentos no había vuelto a ser la cara que durante tanto tiempo habíamos asociado con él (aterrada, las cejas enarcadas, la boca convertida en una O perfecta de pavor), al contrario: ahora su faz transmitía una sensación de esperanza vacilante, como si se estuviera yendo a aquel lugar desconocido satisfecho de haber hecho al menos todo lo que había podido mientras estaba aquí.

hans vollman

El señor Vollman agarró al chico y salió corriendo.

Los seres demoniacos manaron desde los restos del caparazón hasta el suelo y emprendieron su persecución.

Pronto al señor Vollman le quedaron los tobillos amarrados al suelo y cayó de rodillas, y los seres demoniacos, otra vez en forma de zarcillos, le subieron a toda velocidad por las piernas y el torso y empezaron a aventurarse por sus brazos.

Yo me acerqué corriendo a él, agarré al chico y salí pitando.

Y en cuestión de segundos me vi también invadido.

roger bevins iii

Me puse en pie de un salto, fui corriendo adonde estaba el señor Bevins, le cogí al chico de los brazos, salí pitando hasta la capilla y, justo antes de que volvieran a alcanzarme, conseguí caer hacia delante atravesando la pared lateral del lado norte.

Este sitio lo conozco, balbuceó el chico.

Supongo que sí, le dije. Todos lo conocemos.

A muchos de nosotros, la capilla nos había servido de portal, había sido nuestro puerto de desembarco, el último lugar en el que nos habían tomado en serio.

hans vollman

La tierra de alrededor de la capilla empezó a arremolinarse.

¿Aquí también?, dije yo. ¿Frente a este lugar sagrado?

Sagrado o impío, a nosotros nos da igual, dijo el británico.

Tenemos un trabajo que hacer, dijo el de Vermont.

Estamos obligados, dijo la mujer.

Venga, hazlo salir, dijo el británico.

Solamente estás retrasando la cosa, dijo el de Vermont.

Estamos amasando fuerzas, dijo el británico.

Enseguida entraremos, dijo la mujer.

Y con ganas, dijo el de Vermont.

Hazlo salir, dijo en tono cortante el que ceceaba.

roger bevins iii

El señor Bevins acababa de entrar atravesando el muro cuando, desde la oscuridad del frente de la capilla, un carraspeo pronunciado y viril nos hizo saber que no estábamos solos.

El señor Lincoln estaba sentado en primera fila, que era donde debía de haberse sentado en el servicio del día anterior.

hans vollman

LXXXIII

Tom cuando ya nos estábamos acercando a la cancela el presi vio la capilla y me dijo que si no me importaba se acercaría a sentarse allí un momento en aquel sitio silencioso y me confió que le daba la sensación de que su chico seguía con él y no se podía quitar de encima esa sensación pero quizá lo consiguiera a base de pasar unos minutos sentado en silencio en aquel lugar de rezo. Rechazó el fanal que yo le ofrecí diciendo que no le iba a hacer falta porque veía bastante bien en la oscuridad siempre había sido así y se alejó por aquel mismo espacio que solamente ayer había estado lleno de cientos y cientos de personas sobre la hierba y bajo la llovizna con sus abrigos negros y sus paraguas en alto y entre los sonidos tristes del órgano de dentro y yo regresé a la caseta del guardia que es donde estoy ahora escribiendo esto mientras fuera los cascos ansiosos de su pobre caballito resuenan sobre los adoquines como si la proximidad de su amo le estuviera llevando a hacer una danza de caballo estacionado a modo de preparación para el largo trayecto a casa.

El presi sigue en la capilla.

Manders, óp. cit.

LXXXIV

Las vidrieras respondían apagada pero sustancialmente a la tenue luz de la luna que se filtraba por ellas.

hans vollman

Imbuyéndolo todo de un tinte azulado.

roger bevins iii

Tras el servicio del día anterior se había vaciado la capilla de sillas dejando solamente las primeras filas, que ahora estaban algo desordenadas.

hans vollman

El señor Lincoln estaba sentado mirando al frente, con las piernas extendidas hacia delante, las manos juntas en el regazo y la cabeza gacha.

Por un momento me pareció que tal vez estuviera dormido.

Pero luego, como si notara intuitivamente nuestra entrada, salió de su ensimismamiento y miró a su alrededor.

roger bevins iii

Había individuos procedentes del recinto entero entrando a raudales a través de los muros de la capilla, como agua a través de una presa de barro mal hecha. Entra, le dije al chico.

hans vollman

El chico parpadeó dos veces. Y entró.

roger bevins iii

Haciendo el mismo gesto de sentarse en el regazo de su padre.

hans vollman

Tal como debía de haber hecho a menudo en el sitio de antes.

roger bevins iii

Sentados ahora uno dentro del otro, ocupaban el mismo espacio físico: el niño era una versión contenida del hombre.

hans vollman

LXXXV

(Padre   Estoy aquí
Qué debo
Si me dice usted que me vaya   Me iré
Si me dice usted que me quede   Me quedo
Espero su consejo   señor)
Me quedé esperando la respuesta de mi padre
La luz de la luna se intensificó   Todo se volvió más
azul   ado   Padre tenía la mente en blanco   blan-
coblancoblanco
Y luego
No me puedo creer que todo esto realmente haya
Se puso a recordar   A repasar mentalmen-
te   Ciertas cosas   Acerca de mí
Relacionadas con mi enfermedad
¿Cómo se llamaba aquella mujer a cuya hija le cayó
un rayo encima? En el campo de heno de Ponce. Justo an-
tes, mientras cruzaban el campo a pie, las dos habían esta-
do hablando de melocotones. De las distintas variantes de
melocotones. Y de cuál prefería cada una de ellas. Durante
las noches siguientes la encontraron deambulando por el
campo de Ponce, en busca de aquella articulación de la

conversación en la que ella pudiera salvar la brecha del tiempo y volver atrás, apartar a la chica de un empujón y recibir ella la descarga fatídica. Era incapaz de aceptar lo sucedido, pero necesitaba volver a ello una y otra vez.

Ahora la entiendo.

Aquella tarde, él trajo cinco rocas en una bandeja. Quería intentar averiguar el nombre científico de cada una de ellas. Las rocas siguen en la bandeja. En el antepecho de la ventana del pasillo que hay cerca de su habitación. (Estoy convencido de que nunca seré capaz de cambiarlas de sitio.)

Hacia el atardecer me lo encontré sentado en las escaleras, con la bandeja en las rodillas.

Caramba, hoy no me encuentro muy bien, me dijo.

Le puse la mano en la cabeza.

Ardía.

willie lincoln

LXXXVI

Aunque le diagnosticaron que la fiebre se la estaba causando un resfriado, le derivó en tifoidea.

Leech, óp. cit.

La fiebre tifoidea opera despacio y con crueldad durante un periodo de varias semanas, despojando a la víctima de su función digestiva, perforándole las entrañas y causándole hemorragias y peritonitis.

Epstein, óp. cit.

Los aplastantes síntomas de su enfermedad no le perdonaron: fiebre alta, diarreas, fuertes dolores abdominales, hemorragias internas, vómitos, fatiga intensa y delirios.

Goodwin, óp. cit.

El elixir paregórico puede mitigar el terrible dolor abdominal; los delirios pueden llevar al niño a un refugio de dulces sueños, o bien arrojarlo a un laberinto de pesadillas.

Epstein, óp. cit.

El paciente tenía la mente errática y no reconocía la cara de amor y preocupación del hombre alto que se inclinaba sobre él.

Kunhardt y Kunhardt, óp. cit.

El presidente llegaba de trabajar para el país y echaba a andar por la habitación, cogiéndose la cabeza con las manos al oír los gemidos de agonía que soltaba su pobre hijo.

Flagg, óp. cit.

De los labios no paraban de manarle «palabras cariñosas, que tienen la misma sangre que los actos grandes y sagrados».

El Lincoln que conocí,
de Harold Holzer, testimonio
de Elizabeth Todd Grimsley

El corazón de Lincoln rebosaba ternura por cualquier ser afligido, ya fuera hombre, bestia o ave.

Holzer, óp. cit.,
testimonio de Joshua Fry Speed

Tenía un corazón de oro. Y una sensibilidad tremendamente cariñosa; era humanitario en extremo.

Wilson y Davis, óp. cit.,
testimonio de Leonard Swett

Jamás en la vida he tenido trato con un hombre tan dispuesto a servir a los demás.

Holzer, óp. cit.,
testimonio de John H. Littlefield

Ciertamente se le daba muy mal odiar.

*Abraham Lincoln: La verdadera
historia de una gran vida,*
de William H. Herndon
y Jesse W. Weik

Cómo debieron de atormentar los sufrimientos de aquel niño amado a alguien provisto de semejante compasión natural.

Flagg, óp. cit.

Willie Lincoln pataleaba y gemía y no se podía hacer nada al respecto.

Hilyard, óp. cit., testimonio
de D. Strumphort, mayordomo

Las mejillas ardiendo, los movimientos frenéticos de los ojos, los gemidos graves de desesperación parecían indicar un gran tormento interior y un deseo subsiguiente de escapar de él y de volver a ser quien había sido, un muchachito feliz.

Hohner, óp. cit.

En sus convulsiones, el joven Willie había tirado a patadas la colcha dorada y violeta, que ahora estaba hecha un montón en el suelo.

Sternlet, óp. cit.

Los adornos amarillos y las borlas y flecos dorados no mitigaban la melancolía de la decoración regia, al contrario: recordaban a los visitantes que la oscuridad y la muerte les llegaban incluso a los príncipes.

Epstein, óp. cit.

Por fin los ojos se apagaron y toda aquella agitación se detuvo. La quietud resultó más aterradora que todo lo de antes. Ahora el chico estaba solo. Nadie podía ayudarlo ni tampoco ponerle obstáculos en el viaje a las profundidades que acababa de emprender.

Hohner, óp. cit.

El rocío de la muerte se le condensó en la frente.

Keckley, óp. cit.

En la habitación de la Muerte, justo antes del cese de la respiración, el tiempo parece detenerse por completo.

Sternlet, óp. cit.

El presidente solamente pudo quedarse mirando, con los ojos muy abiertos, carente de poder alguno en aquel reino brutal al que acababa de llegar.

Hohner, óp. cit.

LXXXVII

Un momento, dijo el chico.

Y se quedó allí sentado, dentro de su padre, con la carita consternada y aspecto de estar más preocupado que reconfortado por lo que fuera que estaba oyendo.

Sal, le ordené yo.

No entiendo, dijo él.

Sal ahora mismo, le dije.

hans vollman

LXXXVIII

El 22 de febrero, embalsamaron el cuerpo los doctores Brown y Alexander, con la asistencia del doctor Wood.

Estudios sobre Lincoln:
Boletín de la Fundación Lincoln
Life, n.º 1511, enero de 1964

Ni Brown ni Alexander embalsamaron personalmente a Willie; la tarea recayó en su experto embalsamador, Henry P. Cattell.

Robando el cuerpo de Lincoln,
de Thomas J. Craughwell

Frank T. Sands era el jefe de embalsamadores. Tal vez fue él quien sugirió la precaución de cubrir el pecho del cadáver con flores verdes y blancas de reseda (*Reseda odorata*), conocida por su aroma dulzón sofocante.

Epstein, óp. cit.

Se usó el método de Sagnet de París.

Estudios sobre Lincoln, óp. cit.

Sagnet había sido pionero en el uso del cloruro de zinc.

*Detener la muerte: Embalsamado
y culto a la inmortalidad durante
el siglo xix*, de Steven Wedge
y Emily Wegde

Cinco litros de una solución al veinte por ciento de cloruro de zinc inyectados en la arteria poplítea no solamente conservaban el cuerpo durante un mínimo de dos años, sino que también operaban una transformación prodigiosa y conseguían que el cuerpo pareciera hecho de luminoso mármol blanco.

Craughwell, óp. cit.

Se hacían afirmaciones extravagantes sobre el procedimiento de Sagnet, como por ejemplo que los restos se convertían en una «efigie hueca, una escultura».

Estudios sobre Lincoln, óp. cit.

Para el procedimiento se montó una mesa de caballete. Se replegaron las alfombras de la Sala Verde y se protegieron los suelos por medio de un cuadrado grande de lona para carpas.

*El asistente del doctor: Memorias
de D. Root*, del doctor Donovan
G. Root

El procedimiento no requería drenar la sangre del cuerpo. Se desnudó al chico y se le practicó una incisión en el muslo izquierdo. Se le inyectó el cloruro de zinc por medio de una bomba metálica de pequeño diámetro.

No se encontraron dificultades fuera de lo ordinario. El punto de entrada requirió una pequeña sutura y luego se volvió a vestir al chico.

Wedge y Wedge, óp. cit.

Como la madre estaba tan afligida, fue el padre quien eligió la ropa para el entierro y nos la mandó dentro de una sombrerera de gran tamaño.

Root, óp. cit.

Willie estaba ataviado con la indumentaria que acostumbraba a llevar a diario: pantalones, chaqueta, calcetines blancos y zapatos bajos. Llevaba el cuello de la camisa blanca vuelto hacia abajo por encima de la chaqueta y los puños de la camisa replegados por encima de las mangas.

Abraham Lincoln: De escéptico
a profeta, de Wayne C. Temple,
citando el *Illinois State Journal*
del 7 de julio de 1871

Todos los de la casa le habíamos visto muchas veces al chico aquel trajecito gris en vida.

Hilyard, óp. cit., testimonio
de D. Strumphort, mayordomo

Al pequeño Willie, patéticamente demacrado, lo vistieron con uno de sus viejos trajes marrones, calcetines blancos y zapatos bajos, como si fuera una marioneta maltratada.

Epstein, óp. cit.

Yacía con los ojos cerrados y el mismo pelo castaño peinado con raya que le habíamos conocido, pálido en el letargo de la muerte. Por lo demás estaba igual que siempre, ya que iba vestido como para una velada cualquiera, y en una de las manos, cruzada sobre el pecho, llevaba un ramo de exquisitas flores.

Willis, óp. cit.

El presidente entró a echar un vistazo, pero antes de tiempo. La mesa de caballete seguía montada. Jenkins estaba recogiendo la lona. Todavía se veían las herramientas de nuestro oficio en la caja abierta. La bomba todavía borboteaba. Yo lamenté el incidente. Estropeó el efecto deseado. El presidente palideció visiblemente, nos dio las gracias y abandonó apresuradamente la sala.

Root, óp. cit.

LXXXIX

El chico estaba sentado, quieto como una estatua y con unos ojos como platos.

roger bevins iii

XC

Se enterró a Willie Lincoln un día de mucho viento, que arrancó los tejados de las casas e hizo jirones las banderas.

Leech, óp. cit.

En el cortejo que subía al cementerio de Oak Hill, en Georgetown, dos caballos blancos llevaban la carroza con el cuerpo de aquel niño que solamente había conocido la felicidad. Pero del carruaje en el que iba sentado el agotado y desolado presidente tiraban dos caballos negros.

Randall, óp. cit.

La galerna había arrancado los tejados de las casas blancas, había roto cristales de ventanas, había arrasado los campos donde el ejército tenía plantadas sus tiendas de campaña, había convertido las calles enfangadas en canales y los canales en rápidos. Las ráfagas del viento habían destruido varias iglesias y muchos cobertizos, habían desarraigado árboles y habían roto las claraboyas de la Biblioteca del Congreso; las olas también habían inundado el Long Bridge, que llevaba a Alexandria cruzando el río Potomac.

Epstein, óp. cit.

El padre pasó en su carruaje entre las ruinas sin verlas.

Leech, óp. cit.

Los carruajes del cortejo fúnebre se extendían por tantas manzanas que se demoraron mucho en llegar serpenteando hasta la zona alta de Georgetown y hasta el hermoso cementerio de Oak Hill con su corona de robles.

Kunhardt y Kunhardt, óp. cit.

Cuando la cabeza del cortejo llegó al cementerio de Oak Hill por Washington Street se consideró necesario, por lo largo de la comitiva, desviar una parte de ésta por Bridge Street hasta High Street. El cortejo subió entonces la colina pasando junto al nuevo embalse de nivel elevado, giró por Road Street y siguió rumbo al este hasta el cementerio, donde el cuerpo de William Wallace Lincoln iba a ser depositado en la cripta de W. T. Carroll, en la parcela 292.

Ensayo sobre la muerte de Willie Lincoln, de Mathilde Williams, conservadora de la Peabody Library Association

Por fin reinó la quietud y los cientos de asistentes se bajaron de sus carruajes y cruzaron la cancela del cementerio hasta la hermosa capilla gótica de piedra roja y vidrieras azules.

Kunhardt y Kunhardt, óp. cit.

En un momento dado salió el sol y su luz, entrando a raudales por las pequeñas ventanas, tiñó todo el interior de un resplandor azul, como si el lugar estuviera en el fondo del mar, causando una pequeña pausa en las oraciones y una sensación de sobrecogimiento entre los congregados.

Smith-Hill, óp. cit.

Allí, con el ataúd presente, el doctor Gurley entonó más plegarias.

Kunhardt y Kunhardt, óp. cit.

Podemos estar seguros —y por consiguiente pueden estar seguros los desconsolados padres y todos los hijos del dolor— de que su aflicción no ha salido del polvo, y de que sus problemas tampoco han brotado del suelo.

Es el proceder recto de su Padre y Dios. Puede que ellos lo consideren un obrar misterioso, pero sigue siendo Su obra. Y aunque ellos estén de duelo, Él les está diciendo, tal como Jesucristo nuestro Señor les dijo una vez a sus discípulos cuando éstos estaban desconcertados por su conducta: «Mis obras no las conocéis ahora, mas las conoceréis después».

Gurley, óp. cit.

Y allí estaba sentado el hombre, con una carga en su mente que sobrecogía al mundo, y encorvado con esa carga tanto en su mente como en su corazón, ¡tambaleándose por el golpe que era que le hubieran quitado a su hijo!

Willis, óp. cit.

El presidente se puso de pie, se acercó al ataúd y se quedó allí plantado él solo.

Los días oscuros,
de Francine Cane

La tensión y el dolor eran palpables en la capilla. Durante aquellos últimos momentos preciosos en compañía de su hijo, el presidente estaba cabizbajo; o bien rezando, o llorando, o consternado, no pudimos verlo bien.

Smith-Hill, óp. cit.

Alguien gritaba a lo lejos. Tal vez algún obrero que dirigía los trabajos para limpiar los resultados de la cataclísmica tormenta.

Cane, óp. cit.

El presidente le dio la espalda al ataúd, en apariencia con un gran esfuerzo de su voluntad, y pensé en lo duro que debía de resultarle dejar atrás a su hijo en un lugar tan sombrío y solitario, algo que nunca habría hecho cuando era responsable del niño en vida.

De la correspondencia privada
del señor Samuel Pierce,
con permiso de sus herederos

Daba la impresión de que había envejecido enormemente en los últimos días. Ahora, mientras se dirigían a él muchas miradas compasivas y plegarias, pareció volver en sí mismo; a continuación salió de la capilla con expresión de gran aflicción pero sin ceder todavía al llanto.

Smith-Hill, óp. cit.

Me acerqué al presidente y, cogiéndolo de la mano, le di mi más sentido pésame.

No pareció que me escuchara.

Un oscuro asombro le iluminó la cara.

Willie está muerto, me dijo, como si acabara de ocurrírsele en aquel momento.

Pierce, óp. cit.

XCI

El chico se puso de pie.

hans vollman

Saliendo así del señor Lincoln.

roger bevins iii

Y se giró hacia nosotros.

hans vollman

Con una expresión afligida en la cara redonda y pálida.

roger bevins iii

¿Puedo decirles una cosa?, preguntó.
Cómo lo amé en aquel momento. Qué muchachito tan fuera de lo común: con su largo tirabuzón en la frente, su barriga redonda y abultada y sus modales casi adultos.
No están ustedes enfermos, nos dijo.

hans vollman

De pronto todo fue nerviosismo y agitación.

roger bevins iii

Esa cosa que hay en mi caja..., dijo. No tiene nada que ver conmigo.

hans vollman

La gente empezó a alejarse lentamente hacia la puerta.

roger bevins iii

O sea, sí que tiene algo que ver, dijo. O *tenía*. Pero ahora soy... soy algo muy alejado. De eso. No lo puedo explicar.

hans vollman

No digas más, dijo el señor Vollman. Ten la amabilidad de dejar de hablar ahora mismo.
Nuestra enfermedad tiene un nombre, dijo el chico. ¿No lo conocen? ¿De verdad no lo conocen?

roger bevins iii

Ahora mucha gente intentaba huir y eso causó un pequeño atasco en la puerta.

hans vollman

Es asombroso, dijo el chico.
Detente, dijo el señor Vollman. Detente, por favor. Por el bien de todos.
Muertos, dijo el chico. ¡Estamos todos muertos!

roger bevins iii

De pronto, detrás de nosotros, se sucedieron como si fueran truenos tres repeticiones en rápida ráfaga del familiar pero siempre escalofriante fuegosonido asociado con el fenómeno de la materialuzqueflorece.

hans vollman

No me atreví a mirar a mi alrededor para ver quién se había ido.

roger bevins iii

¡Muertos!, gritó el chico, casi con alegría, y caminó con orgullo hasta el centro de la sala. ¡Muertos, muertos, muertos!

Aquella palabra.

Aquella terrible palabra.

hans vollman

Purdy, Bark y Ella Blow estaban agitando los brazos dentro de los batientes de una de las ventanas, como si fueran pájaros atrapados, debilitados y amenazados por las temerarias declaraciones del chico.

roger bevins iii

Verna Blow estaba debajo de ellos, suplicándole a su madre que bajara.

hans vollman

Escucha, le dijo el señor Vollman al chico. Te equivocas. Si es verdad lo que dices, ¿quién lo está diciendo?

¿Y quién lo está *oyendo*?, dije yo.

¿Quién está hablando contigo ahora?, dijo el señor Vollman.

¿Con quién hablamos?, dije yo.

roger bevins iii

Pero él no quiso callar.

hans vollman

Con cada frase irresponsable que decía, desmontaba años enteros de trabajo y esfuerzo.

roger bevins iii

Lo ha dicho mi padre, dijo él. Ha dicho que estoy muerto. ¿Por qué iba a decir algo así si no fuera verdad? Acabo de oír que lo decía ahora mismo. O sea, he oído que recordaba haberlo dicho.

Nosotros no supimos qué contestarle.

hans vollman

Ciertamente, no nos parecía (conociéndolo como lo conocíamos ahora) que el señor Lincoln pudiera mentir sobre algo tan trascendental.

Tengo que admitir que aquello me dio que pensar.

Y me acordé en aquel momento de que durante mis primeros días aquí, sí, durante un breve periodo, yo había entendido que estaba...

roger bevins iii

Pero entonces viste la verdad. Viste que te movías y que hablabas y pensabas, y que por tanto tenías que estar simplemente *enfermo*, víctima de alguna enfermedad hasta entonces desconocida, y que no podía ser que estuvieras...

hans vollman

Aquello me dio que pensar.

roger bevins iii

Fui bueno, dijo el chico. O al menos intenté serlo. Y ahora quiero serlo también. E ir adonde tengo que ir. Adonde debería haber ido desde el principio. Mi padre no va a volver aquí. Y a ninguno de nosotros se nos va a permitir volver nunca al sitio de antes.

hans vollman

Ahora estaba dando brincos de alegría, como un niño pequeño que ha bebido demasiada agua. Escuchen, vengan conmigo. ¡Todos! ¿Para qué quedarse? No tiene sentido. Ya hemos acabado aquí. ¿No lo ven?

roger bevins iii

Dentro de los batientes de la ventana, Purdy, Bark y Ella Blow se fueron en un estallido triplemente cegador del fenómeno de la materialuzqueflorece.

hans vollman

Seguidos rápidamente por Verna Blow, que había estado debajo de ellos y que se negó ahora a soportar (como había sido obligada a soportar durante tanto en el sitio de antes) la existencia sin su madre.

roger bevins iii

¡Lo sabía!, gritó el chico. ¡Sabía que había algo en mí que no encajaba!

hans vollman

Su carne se veía fina como el pergamino; los temblores le recorrían el cuerpo.

roger bevins iii

Su figura (tal como les pasa a veces a quienes están a punto de irse) empezó a vacilar entre las distintas personas que había sido en el sitio de antes: un recién nacido de color morado, un bebé desnudo berreando, un niñito con mermelada en la cara y un niño febril en su lecho de enfermo.

hans vollman

Luego, sin cambiar para nada de tamaño (es decir, todavía con tamaño de niño), desplegó sus diversas formas *futuras* (unas formas que, por desgracia, nunca llegó a obtener):

Joven nervioso con levita de boda.

Marido desnudo, con la entrepierna húmeda por el placer reciente.

Joven padre que se levantaba de un salto de la cama para encender una vela al oír llorar a una criatura.

Viudo de luto con el pelo encanecido.

Anciano encorvado con una trompetilla en la oreja, sentado a horcajadas en un tocón y apartando moscas a manotazos.

roger bevins iii

Y en ningún momento pareció ser consciente de esas alteraciones.

hans vollman

Oh, era agradable, dijo con voz triste. Era un sitio muy agradable. Pero ya no podemos volver a él. Lo único que podemos hacer es lo que *deberíamos*.

roger bevins iii

Y entonces respiró hondo, cerró los ojos...

hans vollman

Y se fue.

roger bevins iii

El chico se fue.

hans vollman

Ni el señor Vollman ni yo habíamos estado nunca tan cerca del fenómeno de la materialuzqueflorece ni de su familiar pero siempre escalofriante fuegosonido.

roger bevins iii

La explosión resultante nos derribó.

hans vollman

Mirando desde el suelo con los ojos entornados, tuvimos un último y fugaz vislumbre de la pálida cara de bebé, de unos puños cerrados en gesto de expectación y de una pequeña espalda arqueada.

roger bevins iii

Y el chico ya no estaba.

hans vollman

Por un brevísimo instante quedó atrás su trajecito gris.

roger bevins iii

XCII

Soy Willie   Soy Willie   Soy todavía
No soy
Willie
No willie sino de alguna forma
Menos
Más
Todo está   Permitido ahora   Todo me está
permitido ahora   Todo me está permitido luzluzluz
ahora
Salir de la cama y bajar a la fiesta, permitido
Abejas de caramelo, permitidas
Pedazos de pastel, ¡permitidos!
¡Que la orquesta toque más fuerte!
Mecerme colgado de la lámpara de araña, permitido;
subir flotando hasta el techo, permitido; ir a la ventana
para asomarme afuera, ¡permitido permitido permitido!
Salir volando de la ventana, ¡permitido, permitido
(con todos los invitados de la fiesta riendo y saliendo también flotando felices detrás de mí, animándome a que sí, a
que salga flotando, por favor) (diciendo, ¡oh, ahora se encuentra mucho mejor, ya no parece enfermo para nada!)

Lo que fuera que tenía aquel chaval de antes (willie)
ahora hay que devolverlo (lo estoy devolviendo encantado) porque nunca fue mío (nunca fue suyo) y por consiguiente no me lo están quitando, ¡en absoluto!

Mientras yo (que fui de willie pero ya no soy (solamente) de willie) regreso

A semejante belleza.

willie lincoln

XCIII

El señor Lincoln dio un respingo en su asiento.

roger bevins iii

Como un colegial que se despierta de forma repentina en clase.

hans vollman

Miró a su alrededor.

roger bevins iii

Sin saber exactamente dónde se encontraba por un momento.

hans vollman

Luego se puso de pie y se dirigió rápidamente hacia la puerta.

roger bevins iii

La marcha de su chico lo había liberado.

hans vollman

Y se movió tan deprisa que nos atravesó antes de que pudiéramos apartarnos.

roger bevins iii

Y volvimos a conocerlo fugazmente.

hans vollman

XCIV

Su hijo se había ido; su hijo ya no existía.

hans vollman

Su hijo no estaba en ninguna parte; su hijo estaba en todas partes.

roger bevins iii

Aquí ya no le quedaba nada por hacer.

hans vollman

Es decir, su hijo ya no estaba *aquí* en mayor medida que en ninguna *otra parte*. *Este sitio* ya no era especial.

roger bevins iii

El hecho de demorarse aquí estaba mal; era un acto de complacencia.

hans vollman

El hecho mismo de haber venido ya había sido un desvío y una debilidad.

roger bevins iii

Su mente se había orientado recientemente hacia la *tristeza*; hacia el hecho de que el mundo estaba lleno de tristeza; de que todo el mundo sufría de alguna forma cierta carga de tristeza; de que todos estaban sufriendo; de que fuera cual fuera el camino que uno tomara en este mundo, había que intentar recordar que todos sufrían (nadie estaba feliz; todo el mundo había sido maltratado, abandonado, desatendido y malentendido), y por consiguiente había que hacer lo posible para aligerar la carga de aquellos con quienes uno entrara en contacto; de que su actual estado de tristeza no era exclusivamente suyo, ni mucho menos, sino que la misma aflicción la sentían, y seguirían sintiéndola, montones de personas más, en todas las épocas, en todo momento, y que no había que prolongarla ni exagerarla porque, en aquel estado, uno no podía ser de ayuda a nadie, y, dado que a él su posición en el mundo le permitía o ser de gran ayuda o hacer un gran daño, no estaba bien esconderse si podía evitarlo.

hans vollman

Todo el mundo sufría tristeza o la había sufrido o la sufriría pronto.

roger bevins iii

Era la naturaleza de las cosas.

hans vollman

Aunque en la superficie parecía que cada persona era distinta, esto no era cierto.

roger bevins iii

En el centro de cada persona estaba el sufrimiento, el final que nos aguardaba y las muchas pérdidas que debíamos experimentar de camino a ese final.

hans vollman

Teníamos que intentar vernos los unos a los otros así.

roger bevins iii

Como seres limitados que sufren...

hans vollman

Perpetuamente superados por las circunstancias y provistos de unos dones que las compensaban de forma inadecuada.

roger bevins iii

Y en aquel instante su compasión se extendió a todos, cruzando de forma tambaleante, de acuerdo con su estricta lógica, todas las divisiones.

hans vollman

Se marchaba de aquí roto, sobrecogido, humillado, reducido.

roger bevins iii

Dispuesto a creerse lo que fuera de este mundo.

hans vollman

Convertido en una versión menos rígida de sí mismo gracias a su desgracia personal.

roger bevins iii

Y por consiguiente bastante poderoso.

hans vollman

Reducido, arruinado, reconstruido.

roger bevins iii

Compasivo, paciente, perplejo.

hans vollman

Y, sin embargo...

roger bevins iii

Y, sin embargo...
Estaba en plena lucha. Y aunque sus oponentes también eran seres limitados que sufrían, él debía...

hans vollman

Aniquilarlos.

roger bevins iii

Matarlos y negarles su sustento y meterlos a la fuerza de vuelta en el redil.

hans vollman

Debía (y nosotros sentimos que debíamos también) hacer todo lo posible —en vista de los muchos soldados que yacían muertos y heridos en campo abierto, por todo el país, con las malas hierbas violándoles el torso, con los ojos vaciados por las aves o disolviéndose, con los labios repugnantemente retraídos y con sus cartas empapadas de lluvia, empapadas de sangre o apelmazadas por la nieve dispersas a su alrededor—, hacer todo lo posible para asegurarnos de no vacilar por aquel difícil camino en el que tanto nos habíamos adentrado ya, de no vacilar más (ya habíamos vacilado terriblemente), y por culpa de esa vacilación seguir hundiendo, hundir a más y más de aquellos muchachos, cada uno de los cuales había sido amado alguna vez por alguien.

Hundirmás, hundirmás, pensamos, *hemos de esforzarnos por no hundirmás.*

Debemos derrotar a nuestro dolor; no debe convertirse en nuestro amo, volvernos ineficaces y enterrarnos todavía más en la zanja.

roger bevins iii

A fin de hacer el bien máximo, debemos llevar la situación a su término más rápido y...

hans vollman

Matar.

roger bevins iii

Matar con mayor eficiencia.

hans vollman

No refrenarnos para nada.

roger bevins iii

Hacer que fluya la sangre.

hans vollman

Sangrar y sangrar al enemigo hasta que renazca su buen juicio.

roger bevins iii

Puede que el término más rápido de la situación (y

por tanto el más piadoso) sea también el más sanguinario.

hans vollman

Había que atajar el sufrimiento a base de causar más
sufrimiento.

roger bevins iii

Estábamos deprimidos, perdidos, éramos objeto de
ridículo, no nos quedaba apenas nada, estábamos fraca-
sando, debíamos tomar la iniciativa para detener nuestra
caída y volver a ser quienes habíamos sido.

hans vollman

Teníamos que ganar. Teníamos que derrotar a aquello.

roger bevins iii

El alma se le cayó a los pies al pensar en la matanza.

hans vollman

¿La merecía la situación? ¿Merecía la matanza? En la
superficie, lo que teníamos entre manos era una mera
cuestión técnica (la simple Unión), pero si uno lo miraba
con mayor detenimiento, era más que eso. ¿Cómo debían vivir los hombres? ¿Cómo podían vivir? Ahora se
acordó de sí mismo de niño (escondiéndose de su padre
para leer a Bunyan, criando conejos para ganarse unas
monedas, permaneciendo en la ciudad cuando el demacrado desfile diario decía arrastrando las palabras esas
cosas duras que le hace decir a uno el hambre, obligado a
echarse atrás cuando alguien más afortunado pasaba alegremente a bordo de un carruaje), sintiéndose extraño y
fuera de lugar (y listo, y superior), con sus piernas largas,

siempre haciendo caer cosas accidentalmente, recibiendo apodos (el Mono Lincoln, la Araña, Abrahamono, el Monstruo Jirafa), pero también pensando, en silencio, para sus adentros, que algún día conseguiría algo. Y cuando había salido a buscar ese algo, se había encontrado el camino despejado: era espabilado, caía bien a la gente por sus andares torpes y por su feroz determinación y casi lo enloquecía la belleza de los huertos de melocotones y de los pajares y de las jovencitas y de los prados silvestres y ancianos, y de los grupos perezosos de animales extraños que se movían por el margen de los ríos fangosos, unos ríos que solamente podían cruzarse con la ayuda de algún viejo ermitaño armado con un remo que hablaba en un idioma que apenas se parecía al inglés, y todo aquello, todo aquel botín, era *para todos*, para que lo usaran todos, puesto allí en apariencia para enseñarle al hombre a ser libre, para enseñar que el hombre *podía* ser libre, que cualquier hombre, cualquier hombre blanco y libre, podía venir de un sitio tan bajo como *él* (de la cabaña de Cane había salido un ruido de apareamiento, él se había asomado por la puerta abierta y había visto dos pares de pies todavía con los calcetines puestos y un bebé que pasaba bamboleándose y agarrándose para no caerse a los pies de uno de quienes se apareaban), y que incluso un jovenzuelo que hubiera visto *aquello* y hubiera vivido entre *aquella gente* podía llegar aquí tan alto como él deseaba llegar.

Y a aquello se le oponía esto: los reyezuelos que te quitaban la manzana de la mano y decían que la habían cultivado ellos, a pesar de que lo que tenían les había llegado intacto, o bien lo habían obtenido de forma injusta (la naturaleza de esa injusticia tal vez fuera simplemente que habían nacido más fuertes, más listos o con más energía que otros), y que después de hacerse con la manzana se la comían llenos de orgullo, y parecían creer que no solamente la habían cultivado ellos, sino que habían inventado la misma idea de la fruta, y el coste de aquella mentira recaía en los corazones de la gente baja (el señor Bellway echando a sus hijos de su porche de Sangamon mientras padre y él pasaban tambaleándose con aquel saco enorme de grano combándose entre ellos).

Al otro lado del mar, unos reyes gordos observaban llenos de gozo cómo algo que había empezado tan bien estaba descarrilando (en el Sur también observaban unos reyes parecidos), y si la cosa descarrilaba, descarrilaría del todo, y para siempre, y si a alguien se le ocurría arrancar el tren otra vez, en fin, se diría (y con razón) que la plebe era incapaz de gobernarse sola.

Pero la plebe era capaz. E iba a hacerlo.

Y él lideraría el gobierno de la plebe.

Y alcanzarían la victoria.

roger bevins iii

Nuestro Willie no quería ver nuestra misión truncada por un dolor vano e inútil.

hans vollman

Nosotros nos imaginábamos al chico plantado sobre una colina, saludándonos alegremente con la mano, animándonos a que fuéramos valientes y resolviéramos la situación.

roger bevins iii

Sin embargo (nos atajamos a nosotros mismos), ¿acaso todo esto no eran simples castillos en el aire? ¿Acaso, a fin de poder seguir adelante, no estábamos adjudicándole a nuestro chico una bendición que no teníamos forma de verificar?

Sí.

Eso estábamos haciendo.

hans vollman

Pero teníamos que hacerlo, y creérnoslo, o nos hundiríamos.

roger bevins iii

Y no podíamos hundirnos.

hans vollman

Debíamos continuar.

roger bevins iii

Todo esto lo vimos en el instante que tardó el señor Lincoln en atravesarnos.

hans vollman

Antes de que saliera por la puerta y se adentrara en la noche.

roger bevins iii

XCV

Los negros no habíamos entrado en la iglesia con los demás. Nuestra experiencia nos decía que a la gente blanca no le gustaba particularmente tenernos en sus iglesias. A menos que fuera para aguantar a un bebé en brazos, o bien para sostener en pie o abanicar a alguna persona anciana. Y entonces aquel blanco alto salió por la puerta y se vino directo hacia mí.

Yo mantuve mi posición mientras él me atravesaba y capté algo así como: *Voy a seguir adelante, ya lo creo. Con la ayuda de Dios. Aunque lo normal sería que matar estuviera radicalmente en contra de la voluntad de Dios. ¿Cuál debe de ser la posición de Dios al respecto? Pues ya nos la ha enseñado. Podría detener la matanza. Pero no la ha detenido. No debemos considerar a Dios un Él (un tipo inteligible que da recompensas), sino como un ELLO, una gran bestia situada más allá de nuestro entendimiento, que quiere algo de nosotros, y nosotros se lo tenemos que dar, y lo único que podemos controlar es el espíritu con el que se lo damos y la meta final a la que esa entrega*

sirve. ¿Y a qué meta desea ELLO *que sirvamos? No lo sé.*
Me da la impresión de que lo que ELLO *quiere, de momen-*
to, es más sangre, y alterar las cosas para que dejen de ser
lo que son *y se conviertan en lo que* ELLO *quiere que sean.*
Pero tampoco sé cuál es ese nuevo estado, y espero con pa-
ciencia a descubrirlo, mientras esos tres mil caídos me mi-
ran con expresiones de odio, moviendo nerviosamente sus
manos muertas y preguntando: qué meta puede perseguir
esto que justifique nuestro terrible sacrif...

Luego salió de mí y me alegré.

Cerca de la cancela estaba el señor Havens, en mitad
de la trayectoria de aquel hombre blanco, igual que había estado yo, pero entonces él hizo algo que yo no había
tenido el valor (ni el deseo) de hacer.

sra. francis hodge

XCVI

No sé qué mosca me picó. En el sitio de antes yo
nunca había sido una persona impulsiva. ¿Qué necesidad había tenido de serlo? El señor Conner, la buena de
su mujer y todos sus hijos y nietos eran como una *familia* para mí. Jamás me separaron de mi mujer ni de mis
hijos. Comíamos bien y nunca nos pegaban. Hasta nos
habían dado una casita amarilla pequeña pero bonita.
Era una situación agradable, dadas las circunstancias.
Así que no sé qué mosca me picó.
Al atravesarme aquel hombre, sentí una afinidad con él.
Y decidí quedarme un rato.
Dentro de él.
De forma que allí estábamos, moviéndonos al unísono y yo imitando cada uno de sus pasos. Lo cual no era
fácil. Él tenía las piernas muy largas. Yo estiré las mías
para que encajaran con las suyas y extendí mi cuerpo entero hasta que fuimos del mismo tamaño, y entonces
partimos, a caballo, y (perdónenme) la emoción de ir
una vez más a caballo fue demasiado para mí, y... y me
quedé. Dentro de él. ¡Qué emoción! Hacer lo que me diera la gana. Sin que me lo hubieran ordenado y sin haber-

le pedido permiso a nadie. El techo de una casa en la que llevaba toda la vida viviendo salió volando, por explicarlo así. Conocí al instante partes enormes de Indiana e Illinois (pueblos enteros con su trazado completo y el grado de hospitalidad particular de cada casa que había en ellos, pese a que yo no había estado nunca allí), y hasta me dio la sensación de que aquel tipo... en fin, caray, no diré qué cargo me pareció que ocupaba. Empecé a tener miedo de ocupar a alguien tan dotado. Aun así, me sentía cómodo allí dentro. Y de pronto quise que él *me conociera*. Que conociera mi vida. Que *nos* conociera. A los nuestros. No sé por qué, pero era así como me sentía. Él no sentía *aversión* por mí, puedo explicarlo así. O mejor dicho, él había sentido en el pasado aquella aversión y todavía le quedaban restos de ella, pero el hecho mismo de examinar aquella aversión y ponerla bajo la luz ya la había erosionado un poco. Era un libro abierto. Un libro *abriéndose*. Que acababa de abrirse un poco más. Por medio del dolor. Y de... nosotros. Todos nosotros, los blancos y los negros, que recientemente habíamos habitado en masa dentro de él. Daba la impresión de que no había salido indemne de aquel episodio. En absoluto. Lo había puesto triste. Más triste. Lo *habíamos* puesto triste. Todos, los blancos y los negros, lo habíamos puesto más triste con nuestra tristeza. Y ahora, por extraño que suene, él me estaba poniendo más triste *a mí* con la suya, y pensé: bueno, señor, si vamos a celebrar una fiesta de la tristeza, yo tengo una tristeza en mí de la que creo que tal vez querrá enterarse alguien tan poderoso como usted. Y pensé entonces, con toda la intensidad que pude, en la señora Hodge, y en Elson, y en Litzie, y en todo lo que durante nuestra larga ocupación de aquella fosa yo había oído de sus muchas tribulaciones y degradaciones, y rememoré asimismo a otros miembros de nuestra raza a los que había conocido y amado (a mi madre; a mi esposa; a nuestros hijos, Paul, Timothy y Gloria; a Rance P. y a su hermana Bee; a los cuatro niños de los Cushman), y rememoré todas las cosas que *ellos* habían sufrido, pensando: señor, si es usted tan poderoso como yo siento que es, y si siente usted esa inclinación hacia nosotros que parece sentir, esfuércese por *hacer* algo por nosotros, a fin de que podamos hacer algo por nosotros mismos. Estamos listos, señor; estamos furiosos, somos gente capaz y nuestra esperanza está tan tensada que puede resultar letal, o sagrada: libérenos, señor, denos una oportunidad, déjenos mostrarle lo que somos capaces de hacer.

thomas havens

XCVII

Elson y Litzie habían estado junto a la puerta de la capilla, escuchando lo que pasaba dentro.
Ahora se acercaron trotaflotando y cogidos de la mano.
Ese chico blanco..., dijo Litzie.
Ha dicho que estamos muertos, dijo Elson.

sra. francis hodge

Dios bendito, dijo la señora Hodge.

elson farwell

Durante todos los años que habíamos pasado en la fosa, yo había albergado con ilusión la idea de que algún día Annalise y Benjamin, mis hijos, pudieran...
¿Pudieran qué? ¿Reunirse algún día? ¿Conmigo? ¿Aquí? Era ridículo.
De pronto vi lo ridículo que era.
Pobre de mí.
Pobre de mí, tantos años.
Jamás se reunirían aquí conmigo. Envejecerían y se morirían y los enterrarían *allí*, en aquellos lugares remo-

tos a los que se los habían llevado (cuando me los quitaron). No vendrían *aquí*. Y en cualquier caso, ¿por qué iba a yo a querer algo así? Lo había querido, de alguna forma, cuando únicamente me dedicaba a esperar y había creído estar en plena *pausa*. Pero ahora que...

Ahora que sabía que estaba muerta solamente quería que mis hijos fueran adonde *debían*. Directamente allí. A lo que fuera que había allí. Y en el momento en que lo quise, supe que también yo tenía que ir.

Miré a Litzie tal como solíamos, como diciéndole: mujer, ¿tú qué piensas?

Yo haré lo que haga usted, señora Hodge, dijo Litzie. Usted siempre ha sido una madre para mí.

sra. francis hodge

Qué pensamiento tan triste.

Acababa de recuperar mi voz y ya me llegaba el momento de marcharme.

litzie wright

¿Elson?, le dije.

No, dijo él. Si es cierto que existen cosas como la *bondad*, la *hermandad* y la *redención*, y que uno puede alcanzarlas, en ocasiones han de requerir sangre, venganza, el terror convulso del antiguo perpetrador, la derrota del opresor despiadado. O sea que tengo intención de quedarme. Aquí. Hasta que me haya vengado. De alguien.

(Qué muchacho tan encantador. Y orgulloso. Y dramático.)

Estamos muertos, le dije yo.

Yo estoy aquí, dijo él. Aquí estoy.

No dije más; porque si él quería quedarse, yo no iba a impedírselo.

Todos teníamos que hacer lo que nos apeteciera. ¿Lista?, le dije a Litzie.

Y como si lo hiciera por los viejos tiempos, me dedicó el guiño doble, que siempre había querido decir: sí.

sra. francis hodge

XCVIII

Querido Hermano, una posdata. Después de escribir las páginas anteriores me he acostado. Poco después me ha despertado un ruido de cascos de caballos. He llamado a Grace y ella me ha ayudado a sentarme en la silla de ruedas y a acercarme a la ventana. ¿Y quién se estaba marchando? Pues el señor L. en persona, lo juro. Alejándose en su montura con un aspecto de lo más fatigado y encorvado. He abierto la ventana y le he gritado al «bueno de Manders» que me lo confirmara: ¿acaso era de veras el presidente? ¿Cómo de roto debe de tener el corazón para haber venido hasta aquí a esta hora fría y despiadada de la madrugada?

Ahora necesito que Grace me ayude a volver a la cama. Ya hago lo posible para llamarla sólo lo justo, porque últimamente ha estado un poco cruzada conmigo; siempre anda de mal humor y ya nunca se muestra risueña en mi compañía, como si estuviera harta de mí, y es comprensible. No es muy agradable estar a la entera disposición de alguien tan inmovilizado como yo; y también me parece comprensible su hartazgo porque últimamente estoy teniendo más dolor y a menudo mi buen humor es la víctima. Pero ella no es ninguna amiga. Necesito recordarme esto constantemente. Es alguien a quien hemos contratado para que me cuide. Y eso es TODO.

Hermano, ¿cuándo vuelves a casa? Sé que vives a tu aire, pero me cuesta creer que no te sientas solo. O tal vez hayas seducido a alguna mujer de la pradera... Tu hermana está cansada y sola y enferma. ¿Acaso no me quieres? ¿No quieres volver a verme nunca más? Ven a casa, por favor. No quiero alarmarte. No quiero que estas palabras te obliguen a volver a casa, pero me encuentro muy mal últimamente. Débil y con la mente turbia e incapaz de comer. ¿No es verdad que quienes se quieren deben estar juntos?

Ven a casa, por favor. Te echo mucho de menos. Y en este sitio no tengo amigos de verdad.

Tu hermana, que te quiere.

Isabelle.

Perkins, óp. cit.

XCIX

Nada más abandonar el presidente la capilla salí pitando de la caseta del guardia para abrir la cancela el presi salió sin decir nada con aspecto ensimismado estiró el brazo me dio un apretón afectuoso en el antebrazo luego se subió de un brinco a lomos de su caballito y a mí me dio miedo que bestia y hombre se fueran a caer de costado pero aquel pequeño héroe equino se armó de coraje y se alejó con un trotecillo solemne como si intentara proteger la reputación del presidente a base de fingir que los pies no le iban casi rozando el suelo y te digo Tom que aquel noble jamelgo podría haber estado cargando con Hércules o con G. Washington a juzgar por el orgullo de sus andares cuando los dos desaparecieron por la R Street rumbo al frío de la noche.

Mientras estaba cerrando otra vez Tom tuve la sensación de que alguien me observaba y vi que la «chica misteriosa» de la acera de enfrente estaba sentada en su fiel puesto de la ventana y que levantaba esa ventana desde su asiento con esfuerzo considerable y me llamaba para preguntarme si era el presidente el que acababa de alejarse cabalgando y yo le contesté que ciertamente lo era y fue triste Tom porque la conozco o al menos la he estado viendo desde que era una niña que todavía podía andar y correr junto con todas las demás y ahora debe de tener casi treinta años y le tengo mucho afecto le grité ahora que más le valía cerrar la ventana por el frío porque había oído decir que no estaba bien de salud y ella me dio las gracias por preocuparme y me dijo que era triste ¿verdad? lo del hijo del presidente y yo le dije uy ya lo creo muy triste y ella me dijo que pensaba que el chico debía de estar en un lugar mejor y yo le dije que eso esperaba y que rezaba por ello y nuestras voces quedaron allí flotando como si fuéramos las últimas almas vivas de la Tierra y yo le dije adiós y ella me dijo adiós y bajó la ventana y enseguida su luz se apagó.

Manders, óp. cit.

C

Se produjo entonces un éxodo multitudinario en la capilla; nuestra cohorte empezó a salir atravesando las cuatro paredes a la vez.

hans vollman

Muchos de ellos sucumbiendo sin pararse siquiera.

roger bevins iii

El señor Bevins y yo salimos juntos a la carrera mientras los múltiples casos del fenómeno de la materialuzqueflorece iluminaban la negrura que rodeaba la capilla.

hans vollman

Todo era un caos.

roger bevins iii

El vestido claro de la hermosa mulata violada cayó flotando, con las huellas de sangre todavía manchándole las caderas.

hans vollman

Seguido del voluminoso vestido desocupado de la señora Hodge.

roger bevins iii

El aire iba cargado de palabrotas y gritos y de los susurros de velocidad que emitían nuestros queridos amigos cuando se alejaban desesperados a toda pastilla entre la maleza y los árboles de ramas bajas.

hans vollman

Varios de ellos se habían visto tan gravemente infectados por las dudas que su locomoción se había vuelto imposible.

roger bevins iii

Estos últimos estaban apoyados sin fuerza en las lápidas, se arrastraban como podían por los caminos o bien yacían tirados y con aspecto roto sobre los bancos, como si se hubieran caído del cielo.

hans vollman

Muchos sucumbieron desde aquellas posiciones tan poco dignas.

roger bevins iii

Y ahora el teniente Stone cargó frontalmente contra la capilla.

hans vollman

Directo a por el señor Farwell.

roger bevins iii

Aléjate de aquí, para de Contaminar este lugar Sagrado, TIZÓN.

Como de entre los presentes soy el Hombre que lleva más tiempo en este Lugar (el número de noches que he pasado aquí supera las VEINTE MIL, y el Número de Almas que tras venir a este lugar no han tardado en marcharse movidas por la Cobardía y el Canguelo se acerca según mi último recuento a las NOVECIENTAS), quién ha de dirigir la Situación aquí más que yo, ¡y que me ASPEN y que me ASPEN BIEN si permito que un hombre TIZÓN se aproveche de estos momentos de caos para hacer el vago!

teniente cecil stone

Incluso la confianza extrema que tenía en sí mismo el teniente pareció afectada por la reciente confusión, porque durante esta diatriba no sólo no aumentó de estatura sino que hasta pareció encogerse un poco.

roger bevins iii

El teniente ordenó al señor Farwell que volviera al trabajo, al que fuera que le hubieran asignado, que le hubiera asignado cualquier persona blanca, y al oír aquello el señor Farwell agarró al teniente del cuello de la camisa y lo arrojó violentamente de espaldas.

hans vollman

El teniente preguntó en tono imperioso cómo se atrevía el señor Farwell a tocar a un hombre blanco enfurecido, y le ordenó que lo soltara; como el señor Farwell se negó, el teniente le dio una patada en el pecho, y Farwell salió despedido hacia atrás, y el teniente se puso de pie de un salto y, sentándose a horcajadas encima de Farwell, empezó a pegarle puñetazos en la cabeza. Farwell, desesperado, cogió una piedra cercana del camino y la usó para golpear al teniente en la cabeza, haciéndolo caer al suelo y mandando su tricornio por los aires. A continuación Farwell le puso una rodilla en el pecho al teniente y usó la piedra para machacarle el cráneo hasta convertirlo en una masa aplastada de pulpa, después de lo cual se alejó dando tumbos y se sentó desconsolado en el suelo, con la cabeza apoyada en las manos, llorando.

roger bevins iii

Al teniente se le volvió a formar enseguida la cabeza y revivió, y al ver que el señor Farwell estaba llorando, le ladró que no sabía que los TIZONES pudieran llorar, porque para llorar hacía falta poseer emociones humanas, y nuevamente ordenó al señor Farwell que volviera al trabajo, al que fuera que le hubieran asignado, que le hubiera asignado cualquier persona blanca, y nuevamente el señor Farwell agarró al teniente por el cuello de la camisa, y nuevamente el teniente le preguntó en tono imperioso cómo se atrevía a tocar a un blanco enfurecido y le ordenó que lo soltara, y como el señor Farwell volvió a negarse, el teniente volvió a darle una patada en el pecho...

hans vollman

Y etcétera.

roger bevins iii

La cosa todavía duraba cuando huimos de la escena.

hans vollman

Y no daba señales de calmarse.

roger bevins iii

Se desarrollaba con una furia que sugería que probablemente los dos seguirían peleando durante toda la eternidad.

hans vollman

A menos que se produjera alguna alteración fundamental e inimaginable de la realidad.

roger bevins iii

CI

El señor Vollman y yo correflotamos hacia nuestras casas.

roger bevins iii

Agitados.

hans vollman

Incluso nosotros estábamos agitados.

roger bevins iii

Hermano, ¿qué vamos a hacer?, le pregunté levantando la voz.

Estamos aquí, me respondió gritando también el señor Vollman. Míreme. Estoy aquí. ¿Quién es... quién es el que habla? ¿Quién oye lo que digo?

Pero estábamos agitados.

roger bevins iii

Nos encontramos entonces con los infames Baron, desplomados encima del montículo de enfermo de Constantine (una lápida vulgar de caliza, con una esqui-

na agrietada y estropeada por muchas décadas de caga-
das de pájaro...

hans vollman

Porque alguien, mucho tiempo atrás, había plantado un arbolito encima, para proteger a Constantine
del sol).

roger bevins iii

Levanta, levanta.
Nada de pararse, j... Nada de pensar, j...

eddie baron

No estoy pensando, c...
Es que no me encuentro bien.

betsy baron

Mírame, tú mírame.
¿Te acuerdas de cuando vivíamos en aquel p... campo tan bonito? Con los niños... En el, hum, amplio prado...
En aquella tienda de campaña. ¿Te acuerdas? Después de que el p... Donovan nos desahuciara de aquel cu-
chitril de m... junto al río? Qué tiempos aquéllos, ¿eh?

eddie baron

¡Aquello no era ningún amplio prado, j...! ¡Pedazo de
c...! ¡Era el sitio donde toda la p... escoria iba a c... y a tirar su p... basura!

betsy baron

Pero qué vistas tenía, ¿no? No hay muchos niños que
puedan disfrutar de esas vistas. Podíamos asomarnos a

la entrada de nuestra tienda y allí mismo la teníamos: la
p... Casa Blanca.

eddie baron

Sí, pero lo primero que había que hacer era dar la
vuelta al p... estercolero. Con cuidado de aquellas p... ratas enormes. Y aquella panda de c... babosos prusianos
que vivían allí.

betsy baron

Pero a ti nunca te babosearon.

eddie baron

¡Y una m...! ¡Una vez le tuve que quemar la p... pierna a uno con una pala llena de carbón caliente! ¡Para sa-
cármelo de encima! ¡Se me metió en la p... tienda! ¡Delante de los p... niños! ¡No me extraña que no vengan
nunca a vernos! Llevamos aquí... ¿cuánto llevamos aquí?
Una p... eternidad. Y no han venido ni una vez.

betsy baron

¡Que se vayan a la m...! Esas sabandijas ingratas de
m... no tienen ningún p... derecho a culparnos de nada
hasta que se hayan puesto en nuestro p... lugar y hayan
visto cómo es, y ninguno de esos c... se ha puesto nunca
ni un p... segundo en nuestro lugar.

eddie baron

Eddie... no.
Eran nuestros hijos.
Y la c...mos.

betsy baron

Nada de m... tristes.
Y nada de pararse, j... Nada de pensar, j...
¿Sabes por qué?
¡Porque queremos quedarnos! Todavía tenemos pendientes un montón de p... celebraciones, ¿verdad?

eddie baron

Eddie.
Estamos muertos, j..., Eddie.
Te quiero, c... de m...

betsy baron

No.
No no no. No lo hagas. No.
Quédate conmigo, h..., chica.

eddie baron

La carne se le volvió fina como el pergamino. Los temblores le recorrieron el cuerpo. Su figura empezó a vacilar entre las distintas personas que había sido en el sitio de antes (demasiado depravadas, empobrecidas y vergonzosas como para mencionarlas) y luego entre las diversas figuras futuras en las que, por desgracia, ya nunca conseguiría convertirse: madre atenta, concienzuda cocinera de pan y pasteles, feligresa abstinente, respetada abuela de voz suave rodeada de la adoración de su limpia descendencia.

roger bevins iii

Llegó entonces el familiar pero siempre escalofriante fuegosonido asociado con el fenómeno de la materialuzqueflorece.

hans vollman

Y la mujer desapareció.

Su ropa harapienta y maloliente cayó al suelo a su alrededor.

El señor Baron aulló una retahíla prodigiosa de palabrotas y sucumbió, aunque a su pesar, movido por el desmedido afecto que le tenía a aquella mujer; el color de su fenómeno de materialuzqueflorece no fue el habitual blanco luminoso sino más bien un gris deslucido.

Su ropa, que olía a tabaco, sudor y whisky, también se cayó.

Y vimos una figura corriendo, y una caricatura obscena.

CII

De pronto el señor Bevins tenía mal aspecto.
La carne se le volvió fina como el pergamino. Los temblores le recorrieron el cuerpo.

hans vollman

Se me llenó la cabeza de recuerdos.
Me acordé de cierta mañana. La mañana de mi...
La mañana en que yo...
Acababa de ver a Gilbert. En la panadería.
Sí. Ya lo creo.
Dios mío.
Estaba... ¡oh, qué dolor! Estaba *con alguien*. Con un hombre. Alto y de pelo oscuro. De pecho fornido. Gilbert le susurró algo y los dos se ricron. A mis expensas, parecía. El mundo se vino abajo. De pronto parecía un decorado teatral construido para contar un chiste en particular del que yo era la víctima: nacido con mi tendencia, había encontrado a Gilbert y había llegado a amarlo, pero no iba a poder estar con él (porque él deseaba llevar una vida «correcta»). Luego venía el remate del chiste: yo, alicaído en la puerta de aquella panadería,

con mi hogaza de pan en la mano, y ellos dos acercándose, haciendo una pausa —el susurro, la risa— y separándose para pasar cada uno a un lado de mí, momento en el cual aquel tipo nuevo (era guapísimo) enarcó una ceja, como diciendo: «¿*Éste*? ¿*Éste* es él?».

Y luego otra ráfaga letal de risas.

Corrí a casa y...

Procedí.

roger bevins iii

El señor Bevins cayó de rodillas.

Su figura vaciló entre las distintas personas que había sido en el sitio de antes.

Joven afeminado pero afectuoso, objeto de atención constante por parte de su contingente de hermanas.

Estudiante diligente, encorvado sobre sus tablas de multiplicar.

Joven desnudo en unas cocheras, estirando el brazo para besar afectuosamente al tal Gilbert.

Buen hijo, posando entre sus padres para un daguerrotipo conmemorativo de su cumpleaños.

Desastre desconsolado y de cara ruborizada, con las lágrimas cayéndole por las mejillas, cuchillo de carnicero en la mano y una jofaina de porcelana en el regazo.

¿Se acuerda?, me dijo. ¿De cuando llegué aquí? Fue usted muy amable conmigo. Me tranquilizó. Y me convenció para que me quedara. ¿Se acuerda?

Estuve encantado de poder ayudar, le dije yo.

Acabo de acordarme de otra cosa más, me dijo, con un tono asombrado. Su esposa vino en una ocasión de visita.

hans vollman

No recuerdo que eso ocurriera, respondió en tono envarado el señor Vollman. Mi esposa cree que la mejor forma de ayudar a mi recuperación es concederme un periodo de soledad, así que prefiere no visitarme.

Amigo, le dije yo. Ya basta. Hablemos sinceramente. Estoy recordando muchas cosas y sospecho que usted también.

En absoluto, dijo el señor Vollman.

Vino aquí una mujer rolliza y sonriente, le dije. Debe de hacer un año. Y nos contó muchas cosas, episodios felices de su vida (sus numerosos hijos, el marido excelente que había tenido), y le dio las gracias a usted —a *usted*, imagine— por lo amable que había sido con ella en los viejos tiempos, una amabilidad que, en palabras de ella, le «permitió entregarse sin mácula al que resultaría ser el gran amor de mi vida». Le dio las gracias a usted por ponerla «en el camino del amor» y por no haber sido nunca (ni una sola vez) desagradable con ella, al contrario, siempre amable, tierno y considerado. «Un amigo de verdad», lo llamó a usted.

Al señor Vollman le caían las lágrimas por la cara.

Ella le hizo el honor de venir a despedirse de usted, señor, y de pie ante su tumba explicó que en el futuro no podría unirse con usted allí, porque cuando le llegara el momento tendría que yacer junto a aquel otro tipo, su marido, que era...

Por favor, dijo el señor Vollman.

Que era mucho más joven, le dije. Que usted. Es decir, mucho más cerca de la edad de ella.

Usted, dijo de golpe el señor Vollman. Usted se cortó las venas y se desangró en el suelo de su cocina.

Sí, le dije yo. Así es.

Hace muchos años, dijo él.

415

Muchísimos, le dije yo.

Oh, Dios, dijo el señor Vollman, y la carne se le volvió fina como el pergamino, los temblores le recorrieron el cuerpo y su figura empezó a vacilar entre las distintas personas que había sido en el sitio de antes.

Aprendiz lampiño con guardapolvo manchado de tinta.

Joven viudo, secándose las lágrimas derramadas por su primera esposa, con los bordes de las uñas azules típicos de su oficio, a pesar de haberse lavado obsesivamente antes del funeral.

Tipo solitario de mediana edad, despojado de toda esperanza, que únicamente trabajaba, bebía y se iba (deprimido) de putas de vez en cuando.

Impresor corpulento de cuarenta y seis años, con peluca y dentadura de madera, que en la fiesta de Año Nuevo de los Wickett divisó al otro lado del salón a una radiante jovencita con vestido de color lima (poco más que una niña, en realidad), y en aquel momento dejó de sentirse viejo y se vio nuevamente joven (interesante, vital, apuesto), y por primera vez en años creyó que tenía algo que ofrecer y alguien a quien esperaba tener la oportunidad de ofrecérselo.

roger bevins iii

¿Nos vamos?, dijo el señor Bevins. ¿Nos vamos juntos?

Y adoptó sus diversas formas futuras (unas formas en las que, por desgracia, nunca llegaría a convertirse).

Joven apuesto en la proa de una embarcación, contemplando una hilera de casas amarillas y azules que acababan de aparecer en una costa lejana (y en aquel viaje lo había follado y lo había follado bien un ingeniero brasileño, enseñándole mucho y dándole mucho placer) (y ahora el señor Bevins sabía que aquella vida *sí* estaba hecha para él, fuera o no a ojos de Dios).

Amante satisfecho desde hacía muchos años de un afable y barbudo farmacéutico llamado Reardon.

Próspero y gordezuelo individuo de mediana edad, cuidando al pobre Reardon durante su enfermedad final.

Vejestorio de casi cien años, felizmente libre de todo deseo (de hombres, comida o aliento), transportado a la iglesia a bordo de una especie de vehículo milagroso frente al cual no iba ningún caballo, provisto de ruedas de caucho y tan ruidoso como un cañón que nunca paraba de disparar.

hans vollman

Muy bien, dijo el señor Vollman. Vayámonos. Juntos.

roger bevins iii

Y pareció que habíamos dejado atrás el momento de la decisión. Por fin imperaba en nosotros el conocimiento de lo que éramos y no había forma de negarlo.

hans vollman

Y, sin embargo, algo nos frenaba.

roger bevins iii

Y nosotros sabíamos qué era.

hans vollman

Quién era.

roger bevins iii

417

Perfectamente coordinados, vuelaflotamos rumbo al este (erráticamente, rebotando contra las rocas, los altozanos y las paredes de las casas de piedra, como pájaros heridos, sin sentir más que ansiedad por alcanzar nuestro destino), parpadeando, débiles y debilitándonos todavía más, sostenidos apenas por un resto cada vez más precario de fe en nuestra propia realidad, rumbo al este y al este y al este, hasta alcanzar el borde de aquel yermo deshabitado de varios centenares de metros.

roger bevins iii

Que terminaba en la temida verja de hierro.

hans vollman

CIII

La señorita Traynor yacía como de costumbre, atrapada contra la verja y al mismo tiempo parte de ella, manifestándose en aquellos momentos como un tren de dimensiones reducidas, estrellado y humeante, con varias docenas de individuos calcinados y agonizantes atrapados dentro de ella y ladrando exigencias completamente obscenas mientras las «ruedas» de la señorita Traynor giraban despiadadamente sobre varios puercos, que (según nos dieron a entender) eran quienes habían causado el choque, y que poseían caras y voces humanas y se dedicaban a chillar lastimeramente mientras las ruedas giraban y giraban y los aplastaban y los volvían a aplastar, despidiendo olor a cerdo quemado.

hans vollman

Estábamos allí para disculparnos.

roger bevins iii

Por nuestra cobardía en el momento inicial de la condenación de la chica.

hans vollman

419

Que llevaba desde entonces remordiéndonos la conciencia sin descanso.

Nuestro primer y enorme fracaso.

Nuestro abandono inicial de los principios éticos que nos habíamos traído del sitio de antes.

Plantado frente al vagón en llamas, llamé a quien hubiera dentro.
¿Puedes oírme, querida?, le grité. Queremos decirte una cosa.

El formidable tren se agitó un poco en sus vías, las llamas se elevaron de golpe y varios de los puercos que habían causado el accidente se giraron hacia nosotros y con un hermoso dialecto americano que les salía de unas caras humanas perfectamente formadas, nos dijeron, en términos muy claros, que a la chica no se la podía salvar y que tampoco quería que la salvaran, que lo odiaba todo y nos odiaba a todos, y que si realmente nos preocupábamos por ella, ¿por qué no la dejábamos en paz?, nuestra presencia agravaba su sufrimiento ya de por sí considerable y le recordaba las esperanzas que había tenido en el sitio de antes, y a la persona que había sido cuando había llegado aquí.

Una niña que giraba sobre sí misma.

hans vollman

Con un vestido de verano cuyos colores no paraban de cambiar.

roger bevins iii

Pedimos perdón, le grité. Perdón por no haber hecho más para convencerte de que te fueras de aquí cuando todavía tenías esa posibilidad.

Teníamos miedo, dijo el señor Bevins. Temíamos por nosotros.

Estábamos angustiados, dije yo. Nos angustiaba que nuestra misión pudiera fracasar.

Creíamos que debíamos conservar nuestros recursos, dijo el señor Bevins.

Sentimos que te haya pasado esto, le dije yo.

No te lo merecías, dijo el señor Bevins.

Y perdón sobre todo por no quedarnos a consolarte cuando te viniste abajo, le dije.

Anda que no os escabullisteis, dijo uno de los puercos.

hans vollman

El recuerdo le crispó la cara al señor Vollman.

Luego algo cambió y de pronto se lo vio fuerte y lleno de vida, tal como debía de haber sido cuando trabajaba en su taller, un hombre que no se habría escabullido de nada.

Y pasó a toda velocidad por sus diversas formas futuras.

Tipo sonriente en una cama deshecha, la mañana después de que Anna y él consumaran su matrimonio (ella le puso la cabeza felizmente sobre el pecho y le colocó una mano en la entrepierna, ansiosa por empezar otra vez).

Padre de niñas gemelas que parecían versiones más pequeñas y pálidas de Anna.

Impresor retirado con problemas en las rodillas, a quien ayudaba a caminar por la acera la misma Anna, que también estaba mayor pero seguía siendo hermosa, y mientras caminaban se intercambiaban confidencias, un poco por costumbre, no siempre mostrándose de acuerdo y en un código que parecía haberse desarrollado entre ellos, acerca de las gemelas, que ahora también eran madres.

El señor Vollman se giró hacia mí, sonriendo con dolor pero también con amabilidad.

Nada de todo eso pasó nunca, me dijo. Ni pasará.

Luego respiró hondo.

Y entró en el tren en llamas.

roger bevins iii

Allí dentro distinguí a la señorita Traynor, en lo que había sido el vagón comedor; su cara se veía claramente en el papel a rayas de color lavanda de la pared.

hans vollman

El joven señor Bristol me deseaba, los jóvenes señor Fellowes y señor Delway me deseaban. Al atardecer se sentaban en la hierba a mi alrededor y en sus miradas ardía el deseo más ferbiente y amable.

Era todo muy

Luego madre mandaba a Annie que viniera a

Qué ganas tenía yo de abrazar un dulce bebé.

Podría usted señor

Podría usted hacerme un favor Un favor enorme

Sé perfectamente que ya no soy tan guapa como antaño.
Podría usted intentar
Intentar por lo menos
Hacerlo aquí. Hacerlo ahora. Le ruego
Volar este puto tren de mierda joder por los aires.
Señor.
Cuando se vaya.
Por favor Eso me podría liberar Bueno no sé No lo sé seguro
Pero hace tanto tiempo que sufro aquí

elise traynor

Lo voy a intentar, le dije yo.

hans vollman

Dentro del tren se oyó el familiar pero siempre escalofriante fuegosonido del fenómeno de la materialuzqueflorece.

El tren se puso a vibrar y los cerdos a chillar.

Yo me tiré a la tierra bendita, que pronto ya no sería mía.

El tren explotó. Hubo una lluvia de asientos, trozos de puerco, menús, maletas, periódicos, paraguas, sombreros de señora, zapatos de hombre y novelas baratas.

Yo me puse de rodillas y vi que en el sitio donde había estado el tren ahora solamente estaba la temida verja de hierro.

Y ya no me quedó otra cosa que hacer que marcharme.

Aunque todavía pesaban mucho en mí las cosas del mundo.

Como por ejemplo: una pandilla de niños caminando pesadamente bajo una nevada de diciembre con viento de costado; alguien compartiendo una cerilla con un amigo bajo una farola inclinada por una colisión; un reloj paralizado, visitado por los pájaros en su alta torre; el agua fría de una jarra de hojalata; secarse con la toalla tras quitarse la camisa pegada a la piel por un chaparrón de verano.

Las perlas, los harapos, los botones, la pelusa de la alfombra, la espuma de la cerveza.

Los deseos de felicidad que te mandaba alguien, alguien que se acordaba de escribir, alguien que se daba cuenta de que no te sentías del todo bien.

El rojo mortal de un asado sanguinolento sobre una bandeja, un seto que no te alcanza el hombro cuando llegas tarde a una escuela que huele a tiza y a fuego de leña.

Ocas en el cielo, tréboles en el suelo, el ruido que haces al respirar cuando te falta el aliento.

La forma en que el tener los ojos húmedos desdibuja el firmamento, el dolor que te deja en el hombro cargar con un trineo, escribir el nombre de tu amada en una ventana escarchada con un dedo enguantado.

Atarte un zapato, hacer un nudo en un paquete, una boca en tu boca, una mano en tu mano, el final del día, el inicio del día, la sensación de que siempre habrá un día por delante.

Adiós, ahora tengo que decir adiós a todo.

La llamada de los somorgujos en la noche, el calambre en la pantorrilla en primavera, el masaje de cuello en el salón, el sorbo de leche al final del día.

Un perro patizambo que estira orgullosamente la hierba hacia atrás para cubrir pudorosamente su cagada; un frente de nubes que se deshace valle abajo en el curso de una hora intensificada por el coñac; las lamas de una persiana que ceden polvorientas cuando pasas el dedo por ellas, y ya es casi mediodía y tienes que decidirte; has visto lo que has visto y te ha herido y parece que solamente te queda una opción.

Un cuenco de porcelana manchado de sangre se vuelca sobre el suelo de madera, tu último aliento incrédulo no mueve para nada una monda de naranja tirada entre la fina capa de polvo estival, el pánico pasajero te ha hecho dejar el cuchillo fatídico sobre la familiar baranda tambaleante, más tarde madre (madre querida) (con el corazón roto) lo llevará (tirará) a las lentas aguas de color chocolate del Potomac.

Nada de todo eso fue real; nada fue real.

Todo fue real; inconcebiblemente real, infinitamente amado.

Todas estas y otras cosas empezaron siendo nada, algo latente en el seno de un enorme caldo de energía, pero luego les pusimos nombre y las amamos y de esa forma las hicimos aparecer.

Y ahora tenemos que perderlas.

Os mando esto, queridos amigos, antes de marcharme con esta ráfaga instantánea de pensamiento, desde un sitio donde el tiempo se ralentiza y después se detiene y podemos vivir eternamente en un solo instante.

Adiós adiós ad...

roger bevins iii

CIV

Caroline, Matthew, Richard y yo estábamos enredados en nuestra parcela junto al poste de la bandera: mi miembro unido a la boca de Caroline, el trasero de ella unido al miembro de Richard, el miembro de Matthew a mi trasero y las partes de Caroline compartidas por la boca de Matthew y mi dedo corazón extendido para acariciárselas.

sr. leonard reedy

Parecía que nos habíamos perdido el gran jolgorio.

sra. caroline reedy

Justamente por estar entregados a nuestro propio jolgorio.

richard crutcher

Pero entonces el ruido de muchos fenómenos de materialuzqueflorece se volvió molesto...

sra. caroline reedy

Los hombres nos quedamos fláccidos.

sr. leonard reedy

Y eso nos complicó seguir con el jolgorio.

sra. caroline reedy

Richard, el señor Reedy y yo nos subimos los pantalones; la señora Reedy se arregló la falda y la blusa y todos echamos a andar siguiendo la verja con paso ligero en dirección al otro jolgorio (menor).

matthew crutcher

Por el camino vimos un momento al señor Bevins...

sra. caroline reedy

Marica de mierda.

richard crutcher

De rodillas junto a la verja, murmurando él solo.

sr. leonard reedy

Luego el coñazo de siempre.
Destello de luz y lluvia de ropa.

matthew crutcher

Y adiós Bevins.

richard crutcher

CV

Casi había salido el sol.

Quienes habíamos sobrevivido a aquella atroz noche estábamos apiñados, conversando y emprendiendo breves expediciones a la carrera en busca de otros supervivientes.

No encontramos a Purdy ni a Johannes ni a Crawley.

No encontramos a Pickler, a Ella Blow, a Verna Blow, a Appleton, a Scarry ni a Thorne.

Midden estaba desaparecido, igual que Goncourt, Cupp, Edwell y Longstreet.

El reverendo Thomas: desaparecido.

Hasta Bevins y Vollman, dos de nuestros residentes más antiguos y fieles, se habían ido.

Qué lástima nos daban. Qué crédulos. Habían sucumbido a las peroratas de un crío. Y se habían perdido para siempre.

Qué bobos.

lance durning

Aquí estábamos, ¿verdad? Si no, ¿quién hablaba? ¿Y quién oía?

percival *bólido* collier

428

Menuda masacre.
Y eso que solamente habíamos podido inspeccionar
una fracción diminuta del recinto.

lance durning

Pronto empezó a amanecer de verdad y se nos echó
encima la habitual debilidad por todo el cuerpo y su sensación adjunta de merma, de forma que nos fuimos zumban-
do a nuestras casas respectivas y nos colocamos delicada-
mente en el interior de nuestras figuras de enfermos, con
los ojos cerrados o bien apartando la mirada para no ver en
qué se habían convertido aquellas cosas repugnantes.

robert g. twistings

Y mientras salía el sol entonamos, cada uno para sí
mismo, nuestra plegaria habitual.

lawrence t. decroix

La plegaria para seguir aquí cuando se pusiera el sol
de nuevo.

sra. antoinette boxer

Y para descubrir, en esos primeros momentos de
movimiento restaurado, que se nos había concedido una
vez más la madre de todos los dones:

robert g. twistings

El tiempo.

lance durning

Más tiempo.

percival *bólido* collier

CVI

Como siempre que salía el Sol, los dos Reinos se fundieron, y todo lo que era verdad en el Nuestro se volvió verdad en el de Ellos. Todas las Piedras, Árboles, Matorrales, Colinas, Valles, Arroyos, Charcas, Ciénagas, Zonas de Luz y Sombra se fusionaron y se volvieron idénticos en ambos Entornos, hasta que no se pudo distinguir un Reino del otro.

Esa noche habían acontecido muchas Cosas Nuevas, Extrañas e Inquietantes.

Los Tres Solteros habíamos visto desarrollarse todo desde Las Alturas: a salvo, separados del resto y Libres; tal como nos gustaba.

Mandé a mis jóvenes Pupilos que emprendiéramos ahora una apresurada Retirada a nuestros Cajones de enfermos y que entráramos.

En Aquello que nos Aguardaba allí dentro.

stanley *el profe* lippert

Puaj.

gene *granuja* kane

430

No nos gustaba entrar en aquellas cosas.

jack *pamplinas* fuller

Para nada.

gene *granuja* kane

Pero *aquél* era el Precio: teníamos que habitar, plenamente Conscientes pero Inertes, dentro de aquellas Cosas Repugnantes que antaño se habían Parecido a nosotros (caray, antaño habían Sido nosotros) (y a las que tanto habíamos Querido) hasta que volviera a caer la Noche, momento en el cual, al salir de Ellos, éramos...

stanley *el profe* lippert

Libres.

gene *granuja* kane

Libres de nuevo.

jack *pamplinas* fuller

Plenamente nosotros.

gene *granuja* kane

Con toda la Bendita Creación restaurada para nosotros.

stanley *el profe* lippert

Y todo posible de nuevo.

gene *granuja* kane

Ninguno de los Tres nos habíamos Casado nunca, ni tampoco habíamos Amado realmente, pero en cuanto

volvía a Caer la noche, y si nos encontrábamos todavía
Residiendo aquí, podíamos tachar ese «nunca»...

stanley *el profe* lippert

Porque hasta que lleguemos a nuestro fin, no se puede decir realmente «nunca».

jack *pamplinas* fuller

Y todavía podremos encontrar el amor.

gene *granuja* kane

CVII

Acabo de llevar el fanal a la cripta de Carroll Tom para asegurarme de que todo estaba bien y me he encontrado el ataúd del joven Lincoln sobresaliendo un poco del nicho de la pared y lo he empujado para volver a meterlo oh pobre chaval ya al final de la primera de las muchas noches de soledad que lo esperan una triste eternidad entera de noches así.

No pude evitar pensar en nuestro Philip que tiene la misma edad más o menos que el chaval del presidente y que ahora estará corriendo por el jardín y entrará en la casa completamente iluminado por dentro de alegría de vivir después de haber estado coqueteando por encima de la cerca con las señoritas amy y reba leonard de la casa de al lado con el pelo todo alborotado y agarrará una escoba y en su exceso de buen humor le dará un escobazo en todos los cuartos traseros a la señora Alberts la cocinera pero cuando ella se gire para darle un sopapo con un nabo gigantesco en la mano y le vea esa cara resplandeciente solamente podrá dejar caer el nabo en la palangana y lo agarrará del cuello y lo besuqueará mientras yo le doy en secreto la escoba para que cuando él se largue victorioso ella le pueda devolver un escobazo vengador en el trasero de los familiares pantalones desgastados de tanto llevarlos para jugar y también un buen pellizco porque esa mujer tiene unos brazos que parecen estofados de ternera oh Dios no puedo soportar la idea de Philip yaciendo inmóvil en un sitio como éste y cuando me viene esa idea a la cabeza me veo obligado a tararear enérgicamente un pasaje de alguna canción mientras rezo No no no aparta este cáliz Señor haz que yo me vaya antes que ninguno de mis seres queridos (antes que Philip Mary Jack Jr. antes que la querida Lydia) aunque eso tampoco serviría de nada porque entonces cuando ellos lleguen a su final yo no estaré para ayudarlos Oh ambas cosas resultan insoportables oh Dios en qué dilema se ha de ver uno aquí abajo Tom querido amigo Tom cómo anhelo el irme a dormir espero tu llegada y confío en que estos pensamientos tristes y macabros no tarden en esfumarse con la feliz llegada de nuestro querido amigo el Sol naciente.

Manders, óp. cit.

CVIII

Seguí cabalgando por las calles silenciosas dentro de aquel caballero, a lomos de nuestro caballito, y debo decir que me sentí bastante contento. Él no lo estaba, sin embargo. Le daba la sensación de haber desatendido a su esposa para permitirse la indulgencia de aquella noche. Y encima tenían a otro niño enfermo en casa. Que también podía sucumbir. Aunque hoy estuviera mejor, todavía podía sucumbir. Podía pasar cualquier cosa. Tal como él sabía bien ahora. Y se había olvidado. De alguna forma se había olvidado del otro chico.

Tad. El pequeño y querido Tad.

El caballero estaba muy agobiado. No quería vivir más. La verdad era que no. Ahora mismo resultaba demasiado duro. Tenía muchísimo por hacer, no lo estaba haciendo bien y, si hacía las cosas mal, todo se iría al infierno. Tal vez, con el tiempo (se dijo a sí mismo), la cosa mejoraría e incluso podría ir bien otra vez. Pero no lo creía de verdad. Era duro. Duro para él. Duro para mí. Estar allí dentro. Pese a todo, decidí quedarme. Se estaba acercando la mañana. Normalmente, de día descansábamos. Nos veíamos arrastrados de vuelta a nuestras carcasas y debíamos descansar en ellas. Esta noche no sentí el tirón de aquella fuerza. Pero sí que tenía sueño. Me quedé adormilado, me escurrí sin querer fuera de él y entré en el caballo, que en aquel momento sentí que era Paciencia en estado puro, de la cabeza a los cascos, y también cariño hacia el hombre, y nunca en mi vida había pensado que la avena fuera un elemento tan positivo del mundo, ni había anhelado tanto *cierta manta azul*. A continuación me desperté, me senté con la espalda bien recta y me uní plenamente de nuevo al caballero.

Y nos adentramos cabalgando en la noche, dejando atrás las casas de nuestros compatriotas dormidos.

thomas havens